novum pro

Christine Grosse

Phantom an Bord

novum pro

Bibliografische Information
der Deutschen Nationalbibliothek:

Die Deutsche Nationalbibliothek
verzeichnet diese Publikation in
der Deutschen Nationalbibliografie.
Detaillierte bibliografische Daten
sind im Internet über
http://www.d-nb.de abrufbar.

ISBN 978-3-95840-429-8
Lektorat: Volker Wieckhorst
Umschlagfoto:
Valeriya Potapova | Dreamstime.com
Umschlaggestaltung, Layout & Satz:
novum Verlag

Gedruckt in der Europäischen Union
auf umweltfreundlichem, chlor- und
säurefrei gebleichtem Papier.

www.novumverlag.com

Prolog

Der British-Airways-Flieger aus London war am Sonntag pünktlich 11:03 Uhr auf dem Flughafen Marco Polo östlich von Tessera gelandet.

Ein unauffällig gekleideter Mann ging in die Ankunftshalle, wo er ungeduldig hin und herlaufend sein Gepäck erwartete. Endlich konnte er die vollgepackte Reisetasche vom Gepäckband zerren. Als der aus New York stammende Reisende nach einer nervenden Zoll-Kontrolle das Flughafengebäude verließ, empfing ihn eine sonnenbestrahlte Lagune. Der gerade Angekommene überlegte einen Moment, ob er nach Venedig mit dem Bus über die Brücke della Libertà oder mit dem Linienboot den Wasserweg über die Lagune nehmen sollte. Die gemütliche Fahrt mit dem Vaporetto benötigte Zeit, die er nicht hatte. Also entschied er sich für den Bus und fuhr unverzüglich über die Schnellstraße vom Festland zum Zentralbahnhof Santa Lucia in Venedig.

Am Ziel angekommen, eilte er zur Zuginformation. Der Fahrplan wies für den Zug aus Milano eine Ankunftszeit von 13:10 Uhr aus. Am Bahnsteig vier positionierte er sich so, dass er die aussteigenden Fahrgäste gut überblicken konnte. Während des Wartens strich er sich wiederholt durch das kurz geschnittene Haar. Er fühlte sich vom langen Flug übermüdet. Die Unruhe in seinem Inneren wuchs von Minute zu Minute. Wenn der New Yorker nicht kam, war alle Mühe umsonst gewesen, und er könnte seinen ausgeklügelten Plan in die Tonne treten.

Wo blieb der verdammte Zug?

Das Warten zerrte an seinen Nerven. Verärgert stöhnte er auf, als eine Frauenstimme aus dem Lautsprecher eine Verspätung von zehn Minuten ankündigte.

Endlich. Der Lärm des einfahrenden Zuges riss ihn aus seinen Überlegungen. Der Mann atmete auf, als der Erwartete einen Wagen der ersten Klasse verließ. Obwohl er Robert Whitmark drei Jahre nicht gesehen hatte, erkannte er ihn sofort. Der New Yorker. Sein Äußeres hatte sich in den letzten Jahren nicht verändert, allerdings trug er jetzt eine Brille. Das Erscheinen Whitmarks ließ die seit damals aufgespeicherte Wut in dem Mann hochsteigen. Während der Zug langsam aus dem Dunkel der Bahnhofshalle rollte, verließen zahlreiche Fahrgäste den Bahnsteig. Der Mann schob seinen muskulösen Körper rücksichtslos durch die Menge, um sich im Gedränge an Whitmarks Sohlen zu heften.

Unter den Augen seines Verfolgers deponierte der eben Angekommene seinen eleganten Rollkoffer in einem Schließfach der Gepäckaufbewahrung. Ohne Eile ging er zum Ausgang. Als er die Stufen der Treppe hinuntergestiegen war, empfingen ihn auf dem Vorplatz die sengenden Strahlen der Mittagssonne. In dieser Zeit wurde er von seinem Verfolger nicht aus den Augen gelassen. Die Zeiger der Bahnhofsuhr standen auf 13:35 Uhr, als die Männer das niedrige graue Bahnhofsgebäude verließen.

Über der Lagunenstadt lag wieder einmal der Fluch des Massentourismus. Der Mann hatte Mühe, dem gut gekleideten U.S.-Bürger im Getümmel der Touristen über den Markusplatz zu folgen. Obwohl er noch nie in Venedig gewesen war, hatte er keinen Blick für die prächtigen Bauwerke aus früheren Jahrhunderten.

Immer weiter ging es durch ein Gassenlabyrinth bis in eine Gegend ohne Touristentrubel. Im Schutz eines der wenigen Bäume blieb der Mann stehen und beobachtete, wie Robert Whitmark in der nächsten Calle sein Smartphone aus der Tasche zog. Er strich über das Display und orientierte sich an der GPS-Karte. Auf seinen Verfolger machte er nicht den Eindruck, als hätte er es besonders eilig. Endlich lief er weiter.

Im Sichtfeld des Mannes tauchte ein schmaler Kanal auf, über den sich eine gewölbte alte Steinbrücke spannte. Nachdem Whitmark den Scheitel des Übergangs erreicht hatte, verschwand er für kurze Zeit aus dem Blickfeld seines Verfolgers. Erst als der Mann die Stufen hochgestiegen war, sah er den aus Mailand Angereisten in einer Sackgasse wieder.

Plötzlich schritt der Amerikaner durch einen schmalen Torbogen in den Innenhof eines dreigeschossigen Palazzos aus dem siebzehnten Jahrhundert.

Der Mann folgte ihm über den gepflasterten Weg, wo zwischen den gelockerten Pflastersteinen Unkraut wucherte. Zwei steinerne Löwen bewachten seit dreihundert Jahren den Hauseingang. Das desolate Gebäude schien unbewohnt, denn die nach Farbe lechzenden schweren Holzläden vor den Fenstern und die verzierte alte Haustür waren fest verschlossen. Von der ehemals ockerfarbigen Fassade löste sich der Putz, und roter Backstein lugte hervor. Bis vor Kurzem schienen hier noch Menschen gewohnt zu haben, denn der Briefkasten quoll von alten Zeitungen und Prospekten über.

Whitmark stieg die ausgetretenen Stufen zum Hauseingang hinauf. Er bewegte den schweren Messingklopfer, der mit seinem Löwenkopf fest in seiner Hand lag.

Aber da war niemand. Auch hinter den Fensterscheiben, die blind vor Schmutz waren, tat sich nichts. Einen Moment verharrte der Mann aus New York reglos, bevor er noch einmal lautstark an die Tür hämmerte. Genervt zog er sein Handy aus der Tasche und telefonierte. Wahrscheinlich erfolglos, denn er ging mit ärgerlicher Miene um das Gebäude herum und bemerkte nicht, dass sich von der maroden Mauer ein Schatten löste.

Fernab des Touristentrubels bot sich hier für den von ihm bisher unbemerkten Verfolger Gelegenheit, die Sache zu beenden. Endlich war er Whitmark nahe genug, um ihn hinten an der linken Schulter zu packen.

„Hallo, ich würde gern mit dir reden."

Der Mann, der Whitmark hieß, fuhr erschrocken herum. „Kennen wir uns? Wer zum Teufel sind Sie?"

Sein Gegenüber lachte fies. „Ah, der Herr hat mich aus seinem Gedächtnis gestrichen. Sieh mich an, Robert!"

Langsam schob der Mann die verspiegelte Sonnenbrille nach oben. Mr. Whitmark blieb wie angewurzelt stehen. Sein Blick wanderte über das ihm bekannte Gesicht, wobei ihn die Überraschung erblassen ließ.

Der Mann lachte leise. „Ob wir uns kennen? Ich kenne dich so gut, dass ich weiß, weshalb der seriöse Immobilienmakler aus New York sich für dieses marode Bauwerk interessiert. In Venedig gibt es 10.000 Palazzi, warum muss es gerade dieser sein? Ich gebe dir gern die Antwort auf diese Frage. Du willst sehen, wie viel Substanz hinter dieser bröckelnden Fassade steckt, denn es geht um dein Erfolgsmodell, welches heißt, Schrottimmobilien billig zu kaufen, miserabel zu sanieren und durch gefälschte Gutachten mit hohem Gewinn abzustoßen. Wie es aussieht, bist du mit diesem Geschäftsmodell noch nicht gescheitert. Ähnlich hast du es auch mit mir vor vier Jahren gemacht. Du drehtest mir als Altersvorsorge eine völlig überteuerte Bruchbude an. Die Summe von dreihunderttausend Dollar war für dich sicher nur Peanuts, aber mich hat die Fehlinvestition die Existenz gekostet. Meine Firma geriet durch die laufenden Nachbesserungen am Gebäude in Schieflage. Du hast mich damals fertiggemacht, und jetzt bist du fällig."

Der gut gekleidete Immobilienmakler mit der schicken Brille drehte sich um. „Ich bin nicht bereit, mir dein Gefasel weiter anzuhören …"

„Sieh an, endlich hast du mich erkannt. Ich hatte mir schon Sorgen gemacht, dass du an Demenz leidest."

Die Lippen des Verfolgers umspielte ein verächtliches Lächeln, als er weitersprach: „Gefasel? Ich hätte dich schon früher erwischt, wenn du dich nicht wegen Steuervergehen vor dem Fiskus auf den Bahamas versteckt hättest. Nach dem Inselaufenthalt wurdest du aufgrund eines wirklich cleveren Anwalts, dem es mit juristischen Winkelzügen gelang, den Straftatbestand zu minimieren, nicht verurteilt. Ich habe die interessante Geschichte in der Zeitung verfolgt."

Der Immobilienmakler schüttelte den Kopf. „Willst du wirklich meinen Namen mit der sensationsgeilen Lügenpresse in Verbindung bringen?"

Whitmark öffnete den Mund, um noch etwas zu sagen, aber schon ließ der Mann seine Faust ins Gesicht seines Gegenübers krachen. Von dem schnellen Angriff überrascht, lag die Gegenwehr bei null. Whitmark taumelte, fiel aber nicht. Noch nicht.

„Hör auf", schrie er, als der Schmerz in seinem Kopf explodierte. Die Hände verkrallten sich ins Hemd des Mannes und rissen es im Fallen kaputt. Aber da folgte schon ein weiterer Treffer. Seine Beine knickten ein, er fiel mit dem Hinterkopf auf das Hofpflaster.

„Du geldgieriger Mistkerl, ich bin noch nicht fertig mit dir!", schrie der Mann, während er zum nächsten Schlag ausholte.

Whitmarks Fuß schoss nach vorn, um nach seinem Peiniger zu treten, verfehlte aber das Ziel. Mit letzter Kraft hob der am Boden Liegende zum Schutz seines Gesichts abwehrend die Hände. Sein Angreifer sah sich suchend im Hofgelände um. Schnell hatte er gefunden, was er benötigte. Er bückte sich, hob einen lose liegenden Pflasterstein auf, wog ihn prüfend in der Hand. Die Klamotte war schwer genug, um einen tödlichen Schlag auszuführen.

Whitmarks Augen waren weit aufgerissen, als sich die Hand mit dem Stein näherte. Er drehte sich zur Seite, worauf sein Hinterkopf mit voller Wucht getroffen wurde. Schnell breitete sich auf dem Kopfsteinpflaster eine dunkelrote Blutlache aus. Der Mann sah ohne jedes Bedauern auf Whitmark herab und spürte einen Kick wie früher, wenn im Sportverein seine Mannschaft im Football einen Sieg errungen hatte.

In einer kurzen Suchaktion zog er die Brieftasche aus der Innentasche von Roberts Sakko. Er öffnete sie und las auf einer edel aussehenden Visitenkarte:

Dipl.-Ingenieur Robert Whitmark
Immobilienmakler

Nun holte er den Pass hervor und sah auf das Foto, welches seinem Äußeren stark ähnelte. Er lächelte, denn es war das erste Mal in seinem Leben, dass er mit seinem durchschnittlichen Aussehen zufrieden war. Ansonsten stimmten Alter, Größe und Körperbau mit Whitmark überein.

Jetzt fehlte nur noch die Brille. Suchend sah er sich um. Er bückte sich und hob sie auf. Glücklicherweise waren die Gläser nicht zu Bruch gegangen. Akribisch durchsuchte er noch einmal die Taschen seines Opfers und ließ Pass, Kreditkarten, Handy und weitere Papiere in seiner Jackentasche verschwinden. Nach einem begehrlichen

Blick ließ er Whitmarks auffällige Rolex doch am Handgelenk seines Opfers.

An der rückwärtigen Mauer des Anwesens spendeten konisch geformte Zypressen ein wenig Schatten. Auf einer mit verkrusteter Vogelscheiße beschmutzen Marmorbank lag eine Taube ohne Kopf. Nachdem der Mann den Torso von der Sitzfläche gefegt hatte, setzte er sich und ließ den Blick suchend durch den Innenhof schweifen.

Whitmark musste verschwinden.

Im nächsten Moment entdeckte er in der Mauer eine mit Büschen überwucherte Wassertür, die zum Kanal führen musste. Er stand auf und unterzog den Ausgang einer Prüfung. Das verrostete Schloss war nicht abgeschlossen, aber das verquollene Holz klemmte. Er musste kräftig und gezielt zutreten, bis er die dunkelgrüne Wassertür einen Spalt aufstoßen konnte.

Die von Algen bewachsenen Stufen, auf denen noch der Schmutz von der letzten Acqua alta, dem jährlichen Hochwasser, lag, führten zum Wasser hinab, in dem sich feuchtes, verfallenes Mauerwerk spiegelte. Der Wasserstand des Kanals war niedrig, aber tief genug, um eine Leiche verschwinden zu lassen.

Es roch nach vermodertem Laub, Schlamm und Vergänglichkeit. Der Mann sah sich um. Wie ein Schwarm hungriger Heuschrecken fielen jeden Morgen die Tagestouristen in Venedig ein, aber in diesen tristen Außenbezirk verirrten sich keine mit neugierigen Ausländern beladene Gondeln.

Im Schatten eines Oleanderbusches blieb er stehen und ließ seinen Blick prüfend über den still liegenden Kanal zur gegenüberliegenden Häuserfront schweifen, deren reparaturbedürftige Mauern aus der dunkelgrauen Wasseroberfläche ragten. Die wenigen Fenster der Gebäude waren aufgrund der intensiven Sonnenstrahlen von hölzernen Läden verschlossen. Die Anwohner hatten sich als Schutz vor der Hitze in ihre Häuser verkrochen. Auch einer fetten Ratte schien es zu warm zu sein, als sie aus einem offenen Abflussrohr ins faulig riechende Wasser des Kanals sprang.

Der Mann neigte den Kopf und horchte auf Geräusche, aber es blieb still. Erst als er sicher war, dass niemand seine Aktivitäten beobachtete, ging er zu seinem Opfer zurück. Er packte Whitmark unter den Armen und schleifte ihn mühsam im Schutz der Mauer zur Kanaltreppe, wobei der Kopf eine breite Blutspur hinterließ. Mit einem kräftigen Stoß ließ er Robert in die stinkenden kleinen Wellen klatschen.

Der Immobilienmakler versank sofort, die Wasseroberfläche glättete sich wieder, als sei nichts geschehen. Der Mann ging an den Tatort zurück, um den mit Blut befleckten Stein zu holen. Er entsorgte ihn auf die gleiche Art und Weise wie sein Opfer.

Ein letzter Blick auf den unbedeutenden Seitenkanal, der einige Zeit den Leichnam im Schlick festhalten oder in die Lagune tragen würde. Im günstigsten Fall könnte dort der im Wasser treibende Körper von einer Schiffsschraube zerrissen werden. Nachdem er sich das Blut von den Händen gewaschen hatte, verschloss er sorgfältig die Wassertür.

Alles war perfekt gelaufen, als der Killer zufrieden nach seiner Reisetasche griff.

1.

Endlich Urlaub!

Mario Barolo war nach einem Blick auf den Lageplan des Kreuzfahrtschiffes *Celebrity* aufatmend in seiner Kabine gelandet. Zufrieden ließ er sich in einen Teakholzstuhl des Balkons sinken. Er legte seine Füße auf das kleine Tischchen, schloss die Augen und lehnte sich entspannt zurück. Wenig später stand er auf, sah mit verschränkten Armen interessiert auf den Kai hinunter, wo ein eben angekommener Volvo-Kühltransporter geräuschvoll vor der Ladeluke des Schiffes entladen wurde.

Erstaunt registrierte er im gleichen Moment, wie ein dunkelblauer Alfa-Romeo der Polizia di Stato Venedig vor dem Schiffseingang abgebremst wurde. Sein Kollege Commissario Sicco sprang aus dem Auto. Suchend glitt sein Blick über die unzähligen Balkone des Schiffs. Mario rief so laut er konnte und ruderte mit den Armen, aber sein Partner aus der Questura entdeckte ihn nicht und ging achselzuckend zum Wagen zurück. Schade, der Commissario hätte zu gern gewusst, was Carlo von ihm gewollt hatte.

Noch im vergangenen Jahr weigerte sich Hauptkommissar Mario Barolo, seinen Urlaub nach den Wünschen der Familie auf einer Kreuzfahrt zu verbringen. Nie wollte er auf eines dieser siebenhundert Schiffe, die jährlich im Hafen von Venedig einliefen und diverse Umweltschäden verursachten.

Nach einer ansehnlichen Erbschaft vor zwei Jahren hätte ihm der finanzielle Aspekt der Reise wenig Sorgen bereitet, aber er war kein Freund von zu viel Wasser und zu vielen Menschen. Ihm reichten die zahlreichen Wasserwege Venedigs, die Lagune und die fünfundzwanzig Millionen Touristen, die jährlich durch die engen Gassen seiner geschichtsträchtigen Stadt trabten.

Doch dann hatte er im Vorjahr mit Commissario Sicco den zweifachen Frauenmord auf dem amerikanischen Luxusliner *Silverbird* aufgeklärt. Da der Kapitän des Schiffes befürchtete, dass es auf der Fahrt nach Athen eine weitere Frauenleiche geben könnte, bat er unverzüglich die italienische Polizei um Amtshilfe.

Die fünfunddreißigstündige Jagd nach dem Mörder hatte Barolo so ganz nebenbei mit den Annehmlichkeiten einer Kreuzfahrt vertraut gemacht.

Venedig war in den ersten Septembertagen des Jahres immer noch viel zu heiß, sodass er froh war, für drei Wochen der Enge der Stadt und den nervenden Touristenströmen zu entkommen.

Nachdem er sich vor einem halben Jahr im Reisebüro schlau gemacht hatte, gab es nur noch ein Problem, und das hieß Cäsar. Der schwarze Labrador war ein liebes, aber etwas eigensinniges Tier. Hunde sind wie Kinder – und fehlende Erziehung lässt sie ihren Willen durchsetzen. Überraschenderweise erklärte sich dann Alberto, der Bruder seiner Frau Claudia, auf der Insel Murano bereit, das Tier in ihrer Abwesenheit zu betreuen. Am frühen Morgen hatte er Cäsar mit Hundezubehör und mehreren Kartons Dosenfutter und Leckerli auf die Insel gebracht.

Der fünfundvierzigjährige Mario schloss die Augen und nahm sich vor, die Passage bis zur Ankunft in New York in vollen Zügen zu genießen.

Die Kabinentür wurde aufgestoßen, und Fabio, der vierzehnjährige Sohn, polterte nach einem ersten Schiffsrundgang in die Kabine. „Alles super hier.“

„Hast du Mama gesehen? Wo bleibt sie so lange?”, fragte Barolo.

„Sie spaziert schon mal durch die Shopping-Meile und steht vor den Schaufenstern von Gucci, Cartier und Chanel“, meinte Fabio.

Barolo schüttelte den Kopf. „Wieso denn das? Solange das Schiff im Hafen liegt, sind doch die Geschäfte geschlossen.”

Im gleichen Moment öffnete Claudia Barolo die Kabinentür. Mit einer weißen Jeans und einem blauweiß gestreiften T-Shirt war sie perfekt für eine Seefahrt gekleidet. Sie nahm ihre Umhängetasche von der Schulter und entnahm einen Prospekt. „Ich habe mich schon mal kurz umgesehen. Auf dem Kahn ist nichts unmöglich. Wellness, Tango, Minigolf, Tai-Chi, Tennis und diverse Talentwettbewerbe. Unsere Befürchtung, an den Seetagen vor Langeweile zu sterben, können wir abhaken.“

Fabio stand neben seinem Vater auf dem Balkon und beobachtete interessiert das Entladen der Fahrzeuge am Kai. „Alles affengeil hier“, murmelte er, bevor er die Kabine betrat. Er ließ sich auf den Sessel mit dem Blumenmuster fallen. Plötzlich stutzte er, als sein Blick auf das Doppelbett fiel. „Und wo soll ich in der Nacht schlafen? Auf dem Balkon?“

Erst als sein Vater ihm das ausklappbare Schrankbett zeigte, war Fabio zufrieden.

Es klingelte an der Tür, und die Koffer der Familie wurden in die Kabine gerollt. Barolos Frau Claudia hatte zu Hause viel Zeit in die Reisevorbereitungen investiert. Mit Blick auf die ausgebreiteten Kleidungsstücke fragte Barolo: „Was hast du nur alles eingepackt? Wie lange dauert denn unsere Weltreise?“

Seine Überlegung wurde unterbrochen, als die Schiffssirene sieben kurze und einen langen Ton von sich gab. Die schrillen Töne des Rettungsalarms ließen die Familienmitglieder zusammenzucken. Fabio hielt sich im ersten Moment die Ohren zu.

„Fahren wir schon los?“, rief Claudia.

„Nee, das ist nur das Sicherheitstraining“, schrie ihr Sohn. Dann knarrten die Lautsprecher, und eine verzerrt klingende Stimme in Englisch forderte alle Passagiere ohne Ausnahme auf, zur Seerettungsübung auf Deck sechs zu kommen.

„Noch vor Abfahrt des Schiffes?“, fragte Claudia verwundert.

Fabio stellte sich vor seine Mutter. „Si, Mama, das sind die internationalen Bestimmungen seit dem Untergang der Costa Concordia in Nähe der Insel Giglio. Das Schiff wurde zur tödlichen Falle, weil nicht einmal die Besatzung nach dem Auslaufen über die Rettungsmöglichkeiten genau Bescheid wusste. Bei der enormen Schräglage des Schiffes saßen die Rettungsboote fest, und nichts ging mehr. Das bedeutete den Tod für zweiunddreißig Passagiere.“

Claudia wurde blass bei dem Gedanken an ein Schiffsunglück. „Ja, schon. Aber warum erzählst du das gerade jetzt? Willst du mir die Freude an der Reise nehmen?“, fragte sie.

„Keine Angst. Aus Gründen der Sicherheit habe ich das amerikanische Schiff aus der Vielzahl der Angebote herausgesucht“, versuchte Barolo seine Frau zu beruhigen.

Fabio fühlte sich in seiner Ehre als Italiener gekränkt. „So kannst du das doch nicht sehen!“, rief er empört. „Ein einmaliger Fall in der Geschichte der italienischen Kreuzfahrt.“

Auf dem Kabinengang ertönten laute Stimmen, schnelle Schritte und das Zuschlagen von Türen. Hektisch riss der Junge die orangefarbenen Rettungswesten aus dem Schrank. Er legte das Teil an, probierte die Signalpfeife, zurrte die Gurte fest. Dann lief er zur Tür, um den Lageplan zu studieren.

„Beeilt euch, wir müssen jetzt zur Musterstation runter.“

„Was ist denn das schon wieder?“, fragte Claudia.

Fabio stöhnte genervt, während seine Mutter den Kopf schüttelte. „Du musst nicht so tun, als wäre ich etwas beschränkt. Woher soll ich das wissen? Schließlich war ich noch nie auf einem Kreuzfahrtschiff.“

„Bene. Das ist der Treffpunkt der Passagiere und Besatzung für den Notfall. Auf Deck sechs werden auch die Rettungsboote zu Wasser gelassen“, erklärte der Sohn und eckte mit der Rettungsweste an der offenen Badezimmertür an.

„Nun aber los. Bloß gut, dass das nur eine Übung ist. Ich glaube, wir sind die Letzten“, mischte sich Barolo ein.

Uniformierte Crewmitglieder wiesen den Weg zum Deck sechs, wo in Anwesenheit der Schiffsoffiziere die Passagiere ausführliche Informationen zu den Notfallabläufen bekamen. Fabio reagierte enttäuscht, weil keine Rettungsboote zu Wasser gelassen wurden.

„Bringen Sie die Rettungswesten in die Kabine zurück. Die Übung ist beendet“, entschied ein Sicherheitsoffizier.

„Das wäre erledigt“, meinte Barolo aufatmend, während die Familie den Rückweg antrat. Die Abenddämmerung verlieh dem Himmel einen rosigen Schimmer, als Hafenarbeiter die Leinen von den Pollern lösten.

„Geil, endlich geht es los“, meinte Fabio.

Seine Mutter fragte: „Hast du schon den Kapitän gesehen?“

„Ja, er beobachtet mit dem Lotsen das Ausparkmanöver.“

„Meinst du die Männer da vorn in dem Vogelnest?“

„Aber Mama, das ist der Brückennock. Du hättest dich vor der Reise mal etwas über den Bau von Kreuzfahrtschiffen informieren sollen.“

Wenig später beobachtete der Junge fasziniert den immer größer werdenden Abstand zwischen Schiff und Mole. Er blickte auf die ameisengroßen Menschen am Kai hinunter, während eine bekannte italienische Abschiedsmelodie aus dem Kabinenlautsprecher dröhnte. Die *Celebrity* verabschiedete sich mit drei langen Tönen des Nebelhorns aus dem Hafen San Basilio von der Lagunenstadt Venedig. Nachdem der Lotse das Schiff verlassen hatte, beobachtete die Familie den regen Verkehr im Fahrwasser des Giudecca-Kanals. Zahllose Lichter spiegelten sich in den Wellen, während Schiffe aller Art durch das aufgewühlte Wasser pflügten. Aus einer Höhe von dreißig Metern hatte die Familie das Geschehen auf dem Kanal noch nie beobachten können.

Der geschichtsträchtige Dogenpalast, der Markusdom und der Campanile funkelten in einem imposanten Lichtspektakel. Die Strahlen der untergehenden Sonne ließen das Gold der Markuslöwen besonders glitzern. Die Uhren vom Campanile hatten gerade achtmal geschlagen. Es schien, als wäre die ganze Stadt eine prachtvolle Opernkulisse. Kein Wunder, dass die Stadtverwaltung unlängst darüber nachdachte, die leeren Kassen zu füllen, indem Tagestouristen in Zukunft Eintrittsgeld für den Besuch des Markusplatzes zahlen sollen. Nichts Neues für Barolo, der seine finanzklamme Stadt und ihre Ämter so gut wie seine Hosentasche kannte.

„Immer wieder schön. Venedig ist und bleibt die Königin der Adria“, stellte er fest.

„Die schönste Stadt der Welt. Venedig darf nie untergehen“, übertönte ihn Fabio.

„Keine Angst. Es gab erst kürzlich wieder Fördermittel der Europäischen Union zur Rettung Venedigs. Und Mose, das Sperrwerk mit den 78 Schleusentoren, die die Lagune zum Meer hin abriegeln können, wird die Stadt vor dem Untergang retten“, meinte Mario zuversichtlich, während das Schiff aufs offene Meer zusteuerte.

2.

Der Bug der *Celebrity* teilte elegant die Wogen der Adria, während Fabio und Mario auf Claudia warteten. Endlich war sie fertig gestylt für das erste Abendessen an Bord. Barolos Frau trug ein ärmelloses Kleid mit enger Taille und weitem Rock. Die Familie ging im Gänsemarsch den schmalen Kabinengang entlang, als Mario seinen Sohn einen Moment festhielt. „Moment, Fabio. Die Leute müssen nicht wissen, dass ich bei der Polizei beschäftigt bin."

Barolos Sohn stöhnte lautstark. „Und warum sollte ich das erzählen? So interessant ist dein Beruf nun auch wieder nicht. Oder denkst du, dass du als italienischer Commissario vom Kapitän in Zeiten des weltweiten Terrors auf die doppelt gesicherte Kommandobrücke eingeladen wirst?"

„Man kann nie wissen", sagte Fabios Vater. Er dachte an den letzten Meran-Urlaub, als ihn in der Pension eine Handvoll Sizilianer bei jeder Begegnung lautstark als „Bulle" bezeichnet hatten. Er mochte diese Berufsbezeichnung nicht, und manchmal war ihm über diese Respektlosigkeit der Appetit vergangen.

Die Familie näherte sich der imposanten Marmortreppe, die die Lobby mit allen Passagier-Decks verband.

Nach kurzem Suchen standen sie inmitten anderer Kreuzfahrer vor dem Restaurant. Die kunstvoll gefertigten Glastüren wurden geöffnet, die Passagiere strömten in den Haupt-Dining-Raum, der sich über zwei Etagen erstreckte. Die stilvolle und elegante Einrichtung wurde durch einen traumhaften Meerblick wirkungsvoll ergänzt.

Barolo blieb stehen. „Welche Tisch-Nummer haben wir?“

„Dreizehn. Das muss weiter vorn sein.“

Endlich gefunden, nahm die Familie Platz. Von ihrem Tisch aus bot sich ein spektakuläres Panorama über den abendlichen Küstenabschnitt. Claudia beugte sich zu Barolo hinüber: „Ich weiß nicht, wo ich hinsehen soll. Was ist schöner? Die schicke Ausgestaltung des Restaurants oder der großartige Panoramablick aufs Meer?“

„Alles Mumien, ich habe mich völlig unnötig in Schale geworfen“, stellte Fabio enttäuscht fest, nachdem er sich umgesehen hatte. Tatsächlich war ein großer Teil der Gäste über sechzig Jahre alt.

„Hätte ich gewusst, dass das Schiff ein schwimmendes Seniorenheim ist, wäre ich nicht mitgekommen“, murmelte er noch. Eine weitere Enttäuschung machte sich breit, als er feststellte, dass der Kapitän nicht an seinem Tisch saß.

„Wieso ist das ein Kapitänstisch, wenn der Kapitän nicht am Tisch sitzt?”, maulte der Teenager.

„Die Verantwortung auf der Kommandobrücke liegt in den Händen des Schiffsführers. Aus diesem Grund kann er nicht jeden Abend großartig im Restaurant dinieren. Zum Kapitänsdinner wirst du ihn dir ansehen können.”

Aufgrund von Pubertätsproblemen war der Umgang mit Fabio seit einiger Zeit ein wenig kompliziert.

„Good evening. Ist das Nummer 13?”, fragte eine junge Frau, die in Begleitung eines attraktiven Mannes den Tisch ansteuerte. Die Dame warf Mario einen freundlichen Blick zu, der in diesem Moment froh war, dass Claudia auf das Tragen des neuen Anzugs bestanden hatte.

„Ja, hier sind Sie richtig“, meinte er, während sich seine schmalen Lippen zu einem Höflichkeitslächeln verzogen.

„Dann werden wir in den Tagen der Überfahrt das Dinner gemeinsam einnehmen."

„Sehr schön", meinte Barolo mit Blick auf das glänzende lange Haar seiner Tischnachbarin. Man wusste nicht, ob er die gemeinsamen Mahlzeiten oder die blonde Haarpracht der jungen Frau meinte.

Der Mann an ihrer Seite besaß ein fein geschnittenes Gesicht mit klaren Zügen. Er meldete sich zu Wort: „Da wir uns in den nächsten drei Wochen öfter über den Weg laufen werden, möchte ich mich vorstellen. Mein Name ist Phil Turner, und das ist meine Lebensgefährtin Conny Winter. Wir sind aus New York und haben ein paar Tage Urlaub in Mailand und Venedig gemacht."

Barolo schätzte das Alter der Frau auf Anfang dreißig. Als sie sich etwas über den Tisch beugte, konnte er einen kleinen Teil des beeindruckenden Inhalts ihres Dekolletés checken.

„Den Namen Winter können Sie schnell wieder vergessen, denn wir werden morgen Nachmittag vom Kapitän getraut. Anfangs war es nur so eine spontane Idee gewesen, aber dann waren wir uns einig, dass wir das außergewöhnliche Erlebnis einer Hochzeit auf See genießen wollen", ergänzte die junge Frau mit einem glücklichen Lächeln die Worte ihres Begleiters.

„Mario Barolo", sagte der Commissario, bevor er seine Familie vorstellte, um sich danach wortlos der großformatigen Speisekarte zu widmen. Ein Steward eilte herbei und nahm die Bestellungen auf. Mit einem Glas Mineralwasser in der Hand lehnte die junge Frau sich zurück und schlug die schlanken Beine übereinander. Ihr rechter Fuß wippte in einem Fergano-Absatzschuh hin und her.

„Es war gar nicht so einfach, ein Schiff zu finden, wo der Kapitän berechtigt ist, ein Paar rechtsgültig zu trauen. Es gibt jede Menge Vorschriften für die Fahrt in den Hafen der Ehe. So ist es zum Beispiel nur in internationalen Gewässern außerhalb der Zwölf-Meilen-Grenze möglich."

„Über eine Hochzeit auf See mussten wir uns keine Gedanken machen, denn wir sind in Venedig getraut worden", erzählte Barolo.

„Hörst du, Conny? Venedig ist eine einzigartige Stadt. Die Basilika San Marco stand anfangs bei uns auch einige Zeit als Ort der Trauung im Visier, aber dann haben wir uns doch für das Schiff entschieden", meinte Mr. Turner.

„Phil ist Broker bei der New Yorker City Bank", erzählte die junge Frau. Auch das noch, dachte Mario wenig erfreut, da er in letzter Zeit schlechte Erfahrung mit seinem italienischen Geldinstitut gemacht hatte.

„Und ich bin in der Schmuckbranche tätig."

„Sei nicht so bescheiden, Conny. Meine Lebensgefährtin arbeitet als kreative und anerkannte Künstlerin in New York."

Claudia unterbrach das kurze Schweigen und flötete: „Interessant."

Das Auftauchen des Weinkellners unterbrach das Gespräch kurze Zeit, danach wandte sich Mr. Turner seinem Tischnachbarn zu.

„Sagten Sie Barolo, so heißt doch dieser süffige italienische Rotwein? Soviel ich weiß, haben diesen edlen Tropfen schon die alten Römer getrunken. Sind Sie Winzer? Besitzen Sie ein Weingut in Südtirol?", wollte Mr. Turner wissen.

Nach einem kurzen Blickkontakt zu Claudia schüttelte Mario den Kopf. „Falsch, unser Weg war nicht so weit. Wir sind aus Venedig, und da gibt es keine Weinberge. Ich bin in der Lagunenstadt geboren und aufgewachsen. Auch meine Frau ist eine echte Venezianerin. Der Rotwein Barolo stammt auch nicht aus Südtirol, sondern aus der Region Piemont."

„Und wo sind Sie beruflich zu Hause? Sie sprechen sehr gut Englisch", fragte Phil und musterte den Italiener interessiert.

Die Frage kam unerwartet. Mario sah auf das Brötchen in seiner Hand. „Ich muss immer früh aufstehen, denn ich bin Pizzabäcker. Ansonsten haben wir alle drei kein Sprachproblem."

Belustigt registrierte er den erstaunten Blick des Amerikaners, während die junge Frau meinte: „Da habe ich mich aber getäuscht. Sie machen auf mich einen so seriösen Eindruck, dass ich hätte wetten können, Ihr Betätigungsfeld liegt im Schulwesen oder bei der Polizei."

„Auch Bäcker arbeiten seriös", meinte Barolo, bevor er zum Wasserglas griff. Phil zog verwundert die Augenbrauen hoch. Er hatte strahlend weiße Zähne und einen dunklen Dreitagebart. Barolo schätzte sein Alter auf höchstens vierzig Jahre.

„Verdienen die Bäcker so gut in Venedig, dass sie sich so eine Reise leisten können? Kreuzfahrten sind eine faszinierende Art des Reisens, aber auch nicht ganz billig. Es regelt sich eben alles über den Preis", meinte er und senkte den Löffel in die eben aufgetragene Kürbissuppe.

„Buon appetito", wünschte Claudia, während Mario die Frage des Tischnachbarn nach der Entlohnung eines Pizza-Bäckers ignorierte „Und Sie? Arbeiten Sie auch in der Pizzeria?", fragte Mr. Turner Claudia.

„Nein, ich leite eine Luxus-Schuhfiliale in der Calle Frezzeria."

„Sie verkaufen Schuhe? Hast du das gehört, Conny? Meine Lebensgefährtin hat einen ausgeprägten Schuhtick. Ist das wenigstens ein lukrativer Job?"

Der Mann verströmte eine Selbstsicherheit, die in Arroganz ausartete, aber Claudia ließ sich nicht aus der Ruhe bringen. Sie ignorierte den spöttischen Tonfall völlig.

„Ich bin zufrieden."

Barolo widmete sich wortlos seiner Vorspeise, nicht ohne sein weibliches Gegenüber aufmerksam zu studieren. Ihr Gesicht mit den blauen Augen unter den perfekt gezupften

Brauen war bemerkenswert schön. Das Royalblau ihres Etuikleides betonte den leicht gebräunten Teint der jungen Frau, die etwas nervös an ihrer Perlenkette drehte. Endlich brachte der Weinkellner den bestellten Wein. Mr. Turner prüfte das Etikett, schnupperte am Korken, schwenkte das Getränk im Glas und ließ einen Schluck in seinem Mund kreisen. Erregt winkte er dem Mann im schwarzen Anzug.

„Dieser Wein ist genießbar, aber entschieden zu kalt. Bringen Sie bitte einen Pinot Grigio, den man trinken kann. Ich wundere mich, dass keine Eisstückchen in der Flasche schwimmen."

Der englische Weinkellner hob erstaunt die Augenbrauen und zog ein Weinthermometer aus der Tasche.

„12,3 Grad. Korrekt für einen Weißwein, aber ich kann Ihnen auch eine neue Flasche bringen. Wie warm darf der Inhalt sein?"

Phil Turner winkte wortlos ab.

„Der süffige Tropfen wäre noch besser, wenn er nicht ganz so kühl wäre", wiederholte er, während die junge Frau bereits ihr Glas ausgetrunken hatte.

„Könntest du heute mal versuchen, mit etwas weniger Alkohol auszukommen?", zischte der Banker seiner Lebensgefährtin zu, während er freundlich lächelnd über ihre Wange strich. Ohne auf Phils Worte zu achten, schenkte sie sich das nächste Glas ein.

„Denken wir an morgen. Für mich ist es die zweite Trauung, aber Phil genießt das Spektakel das erste Mal. Wir sind noch auf der Suche nach Trauzeugen. Würden Sie das für uns tun? Die Trauung findet in Anwesenheit der Schiffsleitung um 16:00 Uhr in der Nelson Bar statt. Sie sind herzlich eingeladen."

„Ja, gern, wir freuen uns sehr", sagte Claudia, ohne Mario nach seiner Meinung zu fragen. Barolo sah sie erstaunt an, während die Bedienung begann, die mit silbernen Servierglocken bedeckten Teller zu verteilen. Drei Kellner bemühten sich, die Abdeckhauben zeitgleich zu heben, worauf sich ein appetitlicher Essensgeruch ausbreitete. Der Lachs, den einige Scampi zierten, schwamm in einer pikanten Lauch-Fenchel-Sauce. Claudia tropfte ein paar Spritzer Zitrone über den Fisch.

„Die Krebse sind ein Gedicht", murmelte Barolos Frau, als der Steward noch einmal zum Tisch kam und fragte, ob alles zur Zufriedenheit sei. Mr. Turner schien Vegetarier zu sein. Wahrscheinlich ernährte er sich nur kalorienarm. Wenig begeistert stocherte er in seinen roten Linsen herum, während Barolo sich nach dem filet mignon zufrieden mit der Leinenserviette den Mund abtupfte.

„Möchtet ihr noch ein Dessert?"

„Nein, danke."

„Bitte noch einen Espresso", bestellte Mario beim Steward. Ganz klar, dass er als einer der wenigen echten Venezianer kaffeesüchtig war. Nachdem der Espresso ausgetrunken war, erhob sich die Familie von ihren Stühlen. Phil Turner leerte das Glas und warf einen Blick auf seine Rolex. Er wandte sich an Mario: „Es ist noch früh am Tag. Wollen Sie wirklich schon gehen? Ich hätte Sie gern zum Junggesellenabschied auf einen Drink in eine der sieben Bars eingeladen."

Barolo schüttelte den Kopf. „Wenn Sie uns bitte entschuldigen würden. Fabio und ich, wir möchten morgen ab 6.00 Uhr dem Fitnesscenter einen Besuch abstatten."

„Schade, aber vergessen Sie bitte nicht unsere Einladung für morgen Nachmittag."

Wir werden pünktlich erscheinen", sagte Claudia.

„Wieso sagst du bei dieser Trauung zu?", wollte Barolo im Lift wissen. Claudia verdrehte die Augen. „Ich bin davon ausgegangen, dass du auch einmal an so einem außergewöhnlichen Event teilnehmen möchtest."

„Darauf kann ich bei diesem überheblichen Schnösel verzichten. Das ist doch ein richtiges Großmaul. Ich weiß nicht, wie ich den Angeber die nächsten Abende ertragen soll."

Beruhigend legte sie ihm die Hand auf den Arm. „Aber Mario ..."

„Versuch gar nicht erst, mich umzustimmen."

Claudia wollte widersprechen, aber es war nicht der richtige Zeitpunkt, um zu streiten. Der Lift hielt auf Deck zehn, und sie stieg verärgert aus. Barolo folgte.

„Wir kennen die Leute kaum. Wie willst du da Zeuge in einer so wichtigen Angelegenheit sein?"

Claudia lachte spöttisch. „Oh nein, ich fass es nicht. Mario, der Trauzeuge hat doch heute keine so juristische Funktion wie vor hundert Jahren, sondern ist nur noch ein beliebter Brauch. Bitte, tu mir den Gefallen und komme mit. Eine Hochzeit auf einem Schiff werden wir nie wieder erleben."

„Nichts gegen Conny Winter, aber Phil Turner ist ein ziemlich arroganter Typ. Sein übersteigertes Selbstbewusstsein geht mir auf die Nerven."

Claudia stöhnte lautstark und verdrehte die Augen nach oben. „Wie kann man sich nur so anstellen? Du sollst ihn doch nicht heiraten, sondern nur den Trauzeugen machen."

„Und welche Aufgabe hätte ich in dieser Funktion?"

„Nichts mit Verantwortung. Du musst nur dafür sorgen, dass die Trauringe rechtzeitig am Platz sind und diese dem Bräutigam überreichen. Danach wie üblich gratulieren und die Braut küssen. Letzteres dürfte dir bei der hübschen jungen Frau nicht schwerfallen."

„Na, das werde ich gerade noch schaffen."

In der Zwischenzeit hatte die Familie die Kabine am Ende des Ganges erreicht. Claudia drehte sich nach Fabio um. „Und was sagst du zu dieser Einladung?"

„Nur zwei Worte. Ohne mich."

3.

Das Schiff hatte gegen 8:00 Uhr am Passagier-Kai der Stadt Bari angelegt. Der durch die offene Balkontür strömende Verkehrslärm vom Hafen riss Barolo aus dem Schlaf. Er gähnte und rieb sich die Augen. Ein Blick zur Uhr und dann zu Fabio, der noch nicht erwacht war. Oh Gott, sie hatten den geplanten Besuch des Fitnesscenters verschlafen. Mario sprang aus dem Bett, streckte seinen Rücken und steuerte das Bad an. Kurze Zeit darauf stand er unter der Dusche. Um munter zu werden, drehte er den Kaltwasserstrahl auf.

Wenig später zeigte ihm der Badspiegel einen leichten Fettansatz um die Hüften. Er straffte den Oberkörper, zog den Bauch ein, spannte die Brustmuskulatur an und dachte: Morgen früh muss ich wirklich ins Sportstudio. Einen Augenblick musterte er noch sein mit dunklen Bartstoppeln bedecktes Gesicht, bevor er mit der Rasur begann. Er war zufrieden, denn die Investition in die viel versprechende Kreuzfahrt schien sich zu lohnen. Die Küche war exzellent, der Service gut und das Ausflugsangebot des schiffseigenen Reisebüros vielseitig und interessant.

Seine Überlegungen wurden vom Vibrieren seines Smartphones unterbrochen, welches auf den Schreibtisch lag. Er sah auf das Display. Carlo. Mit dem Handtuch wischte er sich einen Rest Rasierschaum von der Wange. Wenn Commissario Sicco sich in seinem Urlaub meldete, musste etwas Außergewöhnliches passiert sein.

„Hallo Carlo. Schade, dass du mich gestern auf dem Balkon nicht entdecken konntest. Was will denn Signore Donizetti von mir? Hat der Chef vergessen, dass ich Urlaub habe?"

Während er sich kämmte, klemmte das Handy ziemlich wacklig zwischen rechter Schulter und Ohr. Er ließ das Frottiertuch fallen und zog mit einer Hand einen flauschigen Bademantel vom Haken.

„Donizetti will nichts von dir, und ich weiß, dass du im wohlverdienten Urlaub bist. Ich denke aber, dass du wissen solltest, dass es heute früh für uns eine frische Leiche gab. Wir bekamen von einer Anwohnerin die Nachricht, dass im Rio Agatha ein männlicher Toter mit dem Kopf nach unten im Wasser treibt. Wir sind sofort aufgebrochen. Mit der Barkasse konnten wir an die Gestalt mit den abgespreizten Armen und Beinen heranfahren. Wenig später hatten die Carabinieri den leblosen Körper herausgefischt."

„Wie bitte? Ich verstehe dich nicht mehr. Carlo, ich habe im Badezimmer einen schlechten Empfang. Moment, bitte."

Barolo ging in den Wohnbereich, zog die Vorhänge zurück und öffnete lautlos die Balkontür. Tief die frische Luft einatmend, stellte er sich an das Balkongeländer.

„Also noch mal, was ist bei euch los?"

„Wir haben einen frischen Mord in Venedig."

„Ist das ein Witz, oder bist du betrunken, Carlo?"

Die Frage war berechtigt, nachdem es trotz der enormen Zunahme der Touristenströme in den Sommermonaten nicht ein einziges Tötungsdelikt in Venedig gegeben hatte. Da die Zahl der Morde im gleichen Zeitraum zum Vorjahr um zehn Prozent zurückgegangen war, wollte Signore Donizetti Kollegen der Mordkommission auf Jagd nach Taschendieben schicken, deren Zahl sich rasant erhöht hatte. Kein leitender Ermittler legt gern einen Fall ungeklärt zu den Akten, und so schlug der Barolo vor, die noch offenen Mordfälle aus früheren Jahren noch einmal, diesmal mit den Methoden modernster Kriminaltechnik, zu bearbeiten. Die Fälle aus der Vergangenheit mauserten sich zu einer Herausforderung, denn die Spurenlage konnte nun aufgrund neuester Erkenntnisse optimal ausgewertet werden.

Mario Barolos Blick lag auf Baris Hafen und der palmengesäumten Uferstraße mit den Gebäudefassaden, während er weitersprach: „Bene, jetzt kann ich dich gut verstehen, Carlo. Also, was ist los?"

„Eine Anwohnerin hatte, als sich der morgendliche Nebel verzog, im Kanal vor ihrem Haus eine männliche Leiche entdeckt. Der Tote trieb mit dem Kopf nach unten und ausgebreiteten Armen im Wasser."

„Was? Konntet ihr den Mann, nachdem ihr ihn herausgefischt hattet, identifizieren?"

„Leider nicht. Wir durchsuchten die Innentaschen seines Sakkos und der Hose, aber wie in den meisten Fällen war der Mann ohne Papiere, weder Pass noch Kreditkarten oder eine Hotelbuchung konnten gefunden werden. Auch Reiseunterlagen sowie Flugtickets waren nicht vorhanden. Ein Handy fehlte auch. Eine Vermisstenmeldung ist bis jetzt nicht eingegangen. Aber dafür kann es noch zu früh sein. Auf den ersten Blick kann ich sagen, dass der Tote nicht aus Venedig stammt. Wir gehen anhand der Herstelleretiketten der hochwertigen Kleidung davon aus, dass es sich um einen amerikanischen Touristen handelt. Nur die neuen handgenähten Luxusschuhe ergaben einen italienischen Hersteller."

„Wisst ihr wenigstens ungefähr, was die gut gekleidete Wasserleiche in der letzten Ecke Venedigs wollte?"

Barolo griff sich an die Wange und wischte sich noch einen winzigen Rest Schaum ab, während Carlo weitersprach: „Nein, aber das werden wir herausfinden. Nach erster Einschätzung des Pathologen liegt die Tatzeit zwischen vierzehn und achtzehn Uhr des Vortages."

„Wasser in der Lunge?"

„Tod durch Ertrinken scheidet wahrscheinlich aus. Fest steht auch, dass der Mann nicht von einem Boot in den schlammigen Kanal Agatha gefallen ist. Wir haben es auf jeden Fall mit Mord zu tun. Die Unfallvariante konnte durch Dr. Mantovani schnell widerlegt werden, denn der Schädel des Mannes wurde mit einem stumpfen Gegenstand eingeschlagen. Ich tippe auf einen Stein. Wie es aussieht, war jede Menge Gewalt im Spiel, denn auch sonst wies das Opfer starke Misshandlungen auf. Näheres kann der Doktor erst nach der am Nachmittag stattfindenden Obduktion sagen."

„Wirst du bei der Leichenöffnung dabei sein?"

„Ich denke nicht. Urbano ist als leitender Ermittler zuständig. Anfangs dachten wir, dass der Innenhof des am Kanal liegenden verfallenen Palazzos der Tatort sein könnte. Unsere Vermutung bestätigte sich schnell, denn Schleifspuren des Körpers führten vom Innenhof direkt zum Wassertor der Mauer. Nach dem gewaltsamen Öffnen des Holztores wurde der kräftige Körper über die Kanaltreppe ins Wasser befördert. Es scheint sich nicht um den üblichen Raubmord zu handeln, denn der Tote trug außer einer wasserdichten Rolex, die noch immer die genaue Zeit anzeigt, über hundert Dollar in seiner Hosentasche."

„Seid ihr nicht etwas zu schnell mit …"

Barolo wollte den Redeschwall seines Kollegen bremsen, aber schaffte es nicht.

„Übrigens, unser großer Chef Donizetti reagierte genervt. Er erinnerte an die Frauenmorde auf der *Silverbird* und meinte, warum müssen sich die US-Amerikaner immer unser schönes Venedig zum unnatürlichen Sterben aussuchen? Alle Kollegen warten auf morgen, denn dann wird es im Dezernat sehr ruhig werden. Willst du wissen, warum?"

„Lassen sich alle krankschreiben, oder was ist sonst los?"

„Donizetti hat sich kurzzeitig entschlossen. Er fliegt nach Singapur zu einer Interpolkonferenz mit dem Thema: *Mehr Sicherheit im Netz*."

„Warum hat mir das keiner gesagt? Da hätte ich meinen Urlaub auf später verschoben. Was für ein Glück für dich, dass er nun deine Arbeitsergebnisse nur aus der Ferne verfolgen kann."

Carlo lachte glucksend.

„Ob er da ist oder nicht. An der Aufklärungsquote hat er doch den wenigsten Anteil. Alles läuft ab wie immer. Tatort, Opfer, Täter, Spuren und Autopsie. Und was tut er dazu?"

Barolo lachte zustimmend.

„Aber was ich noch wissen wollte, kann es sein, dass unsere Kanalleiche auf eurem Schiff fehlt? Wie heißt der Dampfer eigentlich?"

„*Celebrity*. Übersetzt *Berühmtheit*, aber du kannst ja selbst Englisch. Wie viele Hotels und Pensionen gibt es in Venedig? Wie kommst du darauf, dass der Mann ausgerechnet auf unserem Luxusliner fehlt?"

„Weil zum Zeitpunkt seines Todes deine *Berühmtheit* am Kai lag."

Barolo machte eine wegwerfende Handbewegung. „Ach, was. Frag mal beim Hafenamt nach. Die Kollegen werden dir sagen, dass gestern im Hafen von San Basilio bereits am frühen Morgen drei amerikanische Kreuzfahrtschiffe angelegt hatten. Da wäre es doch mehr als Zufall, wenn der Mann gerade auf unserem Kahn fehlen würde. Da die *Celebrity* den Hafen pünktlich verlassen hat, gehe ich davon aus, dass alle Passagiere an Bord waren.

Beim Fehlen von Personen hätte der Dampfer, trotz der enormen Hafenliegegebühren, ein paar Minuten mit dem Ablegen gewartet."

„Zahlenmäßig ist richtig. Woher willst du aber wissen, dass die Identität stimmt? Nur die biometrischen Daten in Form eines Fingerabdrucks der Passagiere beim Betreten des Schiffes könnten in Übereinstimmung mit dem Pass im befindlichen Abdruck eine unberechtigte Nutzung ausschließen."

„Wie soll denn das gehen? Falls du es nicht weißt, in den Häfen der Welt checken auf einem einzigen Kreuzfahrtschiff in der Regel zweitausend bis fünftausend Passagiere ein. Dieser Aufwand ist wirklich nur im Konfliktfall möglich."

Nach einer kleinen Pause sagte Carlo: „Na, gut. Vielleicht kannst du dich trotzdem an der Rezeption mal schlaumachen. Als Commissario der italienischen Polizei wird man dir sicher eine Auskunft nicht verweigern."

„Was? Dir ist schon bewusst, dass ich nicht im Dienst bin. Mein italienischer Commissario-Status ist an Bord eines amerikanischen Kreuzfahrtschiffes völlig unwichtig. Ich bin ein Passagier wie jeder andere, deshalb werde ich niemanden finden, der mir eine Auskunft erteilt."

Nach einer kleinen Pause sprach er weiter. „Wenn du meinst, dass es sich bei der Wasserleiche um einen U.S.-Bürger handelt, knall das Blaulicht auf das Wagendach und fahr zum amerikanischen Konsulat. Vielleicht kannst du da etwas erfahren."

„Gute Idee, das werde ich tun. Übrigens habt ihr mit eurem Reisetermin Glück gehabt. Weißt du warum?"

„Nein, sag es mir."

„Seit heute Morgen streikt das Bodenpersonal aller italienischen Flughäfen. Wäre die Arbeitsniederlegung gestern erfolgt, hätte sich die Abfahrt eures Vergnügungsdampfers in Venedig um Stunden verzögert."

Barolo sah zum blauen Himmel, als er antwortete: „Streik? Das ist doch nichts Neues in Italien. Aber unsere Reise steht unter einem guten Stern. Wir haben heute in Bari angelegt. Da ich die Stadt wie meine Westentasche kenne, werde ich das Schiff in der extremen Mittagshitze nicht verlassen. Eventuell kann ich mal mein Glück am Empfang versuchen und nach einem nicht eingecheckten Passagier fragen. Claudia will mit Fabio später einen Stadtrundgang durch Bari machen. Ich werde darauf verzichten, denn ich war schon so oft in der Basilika San Nicola, dass mich die Reliquien des heiligen Nikolaus, die in der Krypta ruhen, beim nächsten Besuch grüßen werden."

Carlo lachte, während Barolo sich kleine Schweißperlen von der Stirn wischte. „Ach, Carlo, falls Claudia mal an meinem Telefon sein sollte, sag ihr bitte nicht, dass ich mich auf dem Schiff etwas umhören will. Du kennst meine Frau. Wenn sie mitbekommt, dass ich hier ein wenig aktiv werde, gibt es Ärger. Viel Erfolg bei der Aufklärung des Falls Kanalleiche. Ciao, Carlo."

Die angelehnte Glastür zum Balkon wurde geöffnet. Claudia erschien im gelbgrünen Schlafshirt. Gerade aufgestanden, verdrehte sie genervt die Augen, da sie die letzten Worte vom Gespräch mitbekommen hatte.

„Mein Gott, müssen uns Venedigs Leichen noch im Urlaub verfolgen? Kann Commissario Sicco nicht einmal allein einen Fall lösen? Bist du seine Amme? Oder was wollte er sonst von dir?", fragte sie in einem spitzen Tonfall.

Barolo stellte sich vor Claudia und sah auf sie herab. „Ich möchte wissen, was du gegen Carlo hast. Hat er nicht oft genug den Dienst mit mir getauscht, nur weil du das wolltest? Sicco interessierte, ob die Kreuzfahrt unseren Vorstellungen entspricht. Schließlich möchte er, wenn er irgendwann in Rente geht, sich auf Weltreise begeben."

„Wie will er denn das finanzieren? Schließlich hat er vier Kinder.“

„Bis dahin sind die Kinder aus dem Gröbsten raus. Und dann soll ich dir einen besonders netten Gruß ausrichten.”

Claudia verzog das Gesicht unfreundlich.

„Ich habe gehofft, dass du wenigstens im Urlaub mal abschaltest und auf andere Gedanken kommst.“

„It’s my job “, lachte Barolo.

4.

Barolo blieb vor den gläsernen Aufzügen stehen. Er überlegte, ob er aufgrund der Kürze des Weges und seiner Gewichtszunahme die Treppe nehmen sollte. Doch im gleichen Moment kam der voll besetzte Lift, in den er sich in letzter Minute hineinquetschen konnte, bevor sich die Türen schlossen. Wahrscheinlich wollte die Mehrzahl der Passagiere auf schnellstem Weg durch das Atrium schweben, um in Kürze auf einem Oberdeck in der Sonne zu braten.

Aus den Augenwinkeln bemerkte er eine attraktive Frau an seiner Seite, deren schlanke Gestalt an ihn gedrückt wurde. Etwas zu schlank für seine Begriffe. Trotzdem verströmte sie eine Portion sinnlicher Ausstrahlung, als sie ihn mit ihren auffälligen grünen Katzenaugen musterte.

„Eigentlich bin ich etwas klaustrophobisch. Ich fühle mich in Fahrstühlen und engen Räumen nicht wohl", flötete sie ihm ins Ohr.

Dabei kam sie ihm so nah, dass ihre Brüste im Gedränge seinen Oberkörper berührten und ein intensiver Veilchen-Parfümgeruch in seine Nase zog. Barolo musste zugeben, dass er sich nicht unwohl bei so viel Nähe fühlte.

„Haben Sie auch Phobien?", wollte die Schöne wissen.

Mario spürte den forschenden Blick ihrer Augen auf seinem Gesicht, als er antwortete: „Ja, eine besonders akute gegen weibliche Spinnen. Da soll es ja welche geben, die das Männchen nach der Begattung auffressen. Glücklicherweise kommen diese gefährlichen Arten nicht in unseren

Breiten vor. Ansonsten empfehle ich Ihnen aufgrund Ihrer Platzangst, das nächste Mal die breite Marmortreppe zu nehmen. Das hält auch schlank", erklärte er.

Die junge Frau, sicher Amerikanerin, lächelte.

„Wissen Sie, dass Ihr Englisch einen ganz charmanten italienischen Akzent hat?"

Barolo lehnte sich an die Rückwand der Liftkabine und ließ der Frau den Vortritt, als die Türblätter des Aufzugs auseinanderglitten. Ihm kurz zunickend, verließ die Lady den Lift. Die automatische Außentür zum Sonnendeck öffnete sich, und die grelle Helligkeit ließ Barolo blinzeln. Es war kurz nach 11.00 Uhr, kein Wölkchen am Himmel, und die Temperatur lag bereits über dreißig Grad. Die Hitze, die ihm entgegenschlug, wirkte saunaartig. Das Außendeck hatte sich in eine riesige Liegewiese verwandelt. Frauen in knappen Bikinis und Männer in bunten Badeshorts ließen sich die mediterranen Sonnenstrahlen auf den mehr oder weniger nackten Körper brennen.

Nach einem Panoramablick über den Hafen konnte Mario auf dem Sportdeck seinen Sohn entdecken. Fabio stand auf der Rampe der Wasserrutsche und checkte auf der Suche nach einem netten Mädchen die Teenies.

„Hallo, Papa."

Er winkte Barolo lässig zu, bevor er die Rutsche betrat, blitzschnell nach unten glitt und mit einer Wasserfontäne in den Pool eintauchte. Marios Augen suchten Claudia, die infolge der hohen Temperaturen nun doch auf den Landgang verzichtet hatte. Leider konnte er sie in der nächsten Umgebung nicht entdecken.

Barolo trug bunte Bade-Shorts, und um seinen Hals baumelte ein weißes Frottiertuch. Die mittägliche Hitze schlug sich in Laune und Kondition nieder. Gekreische und Gelächter schallten ihm vom Pool entgegen. Nach einer Abkühlung und einigen Metern schwimmen würde er besser über das Gespräch mit Carlo nachdenken können. In der Hoffnung, seine Frau zu entdecken, bahnte er sich einen Weg zwischen den Sonnenliegen hindurch, um zum türkisfarben schimmernden Pool zu kommen. Nachdem seine Augen noch einmal die Gegend absuchten, sah er Claudia immer noch nicht, aber die Liftlady geriet in sein Blickfeld. Ihr kupferfarbenes Haar glänzte in der Sonne, als sie ein buntes Badetuch auf dem Liegestuhl ausbreitete. Keine Frage, die junge Frau war attraktiv und wusste das auch. Ihr winziger Bikini war ein Verhüllungsversuch in zitronengelb, was ihre fast knabenhafte Figur zuließ. Ein Passagier, der lässig an der Poolbar lehnte, schickte ihr einen anerkennenden Pfiff hinterher.

Die Schöne sah sich um und setzte sich, nachdem sie Barolo entdeckt hatte. Sie winkte ihm zu, verschränkte die Arme hinter den Kopf und ließ ihn nicht aus ihren grün schillernden Augen. Dieser ständige Blickkontakt machte Mario zugebenderweise etwas nervös. Augenblicklich straffte er den Oberkörper und zog den Bauch ein. Natürlich fand er es toll, dass er auf Interesse bei einer jungen Frau stieß. Eventuell machten ihn die um seine blauen Augen liegenden Fältchen und die ersten grauen Strähnchen im dunklen Haar interessant für das junge Gemüse.

Barolo stellte die Lehne seines Liegestuhles aufrecht und sah zum Whirlpool, wo seit einiger Zeit ein paar ganz Faule im Wasser lagen, bis sie Waschhaut bekamen.

Plötzlich kam die Signora aus dem Lift mit einem provozierenden Hüftschwung näher. Sie strich ihre rote Mähne zurück, welche der Fahrtwind ihr ins Gesicht pustete. Neben seinem Liegestuhl blieb sie stehen und sah zum Pool. Was wollte die Signora von ihm? Barolo wusste jetzt nicht mehr, ob er sich über das Interesse der Dame freuen oder ärgern sollte. Die Liftlady blickte ihm tief in die Augen, während der Commissario sein Gesicht unfreundlich verzog. Die schwüle Hitze hatte einen dünnen Schweißfilm auf seine Haut gelegt. Abrupt stand er auf, drehte sich um und sprang ohne ein weiteres Wort in den Meerwasserpool. Das Wasser war überraschend kalt und erfrischend. Die Liftlady stand lachend am Poolrand und wischte sich die Wassertropfen aus dem Gesicht. Mario teilte das türkisfarbene Wasser mit kräftigen Stößen. Am Ende des Pools wendete er mit einem Salto und schwamm zurück.

Prustend hievte er sich aus dem Wasser. Während er sich herrlich erfrischt fühlte, rannen Wassertropfen auf den Fliesenboden. Er duschte, wechselte die Badehose und nahm wieder seinen Platz ein. Kaum lag er auf der weichen Matte, war er auch schon eingeschlafen. Von ihm unbemerkt war Claudia aufgetaucht. Sie trug ein grünes Bikini-Oberteil und einen farbenfreudigen Pareo. Ihre Stimme schreckte ihn aus dem Schlaf.

„Ach, hier bist du, Mario. Ich habe dich schon gesucht."

Claudia hielt Ausschau nach einer zweiten Liegemöglichkeit und hatte Glück, als eine ältere Dame ihren Platz in der Nähe des Pools verließ. Sie ließ sich in die Polster sinken und schloss einen Moment die Augen. Plötzlich sprang sie auf und griff nach ihrer Tasche.

„Mario. Beinah hätte ich das Training vergessen. Ich muss los!", rief sie. Ihr Mann blinzelte interessiert.

„Wohin, wenn ich fragen darf?"

„Ich habe mich zum Tai-Chi-Kurs angemeldet."

„Ach, du gehst zu einer Koch-Show? Wozu brauchst du denn einen chinesischen Kochkurs? Ich bin mit deinem italienischen Essen völlig zufrieden."

Claudia stöhnte und schüttelte den Kopf. „Mario, dass du immer nur ans Essen denken kannst. Du hast doch bestimmt schon von dem chinesischen Massensport gehört. Tai-Chi, die Kunst des Schattenboxens, ist Kampfsport und Philosophie zugleich. Mithilfe von Tai-Chi kannst du alle negativen Gedanken verscheuchen und das innere Gleichgewicht wiedererlangen. Du solltest auch einmal probieren, durch bestimmte Bewegungen eine ruhige Stimmung zu erlangen."

„Toll. Jetzt weiß ich endlich, warum die Chinesen mit ihren halb geschlossenen Augen immer so einen total entspannten Eindruck machen", lachte Barolo. Natürlich kannte er Tai-Chi, aber er fand es amüsant, wenn Claudia sich so ereiferte.

„Sieh mal, ich zeig dir, wie es geht."

Claudia stellte sich in die Ausgangsstellung, ließ die Arme nach unten fallen, hob die Hände bis in Schulterhöhe. Barolo winkte ab. „Ich habe genug gesehen. Bemüh dich nicht weiter. Hilft dieser Entspannungssport auch gegen Donizetti? Mein Chef regt mich immer am meisten auf. Ich werde mich gleich nach meinem ersten Arbeitstag in der Questura zum Tai-Chi anmelden. Oder kann ich zu Hause im Schlafzimmer einen Privatkurs bei dir belegen?"

„Dass du nie ernst bleiben kannst."

Kopfschüttelnd winkte sie ihm zu, bevor sie über eine Metalltreppe nach oben aufs Sportdeck stieg. „Ciao. Wir sehen uns zum Imbiss vor der Cafeteria – und sei bitte pünktlich."

5.

Als Claudia und Mario die Nelson-Bar betraten, öffnete der Pianist den weißen Steinway-Flügel, nahm den Läufer von den Tasten und setzte sich auf die Klavierbank. Seine Finger glitten leicht über die Tasten, während er gefühlvoll spielte: „I did it my way".

Claudia zeigte sich von der Dekoration der Bar mit wunderschönen langstieligen weißen und roten Rosen beeindruckt. Die Zahl der elegant gekleideten Gäste war übersichtlich. Außer den Barolos handelte es sich um leitende Mitglieder der Schiffscrew. Dem Anlass entsprechend trugen die Damen Cocktailkleider und die Herren goldbetresste weiße Uniformen. Mario stand mit Claudia etwas abseits, als ihm auf den Rücken geklopft wurde.

„Ich kann es nicht glauben. Mr. Barolo, sind Sie es wirklich?", dröhnte eine männliche Stimme. Mario drehte sich erstaunt um. Vor ihm stand in seiner makellosen Gala-Uniform, auf deren Ärmel vier goldene Streifen den Kapitänsrang anzeigten, der Schiffsführer der *Celebrity*.

„Das ist eine Überraschung, Mr. Gustafsson, ich hatte keine Ahnung, dass Sie das Schiff gewechselt haben."

Offensichtlich erfreut über das Wiedersehen, schüttelte ihm der Kapitän die Hand.

„Willkommen an Bord. Es ist mir ein Vergnügen, Sie wiederzusehen. Ich bin nicht weniger überrascht als Sie. Aber nicht nur ich, sondern auch Mr. Freeman hat von der *Silverbird* auf die *Celebrity* gewechselt. Unser Chef der

Security wird sich sicher freuen, Sie in den nächsten Tagen begrüßen zu können. Falls Sie ihn sprechen möchten, sein Büro befindet sich auf Deck zwei. Am besten wird sein, wenn Sie sich vorher telefonisch anmelden."

„Das werde ich gern tun. Schließlich sind wir ja nach der Zusammenarbeit im letzten Jahr so etwas wie Kollegen."

„Warum haben Sie sich vor Antritt der Reise nicht bei uns gemeldet? Die Reederei hätte Ihnen doch, in Anbetracht der akribischen Aufklärungsarbeit im Hafen von Venedig, ein besonderes Angebot machen können."

Barolo dachte einen Moment an die stressige Ermittlungsarbeit, als er in einem Wettlauf mit der Zeit den Mord von zwei weiblichen Passagieren und einen fragwürdigen Unfall zwischen Ankunft und Abfahrt des Schiffes klären musste. Ohne Carlo Sicco hätte er das nie geschafft.

Dann lächelte er über die Offerte. „Nicht nötig Capitano. Wir haben alles, was wir brauchen und fühlen uns sehr wohl auf diesem Schiff."

Mario stellte ihm seine Frau vor. Der Kapitän begrüßte Claudia mit einem kurzen Kopfnicken und verabschiedete sich, als Conny und Phil den Raum betraten.

„Die Pflicht ruft, Mr. Barolo, wir sehen uns noch."

Mr. Turner beugte seinen Kopf zu Conny hinunter und flüsterte: „Okay, jetzt wird geheiratet. Oder hast du es dir anders überlegt?"

Barolo fischte das kleine Etui mit den Trauringen, welches ihm Phil Turner zugesteckt hatte, aus der Innentasche seiner Anzugsjacke und überreichte die Schachtel dem Kapitän. Gustafsson hüstelte und trat vor die Anwesenden, während alle Augen auf Conny und Phil gerichtet waren. Im Raum herrschte feierliche Stille, als der Schiffsführer sich an die Gäste wandte.

„Wir haben uns heute hier versammelt, um dieses Paar in den Hafen der Ehe zu lotsen …"

Selbst Mario Barolo war von der hübschen Braut beeindruckt. Conny trug ein bodenlanges Corsagen-Kleid aus beiger Spitze, welches sie für den heutigen Anlass in Mailand gekauft hatte. Der Schnitt des Kleides lenkte den Blick von den schmalen Hüften auf die kurvige Brustpartie. Phils Hochzeitsgeschenk, tropfenförmige Ohrgehänge aus Morganit mit kleinen Diamanten, passten perfekt zum eleganten Outfit.

„Ich bin entsetzlich aufgeregt", flüsterte Conny Phil zu.

Lächelnd, in seinem dunklen Designeranzug, ließ der Bräutigam kein Auge von der Braut, als der Kapitän ihn fragte, ob er Conny Winter in guten wie in schlechten Tagen lieben und ehren möchte, bis das der Tod sie scheide.

„Ja, ich will."

Seine Stimme hallte laut und deutlich durch den Raum.

„Leicht nervös?", flüsterte Phil der Braut zu, während der Kapitän die Frage stellte: „Nun frage ich Sie, Conny Helen Winter, wollen Sie die Ehe mit Phil Edward Turner eingehen?"

„Ja, ich will ", antwortete Conny lächelnd.

Phil zog Conny zu sich heran, nahm ihre Hand und steckte den mit Diamanten besetzten Weißgoldring an ihren Finger.

„Kraft meines Amtes als Kapitän dieses Schiffes erkläre ich sie zu Mann und Frau. Und jetzt dürfen Sie die Braut küssen."

Den letzten Satz hätte er sich sparen können, denn Conny lag bereits in Phils Armen. Danach erfolgten die Unterschriften auf der Eheurkunde.

Phil stellte sich vor die Anwesenden: „Liebe Gäste, keine Angst, dass ich jetzt eine endlose Rede halten werde. Conny meint sowieso, dass ich immer zu viel rede. Deshalb möchte ich mich heute besonders kurz fassen. Vielen Dank für euer Kommen zu unserer Trauung. Wir werden diesen besonderen Tag und euch nicht vergessen."

Alle applaudierten. Claudia zog beeindruckt ihre Augenbrauen hoch, als sie vor Conny stand. „Ich freue mich so für dich. Du siehst wirklich toll aus und bist die schönste Braut, die ich kenne. Alles, alles Gute für dich und Phil."

Sie bekam von Claudia rechts und links ein Küsschen, wobei sie der Braut ins Ohr flüsterte: „Phil ist ein Glückspilz."

Barolo stand neben seiner Frau und war unsicher, ob er Conny auch küssen oder auf Abstand bleiben sollte. Nach der Gratulation begnügte er sich mit einem kurzen Händeschütteln. Ein Steward kam mit einem Tablett Gläser näher, in denen der Champagner perlte.

„Trinken wir auf das glückliche Brautpaar."

Der Bordfotograf stellte sich in Position. Zahllos klickten die Kameras, um bleibende Erinnerungen vom Brautpaar einzufangen. Phil Turner ging zu Mr. Gustafsson. Er stellte das Champagnerglas auf das Silbertablett zurück, bevor er dem Kapitän die Hand reichte. „Danke Captain, dass Sie sich heute die Zeit genommen haben. Die Eheschließung wird für uns ein unvergessliches Erlebnis bleiben."

Zu den Klängen von Chopin schnitt das Brautpaar die dreistöckige Hochzeitstorte an. Claudia stand mit einem Glas Champagner neben Barolo.

„Sieh sie dir an, die beiden strahlen vor Liebe", flüsterte sie ihrem Mann ins Ohr.

Barolo antwortete völlig unromantisch: „Wer weiß wie lange. Du kennst doch den Ausspruch: Wer heiratet, teilt sich die Sorgen, die er vorher nicht hatte. Erst in Zeiten der Probleme wird sich herausstellen, ob es wirkliche Liebe war."

„Hör auf zu unken und denke daran, dass wir morgen sechzehn Jahre verheiratet sein werden. Warum sollte es bei den beiden nicht so gut klappen wie bei uns?", meinte Claudia und küsste Mario flüchtig. Sie stellte das Champagnerglas auf den Tisch und schmiegte sich in seine

Arme. In ihrer Ehe kam es manchmal zu Unstimmigkeiten, aber es hatte noch nie eine ernsthafte Krise gegeben.

Das Brautpaar kam näher.

„Nett, diese Feier im kleinen Kreis. Nach unserer Ankunft im Hafen von New York werden wir von Verwandten und Freunden empfangen, und dann werden wir anschließend im Ritz-Carlton New York eine Riesenparty feiern."

Die Gäste säumten die Tanzfläche, als der Pianist den Hochzeitswalzer anstimmte. Conny schloss überwältigt einen Moment die Augen, während sie mit Phil tanzte. Alle Augen schauten auf das Brautpaar. Beste Gelegenheit für Barolo und Claudia, sich lautlos zu verabschieden.

„Hochzeiten sind anstrengend. Komm, wir verschwinden", flüsterte Mario seiner Frau ins Ohr. Arm in Arm verließen sie die Bar. Als sich die Glastür hinter ihnen schloss, verstummten die Klavierklänge. Die weichen Teppiche dämpften ihre Schritte auf dem Weg zum Lift. Barolo öffnete mit der Schlüsselkarte die Kabinentür.

„Kannst du mir bitte den Reißverschluss öffnen?", fragte Claudia, nachdem sie ihre Kabine betreten hatten.

„Das mache ich gern."

Sie schleuderte die High Heels von den Füßen und stellte sich vor Barolo, der sein Jackett abgelegt und die Krawatte gelockert hatte. Seine Arme schlangen sich von hinten um ihren Körper. Durch das Kleid hindurch spürte er die Wärme, und der zarte Geruch ihrer Haut erregte ihn.

„Weißt du, worauf ich mich freue?"

„Auf ein reichliches Abendessen?"

„Falsch, auf ein Stündchen mit dir im Bett."

Claudia sah zur Uhr. „Das geht doch nicht."

„Warum nicht?"

Barolo küsste ihren schlanken Hals, bevor er sich etwas ungeduldig dem Reißverschluss auf ihrem Rücken widmete.

„Sei vorsichtig, Mario“, mahnte Claudia. Immerhin hatte sie für das modische Teil vor der Abreise ihr Konto geplündert.

„Wirklich schwierig, der Reißverschluss. Ich muss immer bei dir sein, denn ohne mich könntest du das entzückende Kleid nie tragen.“

Es dauerte ihm fast zu lange, bis das gute Stück zu Boden rutschte. Mario küsste ihre Lippen, auf denen ein säuerlicher Champagnergeschmack lag. Genau in diesem Moment dachte er an ihre Hochzeitsnacht vor sechzehn Jahren und daran, wie er Claudia den perlenden Prosecco vom nackten Körper geleckt hatte. Lächelnd schwelgte er in Erinnerungen, als er sich das Hemd aufknöpfte und vom Körper streifte. Er hielt Claudia fest, als sie halb nackt im Bad verschwinden wollte.

„Wenn ich dich so vor mir sehe, bekomme ich weiche Knie wie damals, als ich mich nicht traute, die süße Kleine in der verräucherten Bar in Cannaregio anzusprechen. Ti amo. Ich liebe dich wie am ersten Tag.“

Er drängte sie zum Bett, während seine Hände zärtlich über ihre nackte Haut glitten. Sie leistete nur noch schwachen Widerstand, als sie sagte: „Wir müssen Fabio von der Disco abholen.”

Barolo murmelte: „Ich weiß, aber dein Sohn wird nicht böse sein, wenn er etwas länger mit seiner neuen Freundin in der Disco tanzen kann. Hat das Mädchen aus New York auch einen Namen?”

„Sie heißt Mary, befindet sich mit ihrer attraktiven Mutter auf dem Schiff. Die Frau soll die Reise in einer Tombola gewonnen haben.“

Mario zog Claudia fest an sich und flüsterte: „Das nenne ich Glück, aber jetzt nicht der richtige Zeitpunkt, um sich über andere Leute zu unterhalten. Wir sollten uns lieber auf uns konzentrieren.“

Er begann sie zu küssen.

6.

Ein schmaler Lichtstrahl drang durch den Spalt zwischen den dunklen Vorhängen in die Kabine. Mario Barolo war erst gegen Morgen eingedöst, da ihm Siccos Kanalleiche nicht aus dem Sinn gegangen war. Dazu kam, dass er zu den Hochzeitsfeierlichkeiten und am späten Abend zu viel Alkohol getrunken hatte, was ihn nicht unwesentlich am Einschlafen hinderte. Da half nicht einmal die offene Balkontür, die genug nach Salz und Tang riechende Frischluft in die Kabine ließ. Nach dem Frühstück mit Claudia würde er sich entspannt auf das Sonnendeck platzieren und eine Mütze Schlaf nachholen. Vorher musste er aber noch mit Carlo sprechen. Er gähnte und wollte sich gerade auf die andere Seite drehen, als er ein Geräusch hörte. Er brauchte einen Moment, um zu begreifen, dass es diskret an der Kabinentür geklopft hatte.

„Housekeeping."

In Sekundenschnelle wurde ihm klar, dass der Steward das bestellte Frühstück brachte. Lautlos glitt er aus dem Bett und zog T-Shirt und Boxershorts an.

„Moment bitte."

Fabio befand sich bereits im Bad. Barolo wollte sich das Haar bürsten und klopfte an die verschlossene Tür. Beinah hätte er die Bestellung für den heutigen Hochzeitstag vergessen. Der Kabinenkellner stand im Gang. Auf einem silbernen Tablett befand sich ein ausgesuchtes Frühstück für zwei und im Eiskübel eine kleine Flasche Champagner.

Im gleichen Moment bog die Kabinenstewardess um die Ecke. Sie brachte den bestellten Rosenstrauß. Dankend nahm Barolo den Leuten das Tablett und die Blumen ab und parkte die Sachen erst einmal auf dem Schreibtisch. Ein Glück, dass er dieses Jahr den Hochzeitstag nicht vergessen hatte. Bevor er die Tür schloss, fiel sein Blick in den Briefkasten.

Er zog einen goldumrandeten Umschlag heraus und las das Schreiben. Hatten sie die Einladung dem Kapitän oder ihrer neuen Kreuzfahrtbekanntschaft zu verdanken? Egal, Claudia würde sich freuen, nach der Abfahrt in Neapel am Kapitänstisch zu sitzen. Im Moment schlief sie noch, während Fabio das Bad blockierte.

Barolo klopfte an die verschlossene Tür.

„Rasierst du dich, oder was machst du so lange im Bad?"

Fabios Barthaare ließen noch auf sich warten, aber heute hatte der Junge für diesen Scherz keinen Nerv. Schließlich hatte er einen einzigen Pickel im Gesicht gefunden, der ihn fast verzweifeln ließ.

„Superkrass, dieser Scheiß!", rief er, nachdem die Tür entriegelt war. Sein Umgangston war in letzter Zeit nicht gerade salonfähig.

„Was wird Mary denken, wenn sie mich so sieht?", jammerte er. Seit er das Mädchen aus New York an der Wasserrutsche kennengelernt hatte, empfand er die Kreuzfahrt als supergeil. Fabio fand Mary cool und war zufrieden, dass er sich mit seinem Schulenglisch und ein paar Gesten gut verständigen konnte.

„Mach mal Platz. Ich muss mich duschen und rasieren."

Fabio schrubbte sich noch ausgiebig die Zähne, bevor er das Badezimmer verließ. Barolo stand einen Moment vor dem Spiegel. Ein dunkler Bartschatten bedeckte seine Wangen. Er straffte den Oberkörper und zog den Bauch ein. Während der Kreuzfahrt wollte er nicht, aber zu Hause musste er unbedingt abnehmen. Er beeilte sich mit seiner Morgentoilette. Fertig angekleidet, vibrierte sein Handy auf dem Schreibtisch. Er steckte es in die Hosentasche, schob den Fenstervorhang zur Seite, öffnete die Glastür und trat hinaus. Auf dem Balkon fischte er das Smartphone aus der Gesäßtasche seiner Jeans und meldete sich.

„Hallo, Carlo. Ich wollte dich auch gerade anrufen. Hast du etwas Neues aus der Questura zu berichten? Immer noch keine Identität der Kanalleiche, oder?"

Barolo setzte sich auf den Balkonstuhl, da er annahm, dass das Gespräch etwas länger dauern würde.

„Buon giorno, Mario, habe wenig Zeit, trotzdem möchte ich dir das Neueste mitteilen."

„Na schön, dann lass mal hören, was ihr herausgefunden habt."

„Dr. Mantovani hat sich die halbe Nacht um die Ohren geschlagen, um eine umfassende kriminaltechnische Autopsie durchzuführen. Commissario Urbano musste als leitender Ermittler teilnehmen, und so kann ich dir heute einiges brandneu berichten. Unsere Kanalleiche ist zwischen vierzig und fünfzig Jahre alt, 82 Kilo schwer und 1.85 m groß. Der Tote hat nicht länger als fünfzehn Stunden im Wasser gelegen. Nach Untersuchung der Lungen stand fest, dass der Mann schon verstorben war, als er in den Kanal geworfen wurde. Eine Blutuntersuchung gab keinerlei Hinweise auf Alkohol oder Drogen. Der Angriff muss völlig überraschend gekommen sein, denn der Körper weist keinerlei Abwehrspuren auf. Schon die ersten Schläge haben das Opfer außer Kraft gesetzt. Der Mörder muss äußerst wütend gewesen sein, als er brutal auf den Mann einschlug. Ich gehe davon aus, dass sich die Männer gekannt haben."

„Interessant."

„Wir arbeiten mit Hochdruck, aber es gibt keine verwertbaren Spuren des Täters. In der öden Gegend des Kanals sind keine Überwachungskameras vorhanden, und die Anwohner haben nichts bemerkt. Und so tappen wir, was die Identität des Toten betrifft, immer noch im Dunkeln. Ich habe mir die Liste der Vermisstenstelle angesehen, aber keine Anzeige wies die geringste Ähnlichkeit mit unserem Toten auf. Auch die von dir empfohlene Anfrage beim amerikanischen Konsulat ergab keine vermisste Person."

„Wie soll es jetzt weitergehen?"

„Die Ermittlungen treten auf der Stelle. Dr. Matovani musste, um die Verletzungen im Gesicht zu kaschieren, mit ein paar kosmetischen Tricks die Leiche schönen. Er hofft, den Mann so aussehen zu lassen wie zu Lebzeiten. Am Donnerstag soll im *Gazzettino* auf Seite eins ein Foto von dem unbekannten Toten erscheinen. Vielleicht erkennt ihn dann jemand, und seine Identität kann endlich geklärt werden. Ansonsten frage ich mich, was der gut gekleidete Mann in dieser für Touristen uninteressanten Gegend wollte. Sein Magen beinhaltete ein kleines Frühstück. Croissants, Butter, Marmelade. Nach den Bestandteilen könnte es sich um den üblichen italienischen Hotelimbiss oder einen Flugzeugsnack handeln."

„Gut möglich."

„Commissario Urbino und ich sind nach Lage der Dinge der Meinung, dass es sich nicht um ein Zufallsopfer handelt. Die Männer müssen sich gekannt haben. Sobald ich etwas Neues weiß, bekommst du eine Mail. Vorher schicke ich dir das Foto des unbekannten Toten. Ciao."

„Nicht so eilig, Carlo. Einen Moment noch, denn ich habe auch eine Neuigkeit. Was sagst du dazu, dass das Kommando über unseren Urlaubsdampfer in den Händen von Kapitän Gustafsson liegt?"

„Was? Das nenne ich Zufall."

„Übrigens hat er die Familie Barolo in Anbetracht der akribischen Aufklärungsarbeit im vergangenen Jahr morgen

Abend zum Kapitänstisch eingeladen. Schade, dass du nicht dabei sein kannst. Ansonsten kennst du ja die Frauen. Claudia hat die Einladung noch nicht gesehen, aber sie wird ein Problem bekommen, da sie sicher nicht weiß, was sie anziehen soll."

Die Männer lachten.

„Und auch Mr. Steve Freeman sitzt mit im Boot. Gute Gelegenheit, um etwas zu erfahren, was nicht für den Rest der Passagiere gedacht ist. Wenn ich auch nicht verstehe, was deine Kanalleiche mit unserem Schiff zu tun haben soll, werde ich mich nach dem Frühstück zur Rezeption begeben. Vielleicht kann ich dort etwas in Erfahrung bringen. Wenn nicht, versuche ich mein Glück bei dem Chef der Sicherheit." Sicco schien es jetzt nicht mehr eilig zu haben, denn er fragte: „Und wie gefällt es dir auf dem Kahn? Ach, dass ich es nicht vergesse, bestell bitte dem Freeman einen Gruß von mir."

„Das werde ich nicht vergessen. Die Überquerung des Atlantiks und der Zielhafen auf einem anderen Kontinent hat schon was. Dazu kommt der Vorteil ohne nervende Kofferpackerei über Nacht, praktisch im Schlaf, in einer anderen Stadt oder einem anderen Land zu sein. Jetzt sind wir aber noch in der schönen Republik Italia. Morgen werden wir in Neapel anlegen. Gestern waren wir von unseren Tischnachbarn zur Hochzeit eingeladen, und heute feiern wir unseren 16. Hochzeitstag. Du kannst dir sicher vorstellen, dass ich seit Sonntag die Questura noch keine Minute vermisst habe."

„Dann gratuliere ich. Soweit habe ich es mit Lucia noch nicht gebracht."

„Ciao Carlo, jetzt muss ich Schluss machen, denn ich will Claudia mit einem guten Frühstück überraschen. Ich melde mich morgen."

Eilig verließ Barolo den Balkon, um die notwendigen Vorbereitungen zu treffen. Ein prüfender Blick zeigte ihm, dass Claudia noch schlief.

Er stellte das kleine Tischchen an ihr Bett und platzierte das Tablett mit den appetitlichen Kleinigkeiten darauf. Er ließ den Korken der Champagnerflasche knallen, und schon perlte die Flüssigkeit in den Kelchen. Dann drückte er den Hebel der silbernen Kanne und goss den Kaffee ein. Als Barolo mit den Vorbereitungen zufrieden war, setzte er sich auf den Bettrand. Claudia drehte sich schlafend auf die andere Seite. Die Frau wird nicht älter, dachte er, als er ihr faltenloses Gesicht betrachtete. Er streckte seine Hand aus und berührte ihren nackten Arm. „Guten Morgen, meine Süße. Hast du gut geschlafen? Das Frühstück wartet auf dich."

„Schon gut. Nachdem hier einer geschossen hat, bin ich wach geworden. Wie spät ist es?", murmelte Claudia, ohne die Augen zu öffnen. Anstelle einer Antwort beugte er sich über sie und küsste ihre Lippen.

„Hier fiel kein einziger Schuss. Ich habe nur die Champagnerflasche geöffnet. Wie lange sind wir heute verheiratet? Zur Abwechslung hast du einmal unseren Hochzeitstag vergessen, oder?"

Claudia setzte sich im Bett auf. Erst jetzt sah sie auf das Tablett und dann auf die Blumen.

„Entschuldige bitte. Es ist mir direkt peinlich, dass ich nicht gleich daran gedacht habe."

Sie sprang aus dem Bett, ging ins Bad, um sich frisch zu machen. Dann kam sie mit einem kleinen Päckchen für Mario zurück.

„Ich liebe Sektfrühstück."

„Und mich?"

„Dich ganz besonders", sagte sie und schlang die Arme um seinen Hals und küsste ihn ausgiebig. Natürlich hatte sie den Hochzeitstag nicht vergessen und Marios Lieblingsrasierwasser im Schiffsshop gekauft.

Die Toilettenspülung rauschte kurz, und Fabio betrat die Kabine.

„Was ist denn hier los?“, staunte er, als er das Frühstück für zwei sah.

„Nach was sieht es denn aus?“

„Hochzeitstag?“

„Gut geraten“, lachte Barolo.

Fabio zog sich ein T-Shirt über.

„Dann will ich euch nicht stören. Wie ich sehe, ist der Tisch nur für zwei gedeckt. Ihr wollt sicher allein sein, da ihr nicht an mich gedacht habt. Tschau, ich gehe in die Cafeteria frühstücken. Vielleicht treffe ich dort Mary. Schönen Tag noch.“

„Moment, Fabio. Sei bitte so nett und hänge das Schild *Bitte nicht stören* von außen an die Tür!“, rief sein Vater.

Nach dem ausgedehnten Frühstück wollte Barolo sein Glück an der Rezeption versuchen. Er fuhr mit dem Lift erst einmal nach unten zum Deck drei. Gedämpfte Klaviermusik zog durch die Lobby, als er vorbei an zahlreichen Tischen zum blumengeschmückten Tresen eilte. Die Rezeptionistin im grauen Kostüm stand am Computer. Ihre Finger rasten noch einen Moment über die Tastatur des PCs, bevor sie aufblickte und mit einem Lächeln näherkam.

„Can I help?“

„Vielleicht.“

Letztendlich würde es von ihrer Laune abhängen, ob sie ihm eine Auskunft geben würde.

„Sorry, ich wollte mich gestern mit einem Bekannten aus Venedig in der Bibliothek treffen. Leider ist er nicht zum Treffpunkt erschienen. Kann es sein, dass er aus mir unbekannten Gründen das Schiff verpasst hat? Es gibt doch eine Passagierliste, aus der Sie ersehen können, ob alle Personen in Venedig eingecheckt haben?“

Die Empfangsdame zuckte bedauernd mit den Schultern. Ein süßliches Parfüm verbreitete sich, als sie mit dem Kopf etwas näherkam. „Eigentlich bin ich nicht befugt, Ihnen über das Einchecken der Passagiere Auskunft zu geben, aber ich werde einmal eine Ausnahme machen. Wie heißt der Mann, den Sie suchen?“

Barolo zuckte mit den Schultern. Wenn er das wüsste!

„Un momento.“

Er hielt den Kopf ein wenig schief, als würde er angestrengt nachdenken.

„Der Name fällt mir jetzt nicht ein. Verraten Sie mir einfach, ob alle Passagiere in Venedig an Bord gekommen sind.“

Die Empfangsdame sah auf den Bildschirm und schüttelte den Kopf.

„Tut mir leid. Das werde ich Ihnen nicht sagen, wenn Sie nicht einmal den Namen Ihres guten Bekannten kennen.“

„Dann ist es nicht zu ändern. Trotzdem mille grazie, Signora.“

7.

Ein ereignisreicher Tag lag hinter Barolo, als die Tagesausflügler das Schiff im Hafen von Neapel wieder betraten. Die Ausflügler waren acht Stunden in Neapel und Pompeji unterwegs gewesen, und nun diese, nach Barolos Meinung, überflüssige Einladung an den Kapitänstisch. Eigentlich reichten ihm die Tagesereignisse für heute. Dazu kam, dass er nicht gern im Dinnerjacket auf dem Präsentierteller saß.

Wenn es ging, vermied er Anzüge und Krawatten, aber heute musste er den dunklen Abendanzug aus dem Kleiderschrank fischen. Etwas später ein prüfender Blick in den Badezimmerspiegel. Die Fliege saß perfekt. Claudia drehte sich vor Barolo hin und her. Das knapp geschnittene Kleid endete oberhalb des Knies und brachte ihre Figur gut zur Geltung.

„Wie findest du mich?"

Prüfend stellte Mario sich vor Claudia, die fast einen Kopf kleiner war.

„Carissimo. Die Farbe ist ideal für dich. Besonders jetzt, wo deine Haut leicht gebräunt ist."

Blitzschnell erhielt er ein Küsschen für die Einschätzung.

„Dann bin ich beruhigt, denn du bist doch mein bester Styling-Berater."

Fabio stand noch unter der Dusche und rief: „Warum muss ich mit zu diesem Rentnertreffen? Ich möchte lieber mit Mary einen Big Cheeseburger in der Cafeteria essen."

Claudia schüttelte den Kopf. „Kommt nicht infrage. Heute gehst du mit uns zum Kapitänsmenü."

Der Sohn steckte den Kopf aus der Badezimmertür und machte einen letzten Versuch. „Was soll ich denn da? Das wird doch megalangweilig. Papa macht dann mal wieder einen auf wichtig. Wahrscheinlich unterhält er sich mit dem Kapitän nur über die steigende Kriminalitätsrate der rumänischen Taschendiebe in Venedig."

Claudia wurde langsam sauer. Sie tupfte sich zwei Tropfen eines dezenten Parfüms auf die Haut ihres Dekolletés. „Du weißt ganz genau, dass Papa nicht am Tisch über seinen Dienst bei der Polizei spricht. Kürzlich wolltest du unbedingt den Kapitän sehen. Heute hast du Gelegenheit dazu."

Barolo ging zum Balkon und warf noch einen letzten Blick auf Neapel. Das Schiff hatte abgelegt, die Lichtpünktchen der Hafenstraße wurden immer kleiner und verloren sich bald in der Dunkelheit.

Mario signalisierte Claudia, dass er noch eine Minute brauchen würde. Sie ging zu ihm. „Kann ich dir helfen?"

Vorsichtshalber fragte er: „Sitzt die Fliege richtig?"

„Ja, nun beeilt euch doch endlich. Es ist doch peinlich, wenn alle auf uns warten müssen."

Claudia Stimme klang etwas schrill. Wie immer, wenn sie aufgeregt war. Barolos Frau besaß den Hang zu einer zwangsneurotischen Pünktlichkeit und war nach einem weiteren Blick zur Uhr nicht mehr zu bremsen. Aufgeregt stöckelte sie in der Kabine hin und her. Nach fünf Minuten war die Familie endlich ausgehbereit.

Der Kapitän thronte in seiner weißen Galauniform in der Mitte des Tisches. Barolo wusste, dass er schon zwanzig Jahre die Kapitänsmütze trug. Mr. Gustafsson erhob sich vom perfekt gedeckten Tisch, verzog sein Gesicht zu einem Empfangslächeln und wünschte seinen speziellen Gästen einen besonders schönen Abend.

Fabio bekam den Platz an seiner rechten Seite, während Conny Turner als attraktiver Blickfang des Schiffsführers seine Linke schmückte. Die junge Frau trug ein moosgrünes Kleid mit Perlen und Kristallsteinchen aus der Kollektion Giorgio Armanis und sah fantastisch aus. Claudia nahm Platz und schaute in die Runde. Neben ihr saß Phil, dann die Chefstewardess, einen Platz weiter der Schiffsarzt Dr. Harrison.

Bis zum Servieren des ersten Gangs gab es in der Runde einen Austausch von Höflichkeiten. Danach entstand eine angeregte Diskussion über Umwelt- und Artenschutz, globale Erderwärmung sowie die Überfischung der Meere.

Abschließend meinte der Kapitän: „Über sechs Millionen Tonnen Plastikmüll gelangen jedes Jahr in die Weltmeere. Nur ein Bruchteil davon wird irgendwo an Land gespült und entsorgt."

Fabio interessierte sich auch für das Thema. „Ziemlich krass, denn Plastik verrottet nicht und landet in den Mägen der Wassertiere, die daran grausam verenden. Ich habe von Schildkröten gehört, die in Massen sterben, da sie die durchsichtigen Plastiktüten mit ihrer Hauptnahrung Quallen verwechseln. Wenn das so weitergeht, werden in den Meeren bald mehr Plastikteile als Fische schwimmen. Allerdings habe ich gehört, dass demnächst der Verbrauch von Plastiktüten in den Ländern der Europäischen Union entscheidend eingeschränkt werden soll."

Phil Turner hob spöttisch die Augenbrauen, als er sich an Mario wandte. „Eine Frage, Mr. Barolo. Stimmt es, dass in Neapel sechsundzwanzig Millionen Tonnen Abfall lagern? Ich hörte, dass Ihr Staat für diesen Unrat 20 Millionen Euro Bußgeld an die EU zahlen muss. In Italien läuft auch vieles nicht, wie es sollte, oder?"

Barolo wurde ganz warm bei diesem Thema. Er parkte das Besteck auf seinem Teller, öffnete den oberen Hemdknopf und lockerte seine Krawatte.

„Da sprechen Sie das richtige Problem an, um mir den Abend zu verderben. Viele Ausländer denken, dass die Mafia in unserem schönen Land Geschichte ist, aber dem ist nicht so. Das Abfallproblem wird nicht gelöst, da seit Jahrzehnten die Müllmafia in Neapel ihre Hände im Spiel hat. Und nicht nur Sizilien leidet unter Müll und Mafia. Ich könnte auch die Städte Rom und Venedig nennen. Die Strukturen funktionieren noch immer perfekt. Jetzt geht es nicht wie früher um Geld, Stolz und Rache, sondern hauptsächlich um politische und wirtschaftliche Macht in Italiens Städten."

Claudia fasste beruhigend nach Barolos Arm. „Dieses Thema bringt meinen Mann ganz schnell von null auf hundert. Ehe Mario seine Empörung über den ganzen Abend verteilt, sollten wir uns lieber einem erfreulicheren Thema zuwenden", forderte sie.

Fabio gab sein Bestes, um bei Kapitän Gustafsson einen guten Eindruck zu hinterlassen.

„Was hältst du von einem Besuch auf der Kommandobrücke?", wurde er vom Schiffsführer gefragt.

„Das wäre super", antwortete Barlos Sohn. „Ich finde den Beruf des Kapitäns ziemlich geil. Ein Schiff von dieser Größe über den Ozean zu steuern, da muss jeder Tag zum tollen Erlebnis werden. Ich bin noch am Überlegen, aber vielleicht werde ich nach dem Abitur Nautik studieren."

Der Kapitän nickte. „Wenn ich dich so sprechen höre, finde ich die Besichtigung der Kommandobrücke besonders wichtig. Eigentlich ist der Zutritt für Passagiere verboten, aber für dich könnte ich eine Ausnahme machen. Hast du Lust dazu?"

Fabio konnte vor Aufregung nur nicken.

Mrs. Turner wippte mit ihrem rechten Fuß nervös hin und her, als sie Claudia fragte: „Waren Sie auch in Pompeji?"

„Ja, wir hatten die gleiche Tour wie Sie gebucht, wobei unser Rundgang eine halbe Stunde später erfolgte."

Conny sah in die Runde, bevor sie erzählte: „Die antike Ruinenstadt am Fuß des Vesuvs hat mich total beeindruckt. Allerdings erhielt unsere Begeisterung einen Dämpfer. Nachdem die Gruppe durch einen Säulengang bereits weitergegangen war, betrachtete mein Mann im Garten einer pompösen Villa noch immer ein buntes, teppichförmiges Fußbodenmosaik. Plötzlich ließ irgendein Geräusch Phil nach oben blicken. Genau in diesem Moment stürzte von einer Balustrade, die sich am Gebäude befand, die Skulptur einer Göttin zu Boden. Phil sprang instinktiv zur Seite, während die Statue nur wenige Zentimeter entfernt zu Boden krachte. Ein Glück, dass er nicht getroffen wurde."

„Wie konnte das denn passieren? Ich habe doch im Gazzettino gelesen, dass in den letzten Jahren viele Millionen Euro in den Erhalt des ältesten Freilichtmuseums der Welt gepumpt wurden", fragte Barolo verwundert.

Conny zuckte mit den Schultern. „Wir wissen es auch nicht. Die Stadtführerin meinte ziemlich schockiert, dass so etwas noch nie passiert wäre. Sie war sehr besorgt um Phil, der sich kreideweiß, mit wackelnden Knien erst einmal setzen musste."

Phil mischte sich in das Gespräch ein: „Ist ja noch mal gut gegangen. Alles passiert irgendwann zum ersten Mal. Aber der Schreck sitzt mir immer noch in den Knochen, und so werde ich erst einmal einen guten Whisky trinken."

Er winkte dem Steward. Nach der Bestellung sprach er weiter: „Die Totenstadt gab mir das Gefühl, dass die Zeit im Jahr 79 nach Christi in Pompeji stehen geblieben ist. Der Ort wurde unter einer 6–7 Meter hohen Ascheschicht begraben und erstaunlich gut konserviert. Was für ein unvorstellbares Inferno war in Kürze über die blühende Stadt und ihre Bewohner hereingebrochen. Die vor Entsetzen verzerrten Gesichter der Menschen, die mitten im Leben von einer auf sie zurollenden glühenden Wolke überrascht wurden, waren sehr beeindruckend. Besonders der Gipsabdruck eines Gesichts. Der sich im Todeskampf befindende Mann hatte die Knie bis zum Kopf hochgezogen und den Mund zum letzten Schrei geöffnet."

„Wir hätten beinah heute Abend auch nicht an diesem Tisch gesessen", meinte Claudia.

„Was ist Ihnen denn passiert?", fragte Conny erschrocken.

„Nichts Schlimmes. Wir sind Italiener, aber waren noch nie in Pompeji. Mario in seiner touristischen Gier konnte sich nicht sattsehen an den prächtigen Villen und Innenhöfen. Wir hatten die Zeit verpasst und waren dann auch noch in die falsche Richtung gelaufen. Glücklicherweise hatte der Bus nach Neapel auf uns gewartet."

Conny lachte fröhlich. Schon wegen des ansteckenden Lachens fand Barolo die Frau sympathisch. Phil hob das Whiskyglas, und sein Blick hatte die arrogante Note verloren, als er mit Barolo auf den gelungenen Abend anstieß.

„Was meinen Sie, wäre es nicht an der Zeit, dass wir uns duzen und Sie mich Phil nennen?"

Barolo griff zu seinem Weinglas. „Gern, ich bin Mario."

Claudia mochte die beiden Frischvermählten und prostete ihnen zu. Der Banker aus New York erzählte wenig später etwas über Aktien und dass in Zeiten der Finanzkrise jeder sehen muss, wo er bleibt. Jetzt sah Barolos Frau gelangweilt auf ihren leeren Dessert-Teller. Sie fand Phils Betrachtungen über die Finanzwelt wenig unterhaltsam.

Fabio spielte mit seiner Serviette, während Mario beim Steward einen *Caffè corretto alla Grappa* bestellte. Der Mann im dunklen Anzug schüttelte betrübt den Kopf. „Tut mir leid."

„Dann bringen Sie mir bitte einen doppelten Espresso."

Das Getränk kam. Barolo trank ein paar winzige Schlucke und stand auf.

„Dürfen wir uns verabschieden? Hinter uns liegt ein anstrengender Tag."

8.

Das Schiff hatte im Hafen von Civitavecchia angelegt, als Barolo sich auf den Balkon setzte und seinen Tablet-PC aus der Tasche zog. Hier im Hafen hatte er einwandfreies WLAN.

In Erwartung, dass sich sein Partner gemeldet hatte, checkte er seine Nachrichten. Er öffnete die E-Mail, die ihm Carlo vor wenigen Minuten geschickt hatte, und las:
Sind in den letzten Stunden nicht schlauer geworden, was die Identität der Kanalleiche betrifft. Obwohl wir denken, dass es sich nicht um einen Italiener handelt, haben wir die Fingerabdrücke des Toten durch die Nationale Datenbank gejagt. Kein Treffer beim Abgleich. Bisher fehlen auch Hinweise aus der Bevölkerung. Hoffentlich bringt das Foto heute im „Gazzettino" ein paar Hinweise.
Ich melde mich, sobald es etwas Neues gibt. Carlo

Claudia betrat die Kabine. Schnell legte Barolo den Tablet-PC zur Seite.

„Wo bleibst du nur? Fabio ist schon unterwegs. Wenn du jetzt nicht endlich kommst, können wir unseren Ausflug nach Rom vergessen. Die ersten Passagiere haben bereits das Schiff verlassen. Denkst du, dass der Shuttlebus nur auf uns wartet?"

Barolo überlegte nur drei Sekunden. Wozu Rom?

Er kannte die überlaufenen Touristenziele von Italiens Hauptstadt zur Genüge. Was sollte er bei diesen hohen

Temperaturen auf der Spanischen Treppe, an der Engelsburg oder am Ufer des Tiber? Er musste wählen zwischen Rom und Venedig.

Nach kurzer Überlegung gab er der Kanalleiche den Vorrang. Er log nicht gern, aber jetzt wurde eine Notlüge fällig. Mit leidender Miene legte Mario die Hand auf den Bauch, als hätte er Schmerzen.

„Was ist los mit dir? Hast du ein gesundheitliches Problem?", fragte seine Frau besorgt.

„Nichts Schlimmes, nur meine leidliche Gastritis. Ich hätte zum Frühstück keinen Kaffee trinken sollen. Am besten wird es sein, wenn ich mich etwas hinlege, dann wird es am Abend besser gehen. Fahrt allein nach Rom. Ich möchte euch nicht mit meinem wehleidigen Gesicht den schönen Tag verderben."

„Musst du zum Arzt? Soll ich bei dir bleiben?", fragte Claudia erschrocken.

„Nein, es geht schon. Ich werde meine Magentabletten nehmen. Wenn es nicht besser wird, gehe ich später zum Schiffsarzt. Ich denke, wenn ihr zurückkommt, bin ich wieder fit."

Claudia sah auf ihre Uhr. „Hoffentlich. Wie du meinst. Wir müssen uns beeilen, denn der Bus fährt gleich ab."

Ein Abschiedsküsschen, ein prüfender Blick in den Spiegel, und hinter Claudia klappte die Kabinentür zu.

Nachdem seine Frau die Kabine verlassen hatte, holte Barolo sich ein kühles Bier aus der Minibar. Mit einem Glas in der Hand setzte er sich auf den Balkon. Er sah zum Himmel, wo kleine Wölkchen wie zerzupfte Watteböllchen vorüberflogen.

Hohe klimatisierte Reisebusse säumten den Kai und warteten auf die zahlreichen Tagesausflügler. Mario beugte sich über das Geländer. Er sah Claudia, die sich mit Phil und Conny an der Gangway getroffen hatte. Fabio entdeckte er bei Mary und ihrer Mutter. Nach Abfahrt der Ausflugsbusse verließ Mario die Kabine, nicht ohne sich vorher zu vergewissern, dass er die Schlüsselkarte eingesteckt hatte.

Barolo eilte an zahlreichen Kabinentüren vorbei bis zu den Fahrstühlen. Die Türen eines menschenleeren Lifts schlossen sich bereits, als der Commissario blitzschnell seine Hand in den immer kleiner werdenden Spalt schob, worauf sie sich wieder öffneten. Er stieg ein und drückte den Knopf zum Deck drei. Mit einem kaum merkbaren Ruck setzte sich die Kabine in Bewegung. Im weiträumigen Atrium angekommen, nahm er die Treppe zum Deck zwei.

Hier sah er sich suchend um.

Off limits – „Durchgang verboten" stand an der Metalltür. Aber nicht für ihn. Barolo setzte sich über das Verbotsschild hinweg und lief weiter. Ein kräftiger Wachmann in einer dunkelblauen Uniform kam mit schnellen Schritten auf ihn zu. Aufmerksam musterte er Barolo. „Haben Sie nicht das Schild an der Tür gesehen? Dieses Deck ist für Passagiere gesperrt – oder suchen Sie etwas Bestimmtes?"

„Ich möchte zu Mr. Freeman, dem Chef der Sicherheit."

Der Wachmann mit dem Namensschild Bill Smith sah ihn prüfend an, bevor er sagte: „Folgen Sie mir bitte."

Wenige Schritte weiter, und sie standen vor dem Eingang der Security-Zentrale. Der Mann tippte einen Code ins Zahlenfeld ein, worauf sich die Tür öffnete. Der Sicherheitsbeamte zeigte auf ein Büro und rief: „Mandy, hier will jemand zu Mr. Freeman."

Dann drehte er sich wortlos um und verschwand in einem fensterlosen, abgedunkelten Raum, dessen Wand mit Bildschirmen bestückt war, auf denen die schwarzweißen Bilder der Überwachungskameras flackerten. Offensichtlich verbrachte er seine Dienstzeit am Bedienungspult des Kontrollraumes. Die zahlreichen Monitore waren auf

Multiplex Modus eingestellt und zeigten Ansichten von einigen öffentlichen Einrichtungen des Schiffes.

„Kommen Sie herein."

Barolo empfing die Kälte eines klimatisierten Büros. Im Vorzimmer des Security-Chefs saß eine farbige junge Frau mit kinnlangem, tief schwarzem Haar. Auch sie trug eine dunkelblaue polizeiähnliche Uniform mit dem Namensschild Mandy Fisher am linken Revers. Ein blendend weißes Hemd und ein korrekt gebundener Schlips vervollständigten die Kleidung. Ihre Finger schwebten über die Tasten des Computers. Etwas unwillig unterbrach sie für einen Moment ihre Tätigkeit.

„Sie wünschen, bitte?", rief sie von ihrem rückenfreundlichen Bürosessel aus. Der Commissario kam einen Schritt näher. „Ich möchte zu Mr. Freeman. Sagen Sie Ihrem Chef bitte, dass ihn Mario Barolo aus Venedig sprechen möchte."

Die Frau hob ihren Kopf. „Dann haben Sie sicher einen Termin. Wie war Ihr Name, bitte?"

Mario schüttelte den Kopf. „Nein, ich bin nicht angemeldet. Mario Barolo. Fragen Sie einfach Mr. Freeman. Ich denke, dass er ein paar Minuten Zeit für mich haben wird."

„Moment bitte."

Ihre Finger beendeten endgültig den Tanz über die schwarzen Computertasten. Sie stand auf, öffnete die Verbindungstür, und kurze Zeit darauf ertönte eine Männerstimme: „Kommen Sie herein, Mr. Barolo. Der Kapitän hat Sie schon angekündigt. Nur einen kleinen Moment, dann bin ich für Sie da."

Während Freeman mit einem Telefongespräch beschäftigt war, hatte Barolo Gelegenheit, sich im Raum umzusehen. Ein Bullauge gestattete nur einen begrenzten Ausblick auf das spiegelglatte Mittelmeer und verbreitete gedämpftes Tageslicht.

Ansonsten war das Büro des Chefs der Sicherheit fünfzehn Quadratmeter groß und pedantisch aufgeräumt. Barolo sah sich um und fühlte sich wie zu Hause, denn es ähnelte in der Ausstattung seinem Arbeitsplatz in der Questura. Eine Glaswand mit Jalousie trennte den Raum vom Vorzimmer ab. Die bescheidene Einrichtung bestand aus einem Aktenschrank, Stahlrohrschreibtisch mit grauer Tischplatte, Flachbildschirm mit Tastatur und einer kleinen Sitzecke. Die Wände waren tapeziert und in einem freundlichen Grau gestrichen. Auf einer großdimensionalen Pinnwand über dem Druckertisch befanden sich keine ermittlungsrelevanten Fotos oder Aufzeichnungen. Hin und wieder gab es Probleme zwischen den Passagieren oder den Crew-Angehörigen, aber auf dieser Reise schien sich das Gewaltpotential in Grenzen gehalten zu haben.

„Moment bitte."

Freemans Computer befand sich im Stand-by-Modus, während er kerzengerade hinter seinem Schreibtisch saß und telefonierte. Er lockerte seine Krawatte, während er mit der anderen Hand auf einen Besucherstuhl deutete.

Der Commissario unterzog Freeman während des Telefonats einer eingehenden Musterung. Sein Blick streifte den durchtrainierten Körper in der dunklen Uniform, welche korrekt auf der Größe von 1.85 Meter saß. Er wusste, dass der Security-Chef fünfzig Jahre alt war und eine zwanzigjährige Vergangenheit als FBI-Agent in New York hinter sich hatte. Sein umfangreiches kriminaltechnisches Wissen legte er sich auf der FBI-Akademie zu. Nach der Scheidung von seiner Frau hatte er den Polizeidienst in New York aufgegeben und war als Sicherheitsoffizier auf verschiedenen amerikanischen Kreuzfahrtschiffen gefahren. Mr. Steve Freeman strahlte Ruhe aus. Er hatte alles andere als einen leichten Job, aber Hektik war für ihn ein Fremdwort, denn er löste mit Gelassenheit entstandene Probleme an Bord. Und das waren sicher nicht wenige auf dieser schwimmenden Kleinstadt.

Steve Freeman beendete sein Telefonat.

„Hallo, ich hörte schon vom Captain, dass Sie mit Ihrer Familie an Bord sind."

Er stand auf, klopfte Barolo auf den Rücken und sagte: „Nehmen Sie bitte Platz. Es ist schön, Sie so entspannt wiederzusehen. Geht es Ihnen gut?"

„Ja, mir geht's super, und meine Frau ist schuld daran, denn sie wollte, dass wir eine Kreuzfahrt machen."

„Das ist vernünftig. Sie sollten öfter auf Ihre Frau hören."

Lachend stieß Freeman die Bürotür auf. „Mandy, bitte zwei doppelte Espressi."

„Mr. Freeman, abgesehen von unserem entspannten Wiedersehen habe ich eine Bitte."

„Was kann ich für Sie tun, Mr. Barolo?"

Der ehemalige FBI Agent lächelte zuvorkommend.

„Ich benötige eine Auskunft."

„Sagen Sie mir, was Sie wissen wollen, und ich werde sehen, ob ich Ihnen helfen kann."

Mandy stellte ein Tablett mit zwei Espressi, Milch und Zucker auf den Tisch und verließ den Raum. Barolo blickte ihr nach, während Freeman Bereitschaft zur Kooperation signalisierte. Entspannt lehnte der Security-Chef sich in seinem Sessel aus Chrom und Leder zurück. „Also, was haben Sie auf dem Herzen? Schießen Sie mal los."

Barolo erzählte von der unbekannten Kanalleiche in Venedig und der Vermutung der Kollegen, dass es sich bei dem Toten um einen U.S.-Bürger handeln könnte.

„Wie kommen Sie darauf, dass es ein amerikanischer Tourist sein könnte?"

„Der Mann wurde in ganz Italien nicht vermisst. Als man ihn fand, trug er ausschließlich U.S.-amerikanische

Bekleidung. Und jetzt meine Frage: Kann es sein, dass auf diesem Schiff ein Passagier nicht eingecheckt hat?"

Freeman zuckte mit den Schultern. „Mir wurde nicht gemeldet, dass ein Passagier fehlt. Moment bitte. Ich will nichts Falsches sagen."

Der Security-Chief holte den Computer aus dem Ruhemodus. Nach der Eingabe weiterer Befehle sagte er: „Nein, laut Passagierliste sind alle Passagiere pünktlich an Bord erschienen. Auf der *Celebrity* ist während dieser Atlantiküberquerung definitiv jede Kabine besetzt. Wie ist der Name des Mannes?"

Barolo trank seinen Espresso aus, bevor er antwortete: „Das ist das Problem. Die Kanalleiche schwamm ohne Papiere oder irgendwelche Kennzeichen im schlammigen Wasser des Rio Agatha."

Freeman schüttelte bedauernd den Kopf. „Tut mir leid, dass ich Ihnen nicht helfen kann."

Barolo trank den letzten Schluck Espresso und erhob sich. „Ich will Sie nicht länger aufhalten. Aber es war den Versuch wert, die Identität eines von niemand vermissten Mannes in Venedig zu klären. Vielen Dank für Ihre Bemühungen."

Freeman erhob sich, um seinen Gast zur Tür zu bringen. „Im Moment stehe ich etwas unter Zeitdruck, aber wir werden sicher in den nächsten Tagen eine Gelegenheit finden, um einen Wiedersehens-Drink zu nehmen."

Als Barolo das Vorzimmer betrat, bedachte ihn die junge Frau mit einem kurzen Lächeln, bevor sie ihre weitere Aufmerksamkeit dem Computergeschehen widmete. Mario war froh, den kühlen Büroräumen zu entkommen. Er fröstelte leicht, als er dachte: Wie kommt es nur, dass die Amis die Klimaanlage immer viel zu kalt einstellen? Gegen 15.00 Uhr kamen Claudia und Fabio von der Stadtrundfahrt zurück. Barolos Frau registrierte erfreut, dass Marios Magenbeschwerden verschwunden waren.

„Das ist ein richtiges Wunder. Wahrscheinlich haben die verordneten Medikamente geholfen."

„Ja, da kannst du recht haben."

Fabio polterte in die Kabine. Begeistert zählte der Sohn auf, was seinem Vater in Rom alles entgangen war. Das Schönste an Italiens Hauptstadt war allerdings für ihn, dass er alle Besichtigungen mit Mary gemacht hatte, die mit ihrer Mutter zufällig die gleiche Tour gebucht hatte.

„Ich habe mich die ganze Zeit mit dem Mädchen unterhalten, und sie hat jedes Wort verstanden. Auch ihre Mutter staunte, wie schnell ich meine Aussprache verbessert habe."

Barolo nickte zustimmend. „Das glaube ich gern. Dein Englisch hört sich jetzt prima an."

9.

Emily Brown verließ ihre Kabine gegen 21.00 Uhr, um einen Deckspaziergang zu machen. Die Vierzigjährige wollte mit einem Glas Wein in der Hand an der Reling stehen und den malerischen Sonnenuntergang bewundern.

Blitzschnell brachte der Lift Emily auf das Lido-Deck, wo sie mit Blick aufs Meer an der Backbord-Reling stehen blieb. Sie glaubte noch immer zu träumen. Was hatte sie für ein Glück gehabt, für ein Drei-Dollar-Los eine solche Reise zu gewinnen!

Letztendlich war der Kauf nur ein Spaß gewesen, und sie hatte wirklich nicht mit einem Gewinn gerechnet. Und dann lag diese Nachricht in ihrem Briefkasten: *Herzlichen Glückwunsch, Sie haben eine Kreuzfahrt nach Europa für zwei Personen gewonnen.*

Anfangs konnte sie ihre Tochter Mary für die Reise nicht begeistern. Ein Kahn alter Leute, da wollte sie lieber bei den jung gebliebenen Großeltern in New York bleiben.

Trotz einiger Enttäuschungen in ihrem Liebesleben hatte Emily im Internet-Dating nach einem Reisepartner gesucht. Alle Männer der Webseite bezeichneten sich als gut aussehend, sportlich aktiv, humorvoll, vermögend und vielseitig interessiert. Die Profile entsprachen aber nie der Realität, und so konnte nach näherer Prüfung kein passender Kandidat gefunden werden. Das ärgerte Emily nicht besonders, denn sie lebte schon lange und gern als Single.

Von einem Tag auf den anderen hatte Mary sich dann doch zur Teilnahme an der Europareise entschieden. Und jetzt war ihre fünfzehnjährige Tochter froh, die Sache noch einmal überdacht zu haben. Der Grund hieß: Fabio Barolo.

Kurze Zeit später stand Emily fasziniert am Heck des Schiffes. Nur noch ein paar Minuten, und der orangerote Sonnenball würde scheinbar im Meer versinken.

Als das Schauspiel vorüber war, begab sie sich zu ihrem Lieblingsplatz, der Poolbar in Schiffsmitte. Hier war heute Stimmung angesagt. Unzählige Passagiere drehten sich zu den ohrenbetäubenden Klängen der karibischen Schiffsband, die im Schein der wechselnden Farben der LED-Spots auf einer erhöhten Bühne spielte. In der Mitte des Bartresens wurde gerade ein Hocker frei.

Nachdem Emily sich umgesehen hatte, bemerkte sie im rotierenden orangeroten Licht auf dem Nebenplatz einen Mann, den sie in den vergangenen Tagen hier oben noch nicht gesehen hatte. Sie ging zum Tresen und fragte: „Sorry, ist dieser Platz noch frei?"

Der Mann zeigte auf die lautstarke Band und fragte: „Wie bitte?"

Im gleichen Moment hörte die kubanische Band auf zu spielen.

Emily kam noch einen Schritt näher. „Sorry, ich möchte gern wissen, ob der Platz neben Ihnen noch frei ist?"

Der Passagier sah sie an, und in seinen Augen flammte Interesse auf. Außer ihr gab es eine Menge Singles, die Kontakte knüpfen wollten. Sein Blick lag eine Sekunde auf ihrem Gesicht, glitt über ihren Körper und blieb an den gebräunten Beinen hängen. Er lächelte, als er sagte: „Ja, bitte. Ich würde mich freuen, wenn Sie den Platz an meiner Seite einnehmen würden."

Im Schein des bunten Lichtergewitters wirkte Emily jünger mit ihrer raspelkurz geschnittenen Frisur und den lebhaften dunklen Augen. Braun oder blau, das war in den Lichtverhältnissen nicht zu erkennen. Die Frau stieg auf den Barhocker, wobei ihr kurzer Rock noch etwas höher rutschte. Kurze Zeit saßen sie schweigend nebeneinander. Doch dann schien der Jagdinstinkt des Mannes neben ihr geweckt zu sein, denn er nahm erneut Blickkontakt zu ihr auf. Wie unbeabsichtigt berührte er ihren nackten Arm.

„Sorry."

Er sah sich um und fragte: „Sie sind solo auf dem Schiff?"

Emily nickte, als sich ihre Blicke trafen. Der Mann schob infolge der Musiklautstärke seinen Oberkörper näher in ihre Richtung. Lautstark stellte er fest: „Sie sind allein, ich bin allein. Was halten Sie davon, wenn ich Sie zu einem Drink einlade?"

Er ergriff ihre Hand, während Emily lächelte und die Einladung dankend annahm.

„Trinken Sie einen Cocktail, oder darf es ein Glas Wein sein?"

„Wenn ich einen Margarita haben könnte?"

Seine Anmache war nicht besonders originell, aber Emily war über die Bekanntschaft erfreut. Der dunkelhäutige Barkeeper in seiner grünen Weste mit der gelben Fliege lächelte ihnen zu.

„Was darf ich für Sie mixen?"

Der Mann bestellte die Getränke. Danach wandte er sich Emily zu. „Mein Name ist Mark. Ich freue mich, Sie kennenzulernen", sagte er förmlich. Emily schlug die Beine übereinander, zog nervös den Rock etwas herunter und wartete auf den Cocktail.

Der Mann neben ihr war nicht besonders attraktiv, übte aber eine gewisse Anziehungskraft auf sie aus. Er war größer als Emily und geschmackvoll gekleidet. Zu weißen Hosen trug er ein blau gestreiftes Oberhemd und nicht ganz billige Slipper von Gucci. Fältchen um Mund und Augenwinkel zeigten, dass er mit Mitte vierzig im besten Alter war. Sein schmales Gesicht mit der schicken Brille gab ihm ein intellektuelles Aussehen. Emily suchte keinen Adonis, sondern nur einen netten Kerl ohne Übergewicht.

Der Barkeeper mit den Rasta-Locken begann den Shaker zu schütteln, während er Emily zulächelte. Klirrend ließ er Eiswürfel in die Gläser fallen, bevor er die Margaritas auf den Tresen stellte. Auch ein Schälchen mit Nüssen, Pistazien und gebrannten Mandeln schob er ihnen zu.

„Ihre Drinks, Sir."

Mark hörte nicht hin. Er hatte nur Augen für Emily.

„Bitte, Ihre Drinks."

Für die Bezahlung erhielt er von Mark die Bordkarte.

Während Emily ein Eisstückchen aus dem Glas fischte, stellte sie sich vor: „Ich bin Emily Brown. Lehrerin am Lincoln-Gymnasium in Manhattan. Kommen Sie auch aus New York? Die Kreuzfahrt mache ich mit meiner Tochter Mary."

Wahrscheinlich sollte der letzte Satz klarstellen, dass sie ohne männliche Begleitung an Bord war.

„Darf ich Sie Emily nennen?"

Sie nickte.

Eine kräftige Hand mit langen Fingern umfasste das Glas, als er ihr zuprostete. „Auf einen schönen Abend, Emily."

Die Schiffsband spielte ohne Pause, während der Lärmpegel explodierte und eine Unterhaltung fast unmöglich machte.

Sie hatten den perfekt gemixten Cocktail ausgetrunken, als Mark ihre Hand drückte und fragte: „Möchten Sie mit mir eine Runde tanzen?"

Die Frau nickte begeistert, während sie ihr leeres Glas auf den Tresen stellte, seine dargebotene Hand ergriff und vom Barhocker rutschte. Solarlampen übersäten die Menge der Tanzenden mit bunten Lichtklecksen. Mit kleinen Schritten bahnte Mark ihr einen Weg zur überfüllten Tanzfläche und legte den Arm um sie. Emily sah ihm in die Augen, während sie sich seinem Rhythmus anpasste. Der Mann war kein eleganter Tänzer, aber im Gedränge fiel das nicht auf. Wenig später brach Emily den Tanz ab und hielt sich einen Moment die Ohren zu.

„Hier ist es schrecklich laut."

„Ja, wir sollten uns ein ruhigeres Plätzchen suchen."

Mark wirbelte sie noch einmal herum. Da sie etwas schwankte, hielt er sie am Arm fest. Kam der Schwindel von den Schiffsbewegungen, oder war ihr Alkoholpegel schon erhöht?

Der Mann legte Emily den Arm um die Schulter, als hätte er Angst, dass sie verloren gehen könnte.

Nach ein paar Schritten ließ das Gedränge nach.

Ohne dass Mark Emily aus seinen Arm ließ, spazierten sie zum Heck des Schiffes. Sie waren noch in Ufernähe, als kreischende Möwen mit ausgebreiteten Flügeln den Luxusliner verfolgten, während sie hungrig mit ihren gelben Schnäbeln klapperten. Nachdem Emily und der Mann ein paar Minuten das Spiel der quirligen Heckwelle mit den weißen Schaumkronen beobachtet hatten, ließen sie sich auf zwei Liegestühle fallen. Sie sprachen über die nächsten Stationen Florenz, Nizza und Marseille. Im Angebot der Tagesexkursionen Marseille stellten sie fest, dass sie aus dem reichhaltigen Angebot des Reisebüros verschiedene Ausflüge gebucht hatten.

„Ich werde um 10.00 Uhr mit dem Bus zur Kathedrale Notre Dame de la Garde fahren, da ich mich für romanische und byzantinische Architektur interessiere", teilte Mark mit.

Emily stöhnte leise. „Wie schade. Ich habe für meine Tochter und mich schon zu Hause den Nachmittagsausflug zum Chateau d'If gebucht. Im Literaturunterricht meiner Tochter wurde ‚Der Graf von Monte Christo' gelesen, und nun möchte sie sich die Gefängnisinsel unbedingt ansehen. Schade, wir hätten mit Mary einen tollen Tag verbringen können", meinte Emily.

„Das werden wir in einer anderen Stadt nachholen", versprach Mark.

„Waren Sie schon einmal in Frankreich?"

Mark schüttelte den Kopf. „Nein, ich war noch nie in Europa."

An einem Finger seiner linken Hand trug er einen protzigen Ring. Er glitzerte zu sehr, um echt zu sein. War Mark schwul?

Sie wandte ihm ihr Gesicht zu und musterte ihn aufmerksam, während sie feststellte, dass er weder über maniküirte Fingernägel noch über gezupfte Augenbrauen und getuschte Wimpern verfügte. Im gleichen Moment beugte er sich über sie und kam ihr so nah, dass sie seinen Atem spürte.

„Ich bedaure es sehr, dass wir verschiedene Ausflüge gebucht haben. Aber vielleicht können wir uns übermorgen treffen? Um die gleiche Zeit? Wieder am Heck des Schiffes?"

Die letzten Worte Marks zauberten ein Lächeln auf ihr Gesicht. Emily nickte zustimmend. Ihre Gesichter kamen sich so nah, dass sie schon den Kuss auf ihren Lippen spüren konnte. Doch in dem Moment klingelte Marks Handy, und der Zauber war gebrochen.

„Sorry. Es ist schön mit dir, aber leider muss ich jetzt gehen. Ich freue mich schon jetzt auf unser Wiedersehen."

Emily konnte ihm nur zustimmen. Nun nahm er doch ihr Gesicht in die Hände und drückte seine festen Lippen auf ihren Mund.

„Bye, bye, bis übermorgen."

Sie sah ihm noch nach, bis er im Schiffsinneren verschwunden war. Die Band hatte ihren letzten Song gespielt, als auch sie das Deck verließ. Beinah hätte sie ihre Tochter vergessen, die von der Disco abgeholt werden musste. Also steuerte sie den Teenie Club an. Sie winkte Mary zu, die mit dem italienischen Jungen tanzte.

10.

Das Klingeln des Telefons auf dem Nachttisch riss Conny Turner aus dem Schlaf. Schlaftrunken blickte sie auf den Radiowecker, dessen Digitalanzeige 02:30 Uhr auswies. Ihre Hand tastete nach dem Telefon.

„Hallo?"

Hastiges Atmen, aber es meldete sich niemand.

„Hallo, wer ist da?"

Verärgert starrte sie auf den Hörer in ihrer Hand. Am anderen Ende der Leitung herrschte Schweigen. Nach einem kurzen Knacken hatte der Anrufer aufgelegt. Es war nicht das erste Mal in den Tagen an Bord, dass das Festnetztelefon klingelte und der Anrufer sich nicht meldete. Auch Phil war erwacht.

„Wer war das?"

„Da meldet sich niemand."

Unschlüssig hielt sie den Hörer in der Hand.

„Leg auf. Wahrscheinlich hat sich jemand verwählt", murmelte Phil und drehte sich auf die andere Seite.

Als der Apparat das zweite Mal schrillte, schwang Conny die Beine aus dem Bett. „Was soll das?"

„Zerbrich dir nicht den Kopf darüber. Komm ins Bett zurück und lass es einfach klingeln", meinte Phil. Er legte den Arm um seine Frau und zog sie in die Kissen.

„Wenn du etwas näherkommst, wirst du besser einschlafen können", flüsterte er und zog sie an sich. Conny wandte sich aus seinen Armen und sah auf ihn herab. „Und wenn meine Mutter angerufen hat? Es könnte doch etwas passiert sein. Vielleicht ist nach Papas Bypass-Operation etwas schiefgegangen. Ich darf gar nicht nachdenken. Hoffentlich ist er in der Klinik in guten Händen."

Das Leben in Connys Familie verlief harmonisch bis zu dem Tag, als ihr Vater einen Herzinfarkt im Fitnessstudio erlitten hatte. In der Klinik mussten ihm drei Bypässe gelegt werden. Seit der Operation wartete die Familie auf bessere Nachrichten.

Phil richtete sich im Bett auf. „Was soll denn passiert sein? Da hätte deine Mutter doch schon Bescheid gesagt. Außerdem ging es ihm doch schon vorgestern besser."

Conny konnte sich nicht beruhigen. Sie schüttelte den Kopf. „Du hattest doch bestimmt schon vergessen, dass mein Papa im Krankenhaus liegt, oder?"

„Was soll denn das heißen? Ich sorge mich auch um deinen Vater."

„Wenn ich jetzt die Zeitverschiebung beachte, ist es in New York noch früh am Abend. Ich könnte also Mama noch erreichen."

Phil stöhnte unzufrieden. Er machte einen müden Eindruck, wollte nicht mehr gestört werden. „Du musst jetzt nicht die halbe Nacht telefonieren. Deine Mutter hätte sich sofort gemeldet, wenn etwas Unvorhergesehenes eingetreten wäre. Woher soll sie diese Festnetznummer haben? Hast du sie ihr gegeben?"

Conny schüttelte den Kopf. „Nein, habe ich nicht. Du weißt doch, dass ich nur mit dem Smartphone telefoniere. Ich benutze das Festnetztelefon nur, um den Butler zu rufen."

Conny sprang aus dem Bett. Hektisch öffnete sie die Verbindungstür zum eleganten Wohnbereich der Suite und überprüfte ihr Handy, welches auf dem Schreibtisch lag. „Hier hat niemand angerufen, Phil."

Als sie zurückkam, legte er ihr beruhigend die Hand auf den Arm. „Dann komm wieder ins Bett."

Der Anrufer zeigte Ausdauer, denn kaum lag sie in den Kissen, schrillte das Telefon wieder. Sie setzte sich auf und griff zum Hörer. „Mama?"

„Genieß die Sonne, solange du noch kannst", flüsterte eine verstellte Stimme drohend wie aus großer Entfernung. Ein kurzes Knacken und ein unpersönliches Tuten. Der Anrufer hatte aufgelegt.

Wie gebannt sah Conny in der Dunkelheit auf den Hörer in ihrer Hand. Obwohl sie zwischen kühler Satinbettwäsche saß, begann sie zu schwitzen. Ihr Nachtshirt wurde schweißnass, ihr Puls raste.

Nach ein paar Minuten legte Phil den Hörer auf den Apparat zurück.

„Wer war dran? Was wollte der Anrufer?"

„Ich habe nichts verstanden. Schlaf weiter", sagte Conny, da sie keine Lust hatte, mit Phil über den beängstigenden Satz den Rest der Nacht zu diskutieren. Vielleicht ergab sich am nächsten Tag eine Gelegenheit. Ihr Mann legte sich auf den Rücken. Wenig später zeigten gleichmäßige Atemzüge, dass er wieder eingeschlafen war. Dann läutete es wieder.

Conny griff nach dem Hörer, aber Phil riss ihr das Sprechgerät aus der Hand. Die erneute Störung ließ seine Laune auf einen Nullpunkt sinken. Er riss den Telefonhörer an sich. „Wenn Sie sich verwählt haben, Sie Penner, wäre jetzt eine Entschuldigung angebracht, oder was?"

Am anderen Ende der Leitung blieb es totenstill.

Phil warf den Hörer aufs Telefon und gähnte laut. „Siehst du, jetzt ist endlich Ruhe", murmelte er und war kurz darauf wieder eingeschlafen.

Conny starrte in die Dunkelheit. Hastig stand sie auf, ging ins Badezimmer, um ein Glas Wasser zu trinken.

Wer könnte der Anrufer mit der verstellten Stimme gewesen sein? Hatte sie sich verhört, oder war die Drohung real?

Der nächtliche Anrufer hatte Conny in Angst versetzt.

Sie ging ins Bett zurück, zog sich ein Kissen über den Kopf, um nichts mehr zu hören. Nach kurzer Zeit warf sie es zur Seite.

Unbeweglich lag sie mit offenen Augen da und starrte an die Zimmerdecke. In der Hoffnung, endlich einschlafen zu können, hörte sie auf Phils gleichmäßige Atemzüge. Aber an Schlaf war nicht zu denken. Sie ertrug es nicht noch länger, in der Dunkelheit zu liegen, schwang ihre Beine aus dem Bett und ging ins Badezimmer. Dort warf sie sich aus einer kleinen Dose eine Schlaftablette in den Mund und spülte mit einem Schluck Wasser nach.

Die Anspannung ließ nach, als die Wirkung einsetzte. Die Arme fest um Phils Körper geschlungen, schlief sie wenig später ein.

Im Morgengrauen zerriss Connys Schrei die Stille der Nacht.

Phil rüttelte sie wach. „Was ist los? Conny, du hast laut im Schlaf angstvoll meinen Namen gerufen."

Conny schlug die Augen auf, und augenblicklich verschwanden die Horrorbilder des Albtraums. Der Traum war real und unwirklich zugleich gewesen.

„Es ist nichts, Phil. Ich habe nur schlecht geträumt."

Am Morgen, als Phil aus dem Bad kam, sagte Conny: „Ich hatte eine schreckliche Nacht und werde am Vormittag im Bett bleiben. Bloß gut, dass wir die Stadtrundfahrt erst am Nachmittag geplant haben."

Phil setzte sich auf den Bettrand, strich ihr übers Haar. „Der Butler kann dir das Frühstück bringen. Ich hoffe, dass es dir am Mittag wieder besser geht. Vielleicht rufst du deine Mutter an. Es wird dich beruhigen, wenn du hörst, dass sich der Zustand deines Vaters nicht verschlechtert hat. Ich bin bald wieder hier.“

Er stand im Salon, als sich Connys Smartphone meldete.

Phil brachte das Handy zu Conny. Auf dem Display sah sie, dass es ihre Mutter war.

„Conny? Endlich. Ich habe schon gestern versucht, dich zu erreichen.“

„Hallo Mama, wie schön, dass du anrufst. Ist alles in Ordnung bei euch?“

Der Redestrom ihrer Mutter war kaum zu bremsen.

„Das ist toll. Ich freue mich riesig. Liebe Grüße an Papa, und wir wünschen weiterhin gute Besserung.“

Conny beendete das Gespräch mit einem Lächeln. Der anonyme nächtliche Anruf war aus ihrem Gedächtnis gestrichen, als sie mit nackten Füßen zur Tür tappte, wo Phil gerade die Suite verlassen wollte. Sie blieb dicht vor ihrem Mann stehen. „Warte bitte. Ich habe eine gute Nachricht. Papa wird aus der Klinik entlassen. Wenn wir in New York eintreffen, wird mein Vater wieder zu Hause sein. Er freut sich bereits auf die geplante Hochzeitsnachfeier. Und jetzt möchte ich mit dir ausgiebig frühstücken gehen. Ich beeile mich.“

11.

Mario Barolos Sehnsucht auf einen erholsamen Urlaub mit einer kleinen Prise Luxus schien sich zu erfüllen. Er dachte: Oft erkennt der Mann erst auf Umwegen, was er wirklich braucht. Als er mit einem Kaffeebecher in der Hand aus der Cafeteria kam, leuchtete auf dem Display seines Handys das Wort Carlo auf. Mario setzte sich an einen Tisch mit Sonnenschirm und nahm das Gespräch an.

„Pronto?"

„Hallo, Mario."

„Endlich. Ich habe schon auf ein Lebenszeichen von dir gewartet. Was gibt es Neues in der Stadt der tausend Kanäle?"

„Tausend Kanäle? Das ist stark übertrieben. Weißt du nicht, dass Städte wie Berlin und Amsterdam dieser Zahl viel näherkommen als Venedig? Aber ich rufe nicht an, um mit dir über die Anzahl der Wasserstraßen zu diskutieren, sondern will nur mitteilen, dass wir eine interessante Zeugenaussage bekommen haben."

Er machte eine kleine Pause. Barolo wurde ungeduldig. „Was für eine Zeugenaussage? Mach es doch nicht so spannend."

Sicco holte tief Luft, bevor er weitersprach. „Gina Massini, eine Anwohnerin vom Canal Agatha, hat eine interessante Beobachtung am Sonntagnachmittag gemacht. Der Grund ihres späten Meldens war, dass sie den Gazzetino erst heute Morgen gelesen hat. Die Signora ist

82 Jahre, was aber nicht heißen soll, dass sie senil ist oder an Demenz leidet. Im Gegenteil, sie ist geistig völlig auf der Höhe. Sie konnte eine präzise Zeitangabe zum Fall Kanalleiche abgeben."

Nachdenklich rührte Barolo mit dem Löffel seinen Kaffee und versuchte, Siccos Begeisterung für die aufmerksame Zeugin zu bremsen. „Schön für die Signora, dass sie in ihrem Alter noch so fit ist. Und was hat sie Wichtiges gesehen?"

Barolo trank einen Schluck, während Carlo weitersprach.

„Signora Massini hat am Sonntag gegen 16.00 Uhr auf ihren sechzigjährigen Sohn gewartet. Da er nicht pünktlich war, ging sie zum Fenster und schaute verärgert die schmale Gasse entlang. Sie wunderte sich, als aus dem Innenhof des verfallenen Palazzo ein Mann kam, den sie noch nie in der Gegend gesehen hatte. Sie fragte sich, was der Fremde in dem Innenhof gesucht hatte. Verärgert rief sie aus dem Fenster, dass das Gelände nicht von Unbefugten betreten werden dürfte. Sie nahm an, dass der Unbekannte im Innenhof uriniert haben könnte. Wahrscheinlich hatte der Mann sie nicht gehört oder verstand kein italienisch, denn er reagierte nicht auf ihre Schimpftirade. Wie gesagt, der Signora fiel erst heute die Zeitung vom Donnerstag in die Hände. Sofort erinnerte sie sich, griff zum Telefon und teilte uns ihre Beobachtung mit."

Barolo warf den Plastikbecher in einen Treteimer. „Wollen wir hoffen, dass die Aussage der erste Stein zur Lösung des Puzzlespiels ist. Vielleicht konnte der Mann kein Italienisch und hat deshalb nicht auf das Schimpfen der Frau reagiert. Konnte sie wenigstens eine exakte Personenbeschreibung abgeben?"

„Nein, sie hat altersbedingte Augenprobleme, und die Entfernung war zu groß."

„Schade."

„Was machst du jetzt? Liegst du am oder im Pool? Das ist doch der beste Zeitvertreib bei diesen hohen Temperaturen."

„Nein, ich habe auf dem Sonnendeck gerade einen Kaffee getrunken. Claudia ist zum Tai-Chi, und so habe ich Gelegenheit, Mr. Steve Freeman in seinem Büro aufzusuchen. Ich nehme ihm das gemailte Foto der Kanalleiche zur Ansicht mit. Ich ruf dich später an, um dir zu berichten, was er gesagt hat."

Sicco bat: „Bitte nicht vor 18.00 Uhr. Du weißt doch, dass ich sonnabends zum Polizeisport gehe."

„Scusi, deine Sportbegeisterung hatte ich ganz vergessen."

Mario musste lächeln, als er daran dachte, dass Carlos Fitness ziemlich desolat war. Seine Leidenschaft zum Sport beschränkte sich in der Regel auf das abendliche Sportgeschehen im Fernsehprogramm.

„Mach weiter so, Carlo. Ich möchte einmal so willensstark sein wie du."

„Si, die Waage zeigt mir täglich, dass ich den richtigen Weg einschlage. Natürlich muss ich mich beim Essen etwas zurückhalten. Lucia hat mir heute frische pici, handgerollte in Wasser gekochte Bandnudeln, in die Questura mitgegeben. Weißt du, was ich habe, wenn ich die am Mittag gegessen habe?"

„Magenschmerzen?"

Carlo lachte. „Nein, Hunger."

„Das Hungergefühl musst du ignorieren. Die Hauptsache ist doch, dass es mit der Gewichtsreduzierung funktioniert. Mir ist eigentlich in den letzten Tagen vor meinem Urlaub gar nichts an dir aufgefallen. Wie viel hast du in den letzten Wochen abgenommen?"

Carlo stöhnte. „1.200 Gramm in den letzten fünf Wochen. Leider sieht man das nicht auf den ersten Blick. Ich denke aber, dass ich bis Ende des Jahres 10 Kilo schaffen werde."

Barolo sah vor seinem inneren Auge Siccos Figur vor sich. Es stimmte, Carlo war etwas zu klein für sein Gewicht. Er schmunzelte, als er lächelnd sagte: „Na, das nenne ich Erfolg. Ein Glück, dass du Lucias Unterstützung hast. Mach weiter so, denn dann hast du Aussicht auf Erfolg."

„Ciao, Mario."

Barolo steckte seinen Tablet PC ein und steuerte den Lift an.

Auf dem Weg zu Freemans Büro überdachte der Commissario die logische Folge der Ereignisse in Venedig. Dem Anschein nach war die Wasserleiche ein U.S.-Bürger aus New York, der von einem Mann in den Hof des Palazzo verfolgt wurde. Da dieser die Schimpftirade der Signora nicht verstanden hatte, war davon auszugehen, dass er tatsächlich amerikanischer Staatsbürger ist.

Einen Moment stand der Commissario unschlüssig vor Freemans Büro. Er klingelte an der videoüberwachten Tür, die sich wenig später mit einem kurzen Summen öffnete. Mandy begrüßte ihn, als er das Vorzimmer betrat. Die Tür zu Freemans Büro stand einen Spalt offen.

„Hallo. Besteht die Möglichkeit, Mr. Freeman sprechen?"

„Im Moment nicht, da der Chef Besuch hat. Nehmen Sie bitte einen Moment bei mir Platz. Möchten Sie einen Espresso?"

„Nein, danke."

Mandy sah in ihrer knapp sitzenden Uniform ziemlich sexy aus, und Barolo fragte sich, ob Freeman das auch schon aufgefallen war. Allerdings glaubte er nicht, dass der Security-Chef die Absicht hätte, aus einem dienstlichen ein privates Verhältnis zu machen.

Der Commissario ließ sich auf den nächsten Stuhl fallen, während Mandy eine Telefontaste drückte und sagte: „Mister Barolo möchte Sie sprechen."

Aus dem Büro drang eine weibliche und Freemans Stimme. Durch eine Lücke in der Jalousie sah er Freeman und seinen Besuch, deren Blicke am Monitor klebten. Wenig später öffnete sich die Bürotür, und der Commissario war überrascht, als er Freemans Gast erkannte. Die Frau mit den langen roten Haaren nickte dem Chef der Security lächelnd zu. „Sehen wir uns heute Abend?"

Steve Freeman nickte. „Gern, wenn nichts dazwischenkommt."

„Hallo", rief die Liftlady, als sie an Mario vorüberrauschte.

Barolo ließ seinen Blick zwischen Freeman und der Frau hin und her wandern. War das ein Date? Was wollte die Frau vom Chef der Security? Ihn anbaggern? Er hätte zu gern gewusst, ob zwischen ihr und Freeman etwas läuft.

„Kommen Sie rein, Barolo", rief Freeman gut gelaunt. „Kennen Sie Julia?"

Barolo schüttelte den Kopf. Er hatte keine Ahnung. „Nein. Sollte ich?"

„Beim nächsten Treffen werde ich Sie Ihnen vorstellen."

„Okay", murmelte der Commissario wenig interessiert. „Habe ich Sie gestört?"

„Nein, wir waren sowieso im Begriff, unser Gespräch zu beenden. Wenn Sie sich in die untere Region des Schiffes begeben, denke ich, dass es interessante Neuigkeiten aus Venedig gibt? Kommt Ihr Kollege Rossi gut voran mit dem Fall? Ist die Identität geklärt?"

„Leider nicht. Carlo heißt auch nicht Rossi, sondern Sicco."

„Egal, ich habe mit den italienischen Namen so meine Probleme. Ihr Italiener heißt doch fast alle Rossi. Die Hauptsache ist, dass Sie wissen, wen ich meine."

Barolo zückte sein Tablet und öffnete die Datei. Das Gesicht des Toten füllte den Bildschirm aus. „Hier habe ich ein Foto von der Kanalleiche. Mein Kollege hat es mir gemailt."

Mit einer Fingerbewegung zog er den Bildausschnitt auf die ganze Bildschirmgröße. Freeman lehnte sich über das Tablet und betrachtete das Post-mortem-Foto aufmerksam. Er konnte seine Überraschung kaum verbergen, als er sagte: „Mir ist so, als hätte ich einen Typen mit diesem Aussehen gestern Mittag in der Cafeteria gesehen."

Barolo tippte mit dem Finger auf den Kopf des Mannes und meinte: „Das kann nicht sein, denn der hier liegt nicht mehr schwitzend in der Sonne, sondern gekühlt im ewigen Schlaf. Sobald seine Identität geklärt ist, wird er in einem Zinksarg seine letzte Reise nach New York antreten."

Freeman lachte. „Okay, irren ist menschlich. Aber nein, jetzt fällt mir ein, dass ein Mann mit ähnlichem Aussehen am Sonntag in einer Gruppe von Nachzüglern das Schiff betrat. Die Leute eilten hektisch die Gangway hoch, kurz bevor sie eingezogen wurde. Vielleicht war es der Zwillingsbruder von dem hier."

Barolo schaute noch mal auf den Tablet PC. „Wenn Sie mich fragen, so kann ich nur feststellen, dass dieses Gesicht bestimmt nicht selten ist. Für mich sieht jeder zweite US-Bürger so oder ähnlich aus."

Freeman zuckte die Schultern. „Vielleicht haben Sie recht."

Barolo stand auf. „Kein Problem, Sie wollten nur helfen. Danke."

Ohne ein weiteres Wort verließ er das Büro und fuhr mit dem Lift bis zum Deck zehn. Dann nahm er die Treppe zum Sportdeck. Kurze Zeit blieb er stehen, um den Ballwechsel eines Tennisspiels zu beobachten. Nach einem Blick auf die Uhr trat er den Rückweg an. Auf dem Lido-Deck angekommen, wurde er von Claudia erwartet. In gehobener Stimmung begann sie zu erzählen:

„Stell dir vor, Phil Turner hat uns zu einem vierstündigen Segeltörn in Barcelona eingeladen. Ein kleines Picknick mit Champagner ist schon bestellt. Stell dir vor, er konnte schon segeln, bevor er laufen lernte."

Barolo verzog sein Gesicht. „Diese Protzerei ist typisch für Phil."

Claudia ließ sich nicht beirren, sondern sprach begeistert weiter. „Schon in seiner Jugend war er ein leidenschaftlicher Segler. Mit siebzehn Jahren wollte er die Welt umsegeln. Er will sich in der Marina von Barcelona ein Segelboot mieten. Zu dem Törn sind wir herzlich eingeladen. Fabio wird sich bestimmt freuen."

„Tolle Sache, wenn man bedenkt, dass wir in den vergangenen Tagen kaum Wasser gesehen haben", nörgelte Mario. „Eigentlich hätte ich mir lieber Barcelona in aller Ruhe angesehen. Es ist fraglich, wann wir noch einmal in die Hauptstadt von Katalonien kommen."

Claudia stellte sich an die Reling und sah entspannt aufs Meer. „Der Segeltörn beginnt erst um 14.00 Uhr. Da können wir ganz locker vorher eine Stadtrundfahrt machen. Ich werde mich gleich im Schiffsreisebüro nach den Abfahrtszeiten der Busse erkundigen."

Barolo antwortete nicht. Claudia zog ihren Bademantel an und verließ das Deck.

12.

Claudia wollte, nachdem sie am Mittag mit Fabio aus Nizza zurückgekommen war, auf dem Lido-Deck etwas entspannen. Fabio befand sich auf dem Weg zur Wasserrutsche, wo er Mary treffen wollte.

Angestrengt hielt sie Ausschau nach Mario, der in Nähe des Pools auf einer Liege relaxen könnte. Claudia stellte sich auf die Zehenspitzen, aber es war schwierig, ihren Mann unter den Seite an Seite liegenden Sonnenhungrigen herauszufinden. Ihre Augen hatten gerade Barolo entdeckt, als sie einen kräftigen Stoß in den Rücken bekam. Verärgert drehte sie sich um und rief: „Können Sie nicht aufpassen?"

Der Verursacher des Zusammenstoßes blieb vor ihr stehen. Er musterte Claudia von Kopf bis Fuß. Seine Körpergröße von 1.85 m ließ ihn tief auf die Frau herabblicken. „Das könnte ich Sie fragen. Sie spazieren träumend mit Blick aufs blaue Meer durch die Gegend und sind empört, wenn Sie jemandem vor die Füße laufen, der Sie aufgrund der geringen Größe nicht sehen konnte."

Der Spott in seiner Stimme war nicht zu überhören. Sein kantiges Gesicht war braun gebrannt und mit Bartstoppeln übersät. Er trug eine makellos weiße Hose, ein blaues Hemd und Turnschuhe. Sein muskulöser Körper verriet, dass er regelmäßig Zeit in einem Fitnessstudio verbrachte.

„Entschuldigen Sie bitte vielmals, dass ich Sie beinah umgerannt hätte", sagte Claudia in einem sarkastischen Ton.

Plötzlich stand Phil neben Claudia. Der Mann drehte sich um und meinte: „Sagen Sie bitte Ihrer Frau …"

Phil trat zwei Schritte auf den Fremden zu. Er stutzte einen Moment, denn der Mann trug statt seiner früheren Haarpracht einen glatt rasierten Schädel.

„John, bist du es wirklich?"

Anfangs war Phil nicht sicher, ob es der Freund aus ihrer gemeinsamen Vergangenheit war. Aber dann verzog sich Johns Gesicht zu einem Grinsen, und nun gab es keinen Zweifel mehr. Die kleinen Fältchen beim Lächeln verliehen ihm ein sympathisches Aussehen. Lachend schlug Phil ihm auf die Schulter. Er flippte bald aus vor Wiedersehensfreude. „John, ich kann es kaum glauben. Wo kommst du denn so plötzlich her?"

Der Mann, der John hieß, sagte: „Phil, alter Junge, das könnte ich auch dich fragen. Ich freue mich riesig, dich wiederzusehen. Du wirst es nicht glauben, aber ich befinde mich schon ein paar Tage auf dem Kahn. Genauer gesagt seit Venedig."

Es war offensichtlich, dass die Männer sich gut kannten. Nicht nur das, sie waren einige Jahre richtig gute Freunde gewesen.

Die Lachfalten in Johns Augenwinkeln verliehen Phils Bekannten etwas Sympathisches.

Verständnislos sah Claudia auf die Männer.

Phil hatte den Arm um die Schulter des Mannes gelegt, als er sich an sie wandte. „Hat er dich angerempelt, Claudia? Das ist typisch für meinen Schulfreund John. Alter Trick von ihm, wenn er eine Frau kennenlernen möchte. Und er ist ständig auf der Suche nach weiblichen Bekanntschaften."

Claudia blickte irritiert von einem zum anderen, als der Mann sich nach einer intensiven Musterung ihrer Person zu Wort meldete. „Das ist jetzt wirklich eine tolle Überraschung, die wir durch deine nette Frau haben."

Claudia protestierte: „Aber das ist doch gar nicht mein Mann.“

Ihre Information blieb ungehört.

„Ich fasse es nicht. Mein Gott, du hast dich überhaupt nicht verändert. Wie lange haben wir uns nicht gesehen? Zehn Jahre? Oder sind es schon fünfzehn? Wohnst du eigentlich noch in New York? Als wir uns das letzte Mal gesehen haben, wolltest du nach Washington ziehen.“

„Daraus ist nichts geworden.“

Nun kam Phil zu Wort. „Da hast du recht, es müssten bald fünfzehn Jahre sein. Ich wohne und arbeite noch immer in New York. Allerdings ist das nicht meine Frau, sondern Claudia Barolo, meine italienische Tischnachbarin im Restaurant. Sorry, Claudia, darf ich dir meinen Schulfreund, Zahnarzt Dr. John Miller, vorstellen? Wir haben als Kinder eine Schulbank gedrückt, und später sind wir zusammen aufs Gymnasium gegangen. John sah schon damals toll aus, glänzte mit einem super Abitur und spielte hervorragend Tennis. Oft war ich sauer auf ihn, da er mir immer die hübschesten Girls vor der Nase wegschnappte. Er hatte schon mehr Erfahrung mit den Mädchen als die anderen Jungs in seinem Alter. Unsere Wege trennten sich nach dem Abitur, als John nach Paris ging, um Medizin zu studieren. Er hat sich schon seit frühester Jugend für Zähne interessiert. Damals allerdings nur für die Beißer von Dracula und anderen Vampiren. Stimmt’s?“

John nickte zustimmend, während er mit den Fingern über die Glatze fuhr.

„Ja, es ist lange her.“

„Als der Student dann nach New York zurückkam, wurde aus Zeitmangel nichts aus der Fortsetzung unserer Freundschaft. John ist ewiger Junggeselle, oder hat sich daran etwas geändert? Bist du verheiratet?“

John schüttelte den Kopf. „Natürlich nicht. Frauen ziehen mich magisch an, aber wahrscheinlich bin ich für eine lebenslange Verbindung nicht geschaffen."

„Ich denke, dass du nie ernsthaft die Absicht gehabt hast, dein sorgenfreies Single-Dasein gegen ein verantwortungsvolles Familienleben zu tauschen."

Phil legte den Arm um John. „Aber das wird schon noch. Bei mir hat es auch etwas länger gedauert, bis ich die Richtige gefunden habe. Mir scheint, dass ich ewig auf eine Frau wie Conny gewartet habe. Aber nun bin ich seit fünf Tagen treuer Ehemann."

John schüttelte ungläubig den Kopf. „Was? Sag das noch mal."

„Seit fünf Tagen bin ich verheiratet."

„Wie soll ich das verstehen? Da warst du doch schon auf dem Schiff."

„Bingo. Noch einmal ganz langsam. Hast du noch nie etwas von einer Trauung auf hoher See gehört? Meine Frau und ich, wir sind vor fünf Tagen vom Kapitän dieses Schiffes getraut worden."

Irritiert schüttelte der Zahnklempner den Kopf. „Eben sagtest du, dass die Dame nicht deine Frau ist."

„Ist sie auch nicht. Moment."

Phil sah sich einen Moment suchend nach Conny um, konnte sie aber nicht finden.

„Sorry, es freut mich, Ihre Bekanntschaft zu machen", sagte John förmlich und reichte Claudia die Hand.

„Mein Freund John interessiert sich für schöne Frauen, schnelle Autos und schicke Boote. Hast du eigentlich noch diesen unstillbaren Blondinenhunger?"

John grinste nur.

„Bist du wirklich noch solo? Sieh dich um. Jede Menge schöner Frauen sind hier. Da wirst du doch etwas Passendes finden. Wenn du nicht klarkommst, kann ich dir den einen oder anderen Tipp geben."

Phils Freund schüttelte grinsend den Kopf. Er schien sich seiner Wirkung auf Frauen sicher zu sein. „Das schaff ich schon noch allein."

„Ist es nicht ein toller Zufall, dass wir uns hier so unverhofft treffen? Warum bist du damals so einfach von der Bildfläche verschwunden? Warum hast du dich nach unserem zufälligen Treffen im Kaufhaus Macys nie gemeldet?"

John zuckte mit den Schultern. „Das Gleiche könnte ich dich fragen."

Plötzlich waren Conny und Barolo nähergekommen.

Phil stellte vor: „Das ist meine Frau Conny, mein Freund Mario und seine Frau Claudia, die du schon kennst."

John griff sich an den Kopf, der einer polierten Billardkugel ähnelte, seine sanften braunen Augen sahen fasziniert zu Conny, während er sich leicht verbeugte. Die strahlend weißen Zähne blitzten, als er sagte: „Ah, Sie sind also die Frau, die Phil Turner erobert hat. Ich bin John, ein Freund Ihres Mannes – und vielleicht auch bald Ihrer."

Mit einer übertriebenen Verbeugung küsste er ihre kleine Hand. Barolo fand wenig Beachtung bei ihm. Seine Anwesenheit hatte er nur mit einem kurzen Nicken zur Kenntnis genommen. Mario kam sich überflüssig vor und ging ein paar Schritte in Richtung Reling.

„Und was ist jetzt mit uns? Gehen wir etwas trinken?", fragte Phil.

Er winkte Barolo. „Komm Mario, wir wollen zur Cafeteria. Stell dir vor, der alte Junge und ich, wir haben auf der gleichen Schulbank gesessen. Obwohl wir uns ewige Zeiten nicht gesehen haben, stellte sich die alte Vertrautheit aus Kindertagen sofort wieder ein."

Conny beugte sich zu Claudia und flüsterte: „Ist der süß. Bisher wusste ich nicht, dass Phil so tolle Freunde hat."

„Findest du? Stehst du auf glatzköpfige Männer?"

„Bisher noch nicht, aber mir gefällt seine Art, und er hat ein umwerfendes Lächeln. Du kannst ruhig zugeben, dass er gut aussieht."

Claudia sah sie erstaunt an. „Sein Dackelblick hat wohl Eindruck bei dir hinterlassen? Muss ich mir jetzt Sorgen machen?"

Sie drohte lachend mit dem Finger, während Connys Gesicht eine sanfte Röte überzog.

„Ich mag es, wenn du verlegen wirst", lachte Claudia und entdeckte in dem Moment einen freien Tisch für vier Personen unter der Markise der Cafeteria.

„Wollen wir uns setzen?", rief sie den Männern zu, während sie noch einen fünften Stuhl an den Tisch stellte.

„Ich würde euch gern zu einem Drink einladen", sagte John, während sein Blick sich an Connys bauchfreiem Top festsaugte.

„Bitte nur Kaffee. Das prickelnde Wiedersehensgetränk können wir am Abend in aller Ruhe nachholen", meinte Phil und begann, sich mit John über alte Geschichten und Neuigkeiten auszutauschen.

„Da gibt es herrlichen Kuchen – oder will jemand ein Eis?", rief Conny.

„Nur Kaffee, bitte."

Claudia brachte wenig später das Tablett mit den Getränken. John ließ braunen Zucker auf das Sahnehäubchen seines Espressos fallen und rührte um. Vorsichtig nippte er am heißen Getränk, ohne Conny aus den Augen zu lassen. Er zwinkerte Phils Frau zu. „Schade, dass ich zu spät gekommen bin. Ich hätte Sie auch geheiratet. Haben Sie zufällig eine Zwillingsschwester?"

Conny lachte. „Leider nicht. Ich bin einmalig. Mich gibt es nicht im Doppelpack."

„Schade, aber das hätte ich mir eigentlich denken können."

Phil wandte sich an John. „An unseren Tisch im Restaurant ist der Platz an meiner Seite noch frei. Wenn du willst, kannst du abends mit uns essen. Bei der Gelegenheit könnten wir auch unser Wiedersehen feiern. Was hältst du davon?"

John lächelte und antwortet mit Blick auf Conny: „Gern, wenn es deiner Frau recht ist. In eurer Runde wird es mir ganz besonders gut schmecken. Wie lautet die Tischnummer?"

„Tisch dreizehn. Leicht zu finden, in der Nähe des Kapitänstisches."

John stand auf, klopfte Phil kurz auf die Schulter. „Okay, ich werde heute Abend da sein."

Sein Blick lag auf Conny, als er fragte: „Oder was haltet ihr davon, wenn ich euch ins japanische Restaurant auf Deck sechs einlade? Einverstanden?"

Phil nickte und sah zu John. „Ich nehme an, dass die Einladung für uns alle gilt?"

„Selbstverständlich." John trank den winzigen Schluck Espresso aus und stand auf. „Also gut, dann werde ich schon mal einen Tisch für fünf Personen bestellen."

Barolo war nicht einverstanden, aber er wollte nicht den Nörgler der Runde abgeben. Diese Einladung war ihm viel zu exotisch. Was sollte er in einem Sushi-Tempel? Nichts für ihn. Er liebte weder den Geschmack von rohen Scheibchen Fisch noch den von trockenem Reis oder grünem Seetang in fader Thunfischsauce. Die lästigen Wasserpflanzen, die sich beim Schwimmen um die Beine wickelten, wollte er weder am Körper noch in der Suppe sehen.

Sein nächster Gedanke war die letzte Wurzelbehandlung. Eventuelle Gespräche über Oralchirurgie und Implantologie würden ihn an den nächsten Zahnarztbesuch erinnern und seine Laune weiter sinken lassen. Außerdem kam er sich in dieser Runde wie das fünfte Rad am Wagen vor.

John Miller kippte den Rest Kaffee in sich hinein und stand auf. „Also dann bis heute Abend. Seid pünktlich. Ich lasse schon mal den Champagner kalt stellen.“

Der Luxusliner ließ die pompösen Fassaden der Häuser von Nizza hinter sich, als Claudia und Mario sich auf den Weg zum Abendessen begaben.

An der Tür des japanischen Restaurants wurden sie bereits von John Miller erwartet. „Schön, dass ihr gekommen seid. Ich freue mich sehr.“

Barolo beobachtete, dass bei diesen Worten Johns Blick auf Conny ruhte. Etwas zu lange für seinen Begriff.

Gedämpftes Stimmengewirr empfing sie im Lokal.

Die Ausstattung des Restaurants entsprach mit grünem Bambus, Strohmatten und Kalligraphie an den Wänden einer japanischen Teestube. Asiatisch anmutende rote Lampions spendeten gedämpftes Licht. Der heilige Berg Fuji beherrschte einen Teil der vorderen Wand. Vorbei an einem kleinen Teich, in dem farbenfreudige Kois schwammen, wurden sie von einer entzückenden Geisha im knöchellangen Kimono zum bestellten Tisch begleitet.

Im Gegensatz zum Restaurant herrschte hier ein entspanntes ruhiges Ambiente. Der Tisch mit Meeresblick war gut ausgewählt. Nachdem die Bestellung aufgenommen wurde, bereitete der japanische Koch auf einer Grillplatte am Tisch die bestellten Speisen aus Fisch, Fleisch und Gemüse zu.

Barolo dachte an eine Geschichte, die er kürzlich im *Gazzettino* gelesen hatte. Ein japanischer Koch achtete nicht auf die besondere Zubereitung eines delikaten, aber extrem giftigen Kugelfisches. Daraufhin starb sein Gast, ein Gourmet aus Europa, qualvoll an der Delikatesse. Er, Barolo, würde sich nicht auf ein solches Experiment einlassen und mit Sicherheit nichts Exotisches bestellen.

John bestritt den Großteil der Unterhaltung. Er erzählte passend zu den Gerichten aus der Menükarte von seinen Reisen nach Tokio, Osaka und Nagasaki.

Barolo fand es übertrieben, wie er mit seinen braunen Augen pausenlos die faszinierte Conny im Visier hatte. So, als würde er mit ihr allein am Tisch sitzen.

Ganz nebenbei wurde ein Tennistermin für den 16. September festgelegt. Das war der Tag in Lissabon. Der Protest der Frauen fand keine Beachtung. Phil beschrieb ausführlich seinen entscheidenden Aufschlag, worauf John etwas skeptisch reagierte und meinte, dass er diese Aussage unter Beweis stellen müsse. Es wurde ein Doppel geplant, für das noch der vierte Mann besorgt werden musste. Letzteres wollte John erledigen.

Skeptisch betrachtete Mario den am Tisch gegrillten Lachs und konnte sich wenig später davon überzeugen, dass das Gericht ausgezeichnet schmeckte. Da auch die Atmosphäre im Restaurant angenehm war, gab sich Barolo mit dem Verlauf des Abends zufrieden.

Claudia stopfte nach einer faden Gemüsesuppe Frühlingsrollen mit Ente in sich hinein. Während sie an ihrem Tee nippte, flog ihr Blick zwischen Conny und John hin und her. John war verdammt attraktiv und wusste das auch.

Da die Stimmung gut war, verging der Rest des Abends wie im Flug. Nach einem Blick zur Uhr suchte Barolo Blickkontakt zu seiner Frau. Er unterdrückte ein Gähnen, als die beiden Freunde nur noch in nostalgischen Erinnerungen schwebten.

Um jetzt zu verschwinden, mussten sie sich etwas einfallen lassen.

„Es war ein wunderschöner Abend, aber wir müssen Fabio noch von der Teenie-Disco abholen, wo er uns sicher nicht vermissen wird. Aber es wird Zeit für ihn. Viel Spaß noch für euch."

13.

Das Schiff hatte am Morgen in Marseille am Pier Mole Leon Gourret angedockt. Nach einem ereignisreichen Tag für die Passagiere wurden um 19.00 Uhr die Leinen von den Pollern gelöst. Unter dem Tuten des Nebelhorns verließ der Luxusliner grüßend den Hafen und nahm Kurs auf Barcelona.

Am Pool-Deck wurde Emily schon von Mark erwartet, der sich mit einem Taschentuch kleine Schweißperlen von der Stirn wischte. Den ganzen Tag über war es brütend heiß gewesen, und auch jetzt herrschten auf dem Außendeck trotz einer kleinen Brise noch hochsommerliche Temperaturen. Mark erhob sich aus dem Korbsessel und ging der Frau ein paar Schritte entgegen.

„Wow, du bist ja schon da. Wartest du schon lange?"

Nach einer kurzen Beratung mit ihrer Tochter hatte Emily sich für einen bunten Rock, der kurz über dem Knie endete, und einem weißen Top entschieden. Dazu passend trug sie einen schicken dünnen Seidenschal, den sie am Nachmittag in einer Boutique in der Rue de Port gekauft hatte. Außer einem dezenten Lidstrich hatte sie auf Make-up verzichtet.

Mark war mit grünen Shorts und einem blauen Hemd leger gekleidet. Überflüssigerweise hatte er einen dünnen gelben Pullover über die Schultern geworfen. Seine Gesichtshaut hatte in den letzten Tagen eine leichte Bräunung angenommen. Die Brille trug er heute nicht.

„Hallo, Emily."

„Hi, Mark."

Ein unverbindliches Küsschen auf die Wangen, bevor er sie ansah.

„Ich habe die ganze Nacht an dich gedacht und überlegt, was du für eine Augenfarbe hast. Jetzt sehe ich im Schein der Lampen, dass sie von einem dunklen Braun und wunderschön sind."

Genauso ein Kompliment am Anfang der Begrüßung ließ Emily dahinschmelzen. „Dann ging es dir wie mir. Ich konnte den ganzen Tag nur an unser Treffen denken."

Mark lächelte entspannt, was ihn jünger aussehen ließ. Kurze Zeit sprachen sie über Belangloses, wie eine geplante Stadtrundfahrt in Barcelona, als eine elegante Frau in einem modischen Kleid in Sichtweite stehen blieb und Mark anstarrte. Ohne Zweifel eine attraktive Dame, deren Eleganz auffiel. Im nächsten Augenblick flüsterten ihre Lippen einen Namen. Fast unmerklich schüttelte sie den Kopf und lief weiter. Bevor sie durch die automatische Glastür das Außendeck verließ, drehte sie sich noch einmal um.

Emily sah ihr erstaunt nach.

„Mark, kennst du die Frau in dem grünen Kleid?"

„Welche Frau?"

„Jetzt ist sie weg. Die Lady stand einen Moment wie versteinert an der Reling, als sie dich bemerkte. Sie hat dich ziemlich auffällig gemustert, bevor sie schnell davonlief."

Mark drehte sich um. „Wo? Ich kann keine Frau in Grün entdecken."

„Sie hat eben das Außendeck durch die Automatiktür verlassen."

Lächelnd sagte Mark: „Ich kenne auf dem Schiff keine Frau außer dir. Und ich lege auch keinen Wert auf irgendwelche weibliche Bekanntschaften."

Er beugte sich zu ihr herunter. Emilys Augen strahlten, sie legte zufrieden die Arme um seinen Oberkörper und erwiderte seinen Kuss. Sie fühlte sich glücklich, da Mark nur sie wollte und ihre Sehnsucht nach Zärtlichkeiten erfüllte. Langsam schob er die Hand unter das Top und streichelte ihren Rücken.

„Das ist doch etwas Besonderes zwischen uns beiden. Fühlst du es nicht auch?"

Emily antwortete nicht auf die Frage. Sie sah ihn fragend an. „Ich weiß noch nichts über dich."

Er zog sie noch näher zu sich heran. „Was möchtest du denn wissen?"

Emily brannte eine Frage auf den Lippen. „Bist du verheiratet? Ich will keine Spielchen mit einem verheirateten Mann, auch nicht, wenn er mir so gut gefällt wie du."

Mark vermied jeglichen Blickkontakt, als er in die Runde zeigte und lachend antwortete: „Siehst du eine Frau an meiner Seite?"

„Das ist nicht witzig. Du hast meine Frage nicht beantwortet."

Marks Gesicht wurde ernst. „Ich bin Single seit meiner Scheidung vor Jahren, die einem Kleinkrieg auf einem fernen Stern ähnelte."

Er seufzte laut, während Emily leise kicherte. „Männer sind immer unschuldig an einer Trennung. Du musst mir jetzt keine Details über deine miese Ex-Ehefrau erzählen. Ich denke sowieso, dass es beim Auseinandergehen immer zwei Schuldige gibt."

Mark winkte ab. „Ach was, das Kapitel ist abgeschlossen und vergessen. Wir sollten das Thema wechseln."

Beruhigt schloss Emily die Augen und genoss die Berührung seiner Hände auf ihrer Haut. Eigentlich war sie nicht der Typ für einen One-Night-Stand, und letztendlich kannte sie nicht einmal seinen Familiennamen. Aber sie wollte die Frage danach jetzt nicht wiederholen, sondern die Momente der Geborgenheit genießen.

„Auf welchem Deck hast du deine Kabine?“, fragte Mark, während er ihre Hand tätschelte.

„Ich bewohne eine Balkonkabine auf Deck zehn.“

„Mein Domizil befindet sich ein Deck tiefer. Vielleicht besuche ich dich einmal. Natürlich rufe ich vorher an.“

„Hast du heute schon die Bordzeitung gelesen? Da ist der Veranstaltungsplan von morgen enthalten.“ Mit diesen Worten lenkte sie vom Thema Kabinenbesuch ab.

„Dazu bin ich noch nicht gekommen.“

„Wenn ich gegen Mittag von der Stadtrundfahrt zurück bin, werde ich eine Abendveranstaltung für uns aussuchen und dich anrufen. Welche Interessen hast du? Theater, Quiz, Tanz oder vielleicht ein Besuch im Casino? Ich bin ein Glückspilz, denn ich habe diese Kreuzfahrt in der Tombola gewonnen. Wir können auch heute noch etwas unternehmen. Ich brauche nur fünf Minuten, um mich umzuziehen.“

Sein Gesichtsausdruck veränderte sich. Vergnügungen dieser Art brauchte er nicht. Bisher hatte er nur einen Landausflug gebucht, Abendveranstaltungen fanden nicht sein Interesse. „Nein. Die Mühe kannst du dir sparen. Weder heute noch morgen. Ich habe wenig Zeit. Außerdem bin ich nicht besonders vergnügungssüchtig.“

Verwundert sah sie ihn an. „Schade, ich dachte, dass wir wenigstens in Barcelona etwas gemeinsam unternehmen werden. Am liebsten möchte ich den ganzen Tag mit dir verbringen.“

„Daraus wird nichts.“

„Bist du nicht gern mit mir zusammen?“

Ohne mit der Wimper zu zucken, hielt er ihrem forschenden Blick stand. „Das ist es nicht. Leider habe ich noch einen Auftrag zu erledigen.“

Emily schüttelte verwundert den Kopf. „Du hast Urlaub. Warum hast du so wenig Zeit?“

„Urlaub? Nein, ich bin nicht zum Spaß auf diesem Schiff. Ich habe jeden Tag zu arbeiten."

Emily zog fragend die Augenbrauen hoch. „Ach, du bist Angehöriger der Reederei?"

„Falsch geraten. Ich bin Schriftsteller und arbeite an einem Manuskript. Mein neuer Roman spielt auf einem Kreuzfahrtschiff, und so recherchiere ich hier etwas. Das ist auch der Grund, weshalb ich mich jetzt verabschieden muss."

„Schon? Es ist doch erst 21.30 Uhr. Und was bringst du so zu Papier?", fragte Emily.

„Aufregende Thriller mit Sex und Tod, die sicher nicht zu deiner täglichen Lektüre zählen."

Emily lächelte. „Oh, dann habe ich einen interessanten Mann kennengelernt. Und hast du Erfolg? Lesen die Leute diese Mordgeschichten? Habe ich schon mal was gelesen von Mark …?"

Er regierte nicht auf die indirekte Frage nach seinen Familiennamen.

„Ich schreibe unter einem Pseudonym. Die abschließende Bewertung eines Buches liegt immer in den Händen der Leser. Aber das Geschäft mit meinen Büchern läuft gut, denn der Tod übt auf die Lebenden eine seltsame Faszination aus."

Sie hielt ihm ihren nackten Arm unter die Augen. „Schau mal, wenn du das so sagst, bekomme ich richtig Gänsehaut. Vielleicht kannst du mir morgen Abend ein Buch mitbringen. Ich bin sehr neugierig auf das, was du zu Papier bringst. Hier auf dem Schiff habe ich genug Zeit zum Lesen. Besonders in den sieben Tagen der Atlantiküberfahrt."

Nachdem Mark aufgestanden war, sagte er: „Gut, ich werde morgen an ein Buch für dich denken und das Exemplar nur für dich signieren. Da lasse ich mir etwas ganz Besonderes einfallen. Wahrscheinlich schreibe ich: *Für Emily, die tollste Frau an Bord, die mir schon nach wenigen Stunden der Bekanntschaft viel bedeutet."*

„Hat die Reederei den Autor auf die *Celebrity* gebeten? Kannst du mir sagen, ob eine Lesung auf dem Schiff stattfinden wird?"

„Nein, die Reederei hat mich nicht eingeladen." Er lachte. „Keiner weiß, wer ich bin, was ich tue – und das ist gut so."

Emily reichte ihm ihre Visitenkarte. „Falls wir uns in Barcelona doch sehen können, kannst du mir Bescheid sagen. Ich hoffe, dass heute Nacht dein Verlag anruft und dir mitteilt, dass der Auftrag noch Zeit hat. Ich würde mich freuen."

Zu ihrer Überraschung reagierte er nun doch mit einem zustimmenden Lächeln. „Ich kann mich schlecht von dir trennen, wenn du mich so vorwurfvoll ansiehst. Pfeif auf das Manuskript, wir werden Barcelona gemeinsam, aber ohne eine nervige Reisegruppe erkunden."

Emily klatschte in die Hände. „Wow, das wäre schön. Da verzichte ich gern auf die geplante Stadtrundfahrt mit meiner Tochter. Mary kann mit den Barolos mitfahren. Wann treffen wir uns?"

„Am besten gleich nach dem Frühstück. Sagen wir 9.30 Uhr an der Gangway? Wenn du mir deine Kabinennummer sagst, rufe ich vorher an."

„Ich werde pünktlich sein."

Sie liefen an der Backbordseite zurück, wo an der Poolbar die Schiffsband den letzten Song spielte. Marks Zeit reichte noch für einen Campari, bevor er sich endgültig verabschiedete.

Emily sah ihm nach, bis er im Schiffsinneren verschwand.

Dann stand die junge Frau noch paar Minuten an der Reling und schaute in den perfekten Sternenhimmel. Die sanfte Brise vom Mittelmeer empfand sie als angenehm. Als sie zur Seite schaute, entdeckte sie auf einem Liegestuhl Marks Pullover, den er aufgrund der warmen Temperaturen abgelegt und vergessen hatte. Der Mond verbreitete sein gelbes Licht, als sie den Pulli ergriff und ins Schiffsinnere eilte. Suchend schaute sie in alle Richtungen, aber Mark war nicht zu sehen. Vielleicht erreichte sie ihn auf den Weg in seine Kabine.

Am Lift angekommen, drückte sie den Rufknopf, um zum Deck neun zu fahren. Enttäuscht betrachtete sie ihr Spiegelbild. In der Hoffnung, dass Mark mit ihr eine tolle Nacht in einer der Bars verbringen würde, war sie am Nachmittag, nicht ganz billig, beim Bordfriseur gewesen.

Emily stieg nach kurzer Liftfahrt auf Deck neun aus und lief suchend den Kabinengang entlang. Wenn sie Marks Familiennamen kennen würde, könnte sie an der Rezeption nach seiner Kabinennummer fragen. Aber so?

Der Gang war gespenstisch leer. Kein Mensch war zu sehen.

Plötzlich stand Mark hinter ihr. „Was tust du hier? Spionierst du mir nach?“, fragte er unfreundlich. Auf seiner Stirn zeigte sich eine steile Falte.

Emily hob den gelben Pullover hoch. „Warum sollte ich das tun?“

Als er ihre Handgelenke fest umklammerte, sah sie, dass er den protzigen Ring nicht trug. Sie ging einen Schritt zurück. „Du tust mir weh. Sorry, aber du hattest deinen Pullover vergessen, und ich dachte, dass du dich freust, wenn ich ihn dir bringe.“

Er ließ sie los. Freude breitete sich nicht auf Marks Gesicht aus, eher Unmut. „Ich brauche den Pullover nicht in der Nacht. Du hättest ihn erst einmal mit zu dir nehmen können. Komm, ich bringe dich zu deiner Kabine.“

Schweigend lief Emily zur breiten Haupttreppe und stieg die Marmorstufen zum Deck zehn empor.

Mark folgte ihr wortlos auf dem schmalen, teppichbelegten Gang. Sie drehte sich um, als ihre Kabine erreicht war. „Hier ist es.“

Dicht hinter ihr blieb er stehen. Seine weichen Lippen wanderten über ihren Nacken. „Kann ich nicht doch auf ein Glas Wein in deine Kabine kommen? Vielleicht schläft deine Tochter schon. Wir könnten uns auf den Balkon setzen. Ich werde auch ganz leise sein, um deine Tochter nicht zu stören."

„Nein, wie ich schon sagte, es geht nicht."

Sie nahm ihre elektronische Schlüsselkarte aus der Tasche und ließ die Kabinentür aufschnappen.

„Mama, kommst du endlich?", rief Mary vom Bett aus.

„Nun weißt du, wo ich zu finden bin, falls du es dir wegen Barcelona noch anders überlegst. Meine Tochter wartet. Bye, bye."

„Mama, wo bleibst du denn?"

Auf Emilys Blick hin nahm er den Fuß aus dem Türspalt und drehte sich um. „Der Abend war schön mit dir. Ich freue mich auf unser Wiedersehen. Oder hast du es dir noch einmal anders überlegt? Soll ich eintreten?"

„Lieber nicht. Denk an dein Manuskript. Du sagtest doch, dass du keine Zeit hast. Ich will nicht der Grund sein, wenn dein Manuskript nicht pünktlich fertig wird."

Mark legte ihr den Arm um die Taille, zog sie zu sich herüber und flüsterte: „Ich könnte mir vorstellen, morgen früh neben dir aufzuwachen. Was soll ich tun, damit du mich in die Kabine lässt?"

Sie entzog sich seinem Griff und flüsterte: „Ich bin nicht allein hier. Du weißt, dass ich mit meiner Tochter reise. Vielleicht sehen wir uns morgen. Gute Nacht."

Als Emily die Tür schloss, schüttelte sie einen Moment verwundert den Kopf über Marks eigenartiges Benehmen.

„Mama?"

„Ich komme gleich, Mary."

Emily verschwand im Bad, um sich bettfertig zu machen.

14.

Der Wind spielte mit Connys Haar, als sie, tief die Seeluft einatmend, an der Reling stand. Sie brauchte einen Moment Ruhe, frische Meeresluft und hoffte, dass auf dem Außendeck ihre migräneartigen Kopfschmerzen vergehen würden. Inmitten der vielen Leute, des Stimmengewirrs und der mit Essensdüften geschwängerten Luft im Restaurant war der Druck in ihrem Kopf immer schlimmer geworden. Aus dem Grund hatte sie mit einer entschuldigenden Geste vor zehn Minuten die Tischrunde im Restaurant verlassen.

Sie litt schon einige Jahre an Migräne, und kein Arzt konnte ihr bisher helfen. Den ganzen Tag hatte sie Übelkeit gespürt, aber am Abend waren noch die Schmerzen dazugekommen. Jetzt war es besonders schlimm. Conny hatte das Gefühl, dass um ihren Kopf ein Eisenring lag, der immer enger gezogen wurde. Erfolglos strich sie sich sanft über die Stirn, aber die Schmerzen konnte sie nicht vertreiben. Sie hätte heute auf jeden Tropfen Alkohol verzichten sollen.

Plötzlich stand wie aus dem Nichts ein Mann hinter ihr.

Zwei Arme umschlangen ihren Oberkörper, und ein kräftiger Körper kam näher. Ein Gesicht beugte sich herunter, ein Dreitagebart strich über ihren empfindlichen Teint, während sie den alkoholgetränkten Atem des Mannes riechen konnte.

„Wartest du auf mich? Dein Weggehen vom Tisch war wie eine Einladung für mich. Wollen wir beide einen Mondscheinspaziergang über das Deck machen?"

Die Worte und der unerwünschte Körperkontakt holten Conny in die Wirklichkeit zurück. Ohne zu überlegen, landete ihre kleine Hand auf der Wange des Mannes. „Was soll das? Mach das nicht noch einmal."

John Miller lachte nur, während sich in seinem Gesicht fünf Finger abzeichneten. „Toll, was für ein Energiepotenzial in dir steckt. Ich bewundere deine Spontanität. Kannst du nicht auch manchmal etwas lockerer sein und etwas Spaß haben?"

Erst jetzt hatte Conny John erkannt.

„Wie kannst du mich so erschrecken?"

Abwehrend hob Phils Freund die Hände. Schuldbewusst rieb er seinen Drei-Tage-Bart. „Sorry, ich wollte dir nicht zu nahetreten."

Entschuldigend legte er den Arm um sie.

„Du bist betrunken …"

In dem Moment stand Phil hinter ihnen und riss John von Conny zurück. Sein gebräuntes Gesicht hatte einen frostigen Ausdruck angenommen. „Du hast dich nicht geändert. Du bist noch das gleiche Arschloch wie früher."

John machte eine Geste der Entschuldigung und rief: „Was soll das? Ich habe Conny eben getroffen. Es ist doch nichts passiert. Reg dich ab."

Phil trat näher an den Mann heran. Seine Hände schossen vor und krallten sich in Johns Hemd.

„Phil, lass das …"

Conny hatte alle Mühe, ihren aufgebrachten Mann zurückzuhalten.

„Vielleicht solltest du dir mal eine Frau suchen. Meine wirst du jedenfalls nicht noch einmal anfassen!", schrie er.

„Nimm die Finger von mir, oder …"

John riss sich los. Kopfschüttelnd zog er sein Hemd glatt. Im Weitergehen drehte er sich um und rief: „Du bist doch nicht ganz normal. Ich nehme jetzt Rücksicht auf Conny, aber mit dir bin ich noch nicht fertig. Wir sprechen uns noch."

Phil hatte die Drohung, die in Johns Worten steckte, verstanden. Seine Enttäuschung verwandelte sich in Wut. Er packte seine Frau grob am Arm und zog sie in Richtung Schiffseingang.

„Habe ich etwas verpasst? Hast du mir etwas zu sagen?"

Conny wollte ihm erklären, dass er einen falschen Eindruck von der Situation hatte, aber er konnte sich nicht beruhigen. „Willst du mir eine Szene machen? Warum regst du dich so auf? Ja, er hat die Arme um mich gelegt und wollte mich küssen. Wahrscheinlich ist ihm der Wein zu Kopf gestiegen. Aber das ist doch kein Grund, um so auszuflippen."

Skeptisch verzog Phil sein Gesicht. „Lüg mich nicht an. Ich weiß doch, was ich gesehen habe. Hat sein Kuss wenigstens gegen deine schlimmen Kopfschmerzen geholfen? Diese Schmerzen waren doch der Grund, dass du das Restaurant vorzeitig verlassen hast. Vielleicht hattest du aber auch nur eine Verabredung mit John, der auffallend schnell nach dir unseren Tisch verließ. Ich habe mir Sorgen gemacht und dich gesucht, weil ich dachte, dass es dir nicht gut geht – und nun diese fiese Überraschung. Nie hätte ich gedacht, dass du dich mit dem da heimlich triffst."

Er zeigte auf John, der eben das Deck verlassen wollte.

Conny reagierte empört. „Was unterstellst du mir eigentlich? Ich habe migräneartige Kopfschmerzen. Mein Schädel scheint zu platzen. Mit einer Prise frischer Luft wollte ich das ewige Tablettenschlucken vermeiden. In deiner Rage begreifst du nicht, was ich dir sage. Deine Eifersucht ist völlig unangebracht."

Phil musterte Conny mit eisigem Blick. „Das würdest du nicht sagen, wenn du John gut kennen würdest. Wie kommst du überhaupt dazu, dich von ihm anbaggern zu lassen? Wir sind verheiratet. Schon vergessen?"

Conny blieb kopfschüttelnd stehen. „Was führst du dich so auf? Ich wusste nicht, dass John mir gefolgt ist. Er stand plötzlich hinter mir, nahm mich in die Arme und wollte mich küssen. Wahrscheinlich hat er ein Glas zu viel getrunken. Er hat es sicher nicht böse gemeint."

Phil hatte die Hände in den Taschen vergraben. Ihm stieg das Blut zum Kopf. „Nicht böse gemeint? Warum verteidigst du dieses Arschloch? Meinst du, weil er mich kennt, kann er dich betatschen, oder was? Na ja, es scheint dir gefallen zu haben. Wenn der mir noch einmal über den Weg läuft …"

„In diesem Ton musst du nicht mit mir reden. Du bist ja völlig durchgeknallt. Wie kannst du mir so eine Szene machen? John wollte nichts von mir. Begreifst du endlich? Da war nichts. Reg dich ab."

Phil zwang sich zu einem Lächeln, als er nach ihrer Hand griff. Wahrscheinlich sah er ein, dass es keinen Sinn machte, sich noch weiter mit Conny zu streiten, denn er legte den Arm um sie. „Bitte, komm mit ins Restaurant. Wir wollen uns vor Mario und Claudia nicht lächerlich machen."

Conny lief auf die automatische Glastür zu, die zu den Aufzügen führte. Abrupt blieb sie stehen. „Was für eine charmante Einladung, aber du musst dich allein vergnügen. In der Suite werde ich zwei Aspirin nehmen und mich sofort ins Bett legen."

„Was soll das? John wird dir nicht mehr über den Weg laufen. Ich hoffe nicht, dass er so dreist ist, sich noch einmal an unserem Tisch sehen zu lassen. Er kann ab morgen woanders Ehefrauen anbaggern."

„Du bist eifersüchtig."

„Du wirst mich verstehen, wenn ich dir sage, dass er mir schon einmal eine Frau weggeschnappt hat. Sein

Talent bestand schon immer darin, sich zu nehmen, was anderen gehört. Damals habe ich die Sache schnell vergessen, aber bei dir ist es anders. Dich liebe ich."

„Kann sein, aber Eifersucht ist kein Liebesbeweis."

Er reichte Conny die Hand und versuchte ein versöhnliches Lächeln. „Komm, wir wollen den kleinen Zwischenfall vergessen."

„Wie soll ich John entgegentreten, wenn er am Tisch sitzt?"

„Er wird nicht kommen."

„Woher willst du das wissen?"

„John wollte schon als Kind haben, was ihm gefiel und nicht gehörte. Und wenn es nicht klappte, wurde er sauer."

Phils Handy vibrierte. Mit Blick auf das Display steckte er es wieder ein. „Das war Mario. Wahrscheinlich wollte er wissen, ob wir noch zurückkommen. Wir wollen die beiden nicht so lange warten lassen."

Fünf Minuten später erschien das Paar im Restaurant, als wäre nichts geschehen.

Phil setzte sich. „Conny hat ihre Migräne. Wir können nicht lange bleiben. Es wird besser sein, wenn wir in die Suite gehen. Sie braucht Ruhe und frische Luft. Falls wir uns morgen früh nicht über den Weg laufen, schlage ich vor, dass wir uns um 14:00 Uhr in Barcelona am Alten Hafen treffen. Den Weg könnt ihr nicht verfehlen. Ihr müsst euch nur an der Kolumbus- Statue orientieren. Conny wird am Eingang der Marina auf euch warten. Sollten wir uns verpassen, dann merkt euch bitte Liegeplatz Nummer 87."

Claudia Blick fiel auf Connys blasses Gesicht. „Ich hoffe, dass es dir morgen besser geht."

„Das wird schon wieder."

15.

Die *Celebrity* hielt in der Nacht Kurs auf Barcelona. Gegen Morgen befand sich das Schiff in Küstennähe, kreischende Möwen begleiteten es bis zur Hafeneinfahrt. Nach Vorhersage des Kapitäns würde das Kreuzfahrtschiff gegen 7.00 Uhr Kataloniens Hauptstadt erreichen. Claudia steckte ihr Gesicht aus der Badezimmertür und rief: „Der Seewetterbericht hat einen schönen Tag vorausgesagt. Bestes Segelwetter bei einer kleinen Brise und Temperaturen um 27 Grad. Ich freue mich schon auf den Segeltörn. Hoffentlich geht es Conny besser. Ich meine, mir würde Segeln mit Kopfschmerzen auch keinen Spaß machen."

„Wenn Conny nicht fit wäre, hätte Phil bestimmt den Törn abgeblasen. Soll ich sicherheitshalber anrufen?"

„Nein, das lass mal lieber sein. Wahrscheinlich schlafen die beiden noch."

Barolo sah in die Bordzeitung, um die Abfahrt des Schiffes am Abend zu erkunden, als sein Handy dudelte. Er sah aufs Display und sagte: „Buon giorno, Carlo. Habt ihr auch so gutes Wetter wie wir?"

„Natürlich, aber deshalb rufe ich nicht an. Ich will dir nur erzählen …"

Barolo trat nervös von einem Bein auf das andere. „Scusi, Carlo, aber im Moment ist es ziemlich ungünstig. Wir müssen gleich los, denn wir wollen in Barcelona eine Stadtrundfahrt und einen Segeltörn machen. Wenn Claudia aus dem Badezimmer kommt, muss ich mich beeilen, denn der Bus wartet nicht auf uns. Im Moment stehe ich nur halb bekleidet auf dem Balkon. Da wir den ganzen Tag unterwegs sind, kann ich dich erst am Abend anrufen. Ich melde mich bestimmt. Bis dahin, ciao."

Er hatte gerade aufgelegt, als ihm einfiel, dass er nicht einmal gefragt hatte, warum Carlo angerufen hatte.

„Barcelona ist cool", meinte Fabio begeistert, als der Bus an dem Prachtboulevard Passeig de Gracia mit seinen Gebäuden mit den prunkvollen Jugendstilfassaden vorbeifuhr. Auch der exzentrisch moderne Stil der Antoni-Gaudi-Häuser und die Basilika Sagrada Familia wurden ausgiebig von den Touristen bestaunt.

Am Verkehrsknotenpunkt Placa de Catalunya hielt der Bus, um die wissbegierigen Stadtbummler auf eigene Faust die Rambla erkunden zu lassen. Längs der breiten Allee gab es kleine Cafés, urige Restaurants, Trödelbuden und eine interessante Markthalle aus vergangenen Zeiten.

Pinselnde Picassos entlang der Straße boten den Touristen ihre farbenfreudige Kunst an. Das geschäftige Treiben ließ die Familie die Zeit vergessen. Claudia sah auf die Uhr. „Es ist kurz vor 14.00 Uhr. Wir können Phil nicht warten lassen. Beeilung. Wir müssen zum Jachthafen", erinnerte sie.

Am weithin sichtbaren Denkmal des Entdeckers Christoph Kolumbus blieb Fabio beeindruckt stehen. Der ausgestreckte Arm der Statue zeigte direkt zum Meer. Von hier aus konnten sie schon die Jachten im Alten Hafen erkennen. „Ganz hinten ist Sea World. Das Aquarium mit dem gläsernen Tunnel gilt in Europa als das Wichtigste zum Thema Mittelmeer. Ich muss da unbedingt hin."

Fabios Finger zeigte die Richtung an. Barolo sagte: „Woher willst du wissen, dass es das Bedeutendste ist? Du warst doch noch nie hier."

„Ich habe es gelesen. Man muss sich doch etwas schlaumachen. Was meinst du, warum ich mir öfter deinen Tablet-PC ausleihe?“

Sie gingen über die Straße zum alten Hafen. Barolo blieb stehen. „Wir haben um 14.00 Uhr eine Verabredung, und du musst nur eins, dich ganz schnell entscheiden. Sea World oder Segeltörn?“

16.

Nachdem sich Fabio ganz schnell für das Segeln entschieden hatte, gelangte die Familie über eine hölzerne Brücke zum Hafen Port Vell, wo sie von Conny am Eingang der Marina erwartet wurden. Wie immer hauchte die Freundin Claudia zur Begrüßung ein Küsschen auf die Wange. „Endlich seid ihr da. Das Boot liegt ganz hinten am Steg. Wir werden ein Stück laufen müssen, bevor wir die Anlegestelle erreichen."

„Wie geht es dir heute? Alles wieder in Ordnung?"

„Danke, ich kann nicht klagen."

„Zuerst müssen wir aber noch auf John warten", meinte Barolo und sah sich suchend um.

Conny schüttelte den Kopf. „Nein, das müssen wir nicht. Er wird nicht kommen. Phil hatte mit ihm auf dem Lido-Deck eine Auseinandersetzung. John wird auch an einem anderen Tisch die Mahlzeiten einnehmen."

Barolo hatte davon nichts mitbekommen und wunderte sich über die Neuigkeit. Für ihn war der Abend im Restaurant nett verlaufen, auch nachdem John die Runde vorzeitig verlassen hatte. Mit Blick auf die Ansammlung luxuriöser Jachten und Freizeitboote liefen sie an zahlreichen Anlegestellen vorüber.

„Viele Segler starten von hier aus zu den Balearen. So viel Zeit haben wir nicht, deshalb soll es nur eine Mini-Schnuppertour werden", erläuterte Conny.

„Echt krass, dieses Schiff da hinten."

Fabio blieb stehen und zeigte auf eine italienische Megajacht mit Funkantennen und Satellitenanlage, getönten Scheiben und einem riesigen Deck. Aufgrund seiner Größe lag das Segelboot etwas abseits am Beton-Kai.

„Fahren wir mit dieser Luxusjacht? Die ist gigantische 18 Meter lang und so neu, dass ich es bis hierher riechen kann. Sicher ist sie erst in den letzten Tagen von der Werft in Genua gekommen."

„Nein, das ist nicht unser geliehenes Boot", lachte Conny. „Phil ist doch kein Scheich aus Saudi-Arabien."

„Schade, der Flitzer ist wirklich geil."

Phil empfing sie am Landungssteg, wo die acht Meter lange Santa Maria mit eingeholtem Segel lag. Das Segelboot hatte einen langen Bug und eine kleine Kabine im Cockpit.

Er winkte. „Kommt hier an Bord."

Die Sonnenstrahlen reflektierten auf der weißen Schiffsoberfläche, sodass Barolo einen Moment geblendet die Augen zusammenkniff und zu Claudia sagte: „Kannst du mir bitte meine Sonnenbrille aus der Tasche geben?"

„Moment."

Phil streckte Claudia galant die Hand entgegen, während das Boot leicht schaukelte. „Einsteigen bitte. Wie findet ihr den Kahn? Hier gibt es sicher tollere Boote als unsere betagte Dame, aber wir wollen ja nicht Kap Horn umsegeln", meinte Phil.

Nachdem die Taschen verstaut waren, stellte der Skipper zufrieden fest: „Wir haben alles an Bord, was man zu einem perfekten Törn braucht: blauer Himmel, toller Sonnenschein, eine kleine Brise, kalten Champagner und schöne Frauen. Natürlich in umgedrehter Reihenfolge."

Ganz entspannt lief er vom Heck zum Bug und holte die Fender ein.

Barolo stieg an Bord und sah sich um, bevor er sich auf die schmale Bootsbank setzte. Träumend schickte Fabio einen letzten Blick zur Luxusjacht. „Was für ein cooles Teil."

„He Fabio, zügle mal deine Begeisterung und helfe lieber unserem Skipper beim Ablegen. Mach die Anlegeleinen vom Poller", wies er den Jungen an, der noch immer auf dem Bootssteg stand.

„Aye, aye, Sir!", rief Fabio und salutierte scherzhaft.

Phil setzte sich ans Steuer und ließ den Motor an, während der Junge aufs Deck sprang. Langsam tuckerten sie rückwärts vom Anlegesteg weg.

Bald lag der Jachthafen hinter ihnen, und sie glitten aufs offene Meer hinaus. Nach zehn Minuten Fahrt stellte Phil den Motor ab. Er drehte den Bug in den Wind und setzte geschickt das Hauptsegel, welches durch eine kleine Brise sofort aufgebläht wurde.

Die Sonne ließ die Leinwand der Segel blendend weiß leuchten, während sich die Santa Maria leicht nach Backbord neigte, Wasser am Bug vorbeizischte, das Schiff an Fahrt gewann und mit acht Knoten durch die Wellen glitt.

Am Horizont kreuzten vier Segelschiffe im Wind. Aus der Entfernung sahen sie wie Spielzeugboote aus.

„Kann ich auch mal probieren?", fragte Fabio und zeigte zum Steuerrad.

„Vorerst nicht, da wir immer noch in Küstennähe sind. Weiter draußen kannst du das Schiff ein Stück steuern", meinte der Bootsführer.

„Toll."

Fabio stieß seine Flipflops von den Füßen, schnappte sich das Fernglas und betrachtete die klare Wasseroberflache, unter der ein Schwarm bunter Fische vorüberglitt. „Wie schön, eigentlich könnte ich hier tauchen, aber wegen des blöden Stadtrundgangs musste ich meine Taucherbrille und die Schwimmflossen in der Kabine lassen."

„Als Kind habe ich davon geträumt, einmal um die ganze Welt zu segeln. Möchtest du jetzt das Boot ein Stück zu steuern?“

„Aber sicher, Captain“, lachte Fabio.

„Versuch das Steuerrad so ruhig wie möglich zu halten.“

„Was für ein herrlicher Tag“, stellte Conny mit Blick zum azurblauen Himmel fest, während das blondes Haar im Fahrtwind flatterte. Ihr attraktives Gesicht war völlig entspannt, als sie es in die Sonne hielt. Trotz der kleinen Brise war es sehr warm auf dem Deck.

„Was haltet ihr von einem ordentlichen Seemanns-Picknick? Im Kühlschrank warten appetitliche Häppchen und Champagner auf uns. Fabio kann seinen Durst mit Mineralwasser oder Cola stillen.“

Der Vorschlag fand die Zustimmung aller, denn sie hatten seit dem Frühstück nichts gegessen.

Phil holte die Segel ein und warf den Anker, während kreischende Möwen ihre Flügel ausbreitend in Richtung Festland flogen. Conny verschwand in der kleinen Kajüte, deren Innenraum mit Holzpaneelen verkleidet war. Der offene Kühlschrank brummte empört, als er geplündert wurde.

Phil entkorkte die Champagnerflasche und füllte die auf einem Tablett stehenden Plastiksektgläser.

„Na, dann wollen wir mal auf einen wunderschönen Nachmittag anstoßen.“

Die appetitlichen Snacks auf der silbernen Platte waren bald aufgegessen, nachdem sich Fabio, ausgehungert, wie er war, ein Häppchen nach dem anderen zwischen die Zähne schob.

Die Sonne brannte von Himmel, sodass ein schwacher Nordostwind nur minimal für Kühlung sorgen konnte, während das Boot träge auf den kleinen Wellen schaukelte.

Barolo schaute auf das Meer, bis sein Blick an einem roten Punkt am Horizont hängen blieb. Er fixierte mit den

Augen ein Motorboot, welches von der Seeseite her mit beeindruckender Geschwindigkeit näherkam. Nicht sehr weit von der Santa Maria entfernt warf der Fahrer den Anker. Gelangweilt griff Barolo zum Fernglas, richtete es erst auf das Meer und später auf das knallrote Motorboot. Interessiert strich sein Blick über das Deck und blieb am Gesicht des Fahrers hängen. Er schätzte den muskulösen Mann auf Anfang fünfzig. Irgendwie erinnerte er ihn an jemanden. Vielleicht ein Kollege aus Venedig, der hier Urlaub machte?

Es würde ihm schon noch einfallen.

Conny lag auf dem Dach der Kajüte und genoss die Sonnenstrahlen auf ihrer Haut, während sie durch die schaukelnden Schiffsbewegungen schläfrig wurde. In den dunklen Gläsern der Sonnenbrille spiegelten sich die kleinen Wölkchen des Himmels. Ihr Körper war muskulös und feminin zugleich. Ihren Body und die empfindliche Gesichtshaut hatte sie mit einer Sonnencreme mit hohem Lichtschutzfaktor, Sonnenbrille und Sonnenhut geschützt.

„Die Hitze ist nicht mehr zum Aushalten. Ich springe mal rein", stöhnte Phil, nachdem er sich bis auf eine blaue Badehose der Kleidung entledigt hatte. Seine Sonnenbrille legte er auf den Tisch.

Mit dem Blick aufs Meer hechtete er kopfüber und landete eine Sekunde später klatschend im Wasser. Er schwamm mit kraftvollen Zügen, wandte den Kopf und winkte mit der rechten Hand. „Kommst du auch, Mario, oder bist du wasserscheu?"

Das ließ sich Barolo nicht zweimal sagen. Er schwang seine Beine über die Bordwand und ließ sich ins Wasser gleiten. Sein Körper versank in den Wellen, wurde hochgehoben und tauchte wieder ab. Beide Männer schwammen los, wobei Phils Tempo beim Kraulen enorm zunahm, sodass Mario ihm nicht mehr folgen konnte. Die an Bord Gebliebenen konzentrierten ihre Blicke auf die Schwimmer im kristallklaren Wasser, die sich immer weiter vom Segelboot entfernten.

„Dein Mann legt ein tolles Tempo vor.“

„Ja, Phil kann im Schwimmen und Tauchen so schnell keiner etwas vormachen.“

Zum gleichen Zeitpunkt hatte der Motorbootfahrer den Anker eingezogen und den Motor gestartet. Der Mann gab Gas, während der Bug unter ohrenbetäubenden Lärm aus dem Wasser herausschoss. Der schnelle Flitzer drehte eine weite Kurve, wobei er mit beeindruckender Geschwindigkeit über die Wellen raste und sich den in der Ferne schwimmenden Männern näherte.

Das Dröhnen des Motors machte eine weitere Unterhaltung unmöglich. Wenig später schrien die Frauen entsetzt auf, als das Boot direkt auf den ersten Schwimmer zuraste. Als der Flitzer nur noch eine halbe Bootslänge von Phil entfernt war, tauchte Connys Mann ab. Mit einer Wasserfontäne vollzog das Boot eine scharfe Wende, spurtete mit einem weit aus dem Wasser ragenden Bug wieder auf den eben aufgetauchten Schwimmer zu.

„Was macht denn der Wahnsinnige?“, schrie Claudia, während sie ihre Augen mit der Hand abschirmte. Ihre Stimme konnte den Lärm des Motorbootes kaum übertönen.

Sie stieß einen Schrei aus, als eine größere Welle über Phils Kopf hinwegschwappte. Der Bootsführer wiederholte noch zweimal den Angriff, bevor sich der rote Flitzer mit Vollgas entfernte. Barolo tauchte wenig später wieder auf, aber Connys Mann blieb verschwunden.

„Verdammt, wo ist Phil geblieben? Ich kann ihn nicht sehen!“, schrie Claudia, um den Lärm des Motorbootes zu übertönen.

„Keine Angst. Phil ist ein extrem guter Schwimmer“, meinte Conny beruhigend, obwohl ihr kleine Schweißperlen auf der Stirn standen. Wahrscheinlich wollte sie sich mit dieser Feststellung selbst beruhigen, denn ihr leicht gebräuntes Gesicht hatte an Farbe verloren.

Das Charterboot war verschwunden, als Barolo mit kräftigen Zügen auf die Santa Maria zuschwamm, während Phils Kopf noch nicht aus den Wellen ragte. Mario stieg an Bord und lehnte sich über die Reling, während seine Augen die Wasseroberfläche checkten.

„Wisst ihr, wo Phil geblieben ist?"

„Endlich, da ist er!", rief Fabio, der das Fernglas zu Hilfe genommen hatte. Barolos Blick folgte seinem ausgestreckten Finger, der nach Backbord zeigte.

Phils Kopf war in der Ferne wieder aufgetaucht. Einen Moment orientierte er sich, bevor er hektisch in Richtung Segelboot schwamm. Unter den anfeuernden Rufen der im Boot Sitzenden kraulte er mit schnellen Stößen auf das Schiff zu. Alle atmeten auf.

Als er endlich erschöpft die Badeleiter hochstieg, ging sein Atem keuchend. Barolo packte Phils Hände und zog ihn an Bord.

„Bist du okay?", fragte Conny besorgt.

„Wie du siehst, lebe ich noch", antwortete Phil und spuckte das geschluckte Wasser aus. Wie ein Fisch auf dem Trocknen schnappte er nach Luft.

Barolo warf ihm ein Frotteetuch zu, damit er sich abtrocknen konnte, während Claudia ein Glas Mineralwasser reichte.

Ziemlich fertig ließ Phil sich auf den Fahrersitz fallen.

„Wie geht es dir?"

„Ich glaube, ich werde es überleben. Puh, es war ein großartiges Gefühl, aus dem Wasser aufzutauchen und wieder Luft atmen zu können."

Conny goss sich ein Glas Champagner ein und sagte zu Phil: „Scheint so, als hätte es der verrückte Raser auf dich abgesehen."

„Kanntest du den Mann?“, wollte Barolo wissen. Keine Frage, Phil war ein überheblicher Typ, aber der Mann aus New York hatte in den letzten Tagen bei Mario an Sympathie gewonnen. Letztendlich ist doch keiner fehlerfrei.

Phil winkte ab. „Natürlich nicht. Dieser Spinner wollte doch nur unseren Frauen imponieren. Verrückte Angeber gibt es überall auf der Welt“, meinte er in seiner arroganten Sorglosigkeit.

Alle lachten erleichtert.

Conny goss sich noch ein Glas Champagner ein. Phil nahm ihr die Flasche aus der Hand und sagte: „Denke an deine Kopfschmerzen. Meinst du nicht, dass es reicht?“

Jetzt kam der Wind aus Südost. Windstärke 3 ließ das Boot leicht auf den Wellen schaukeln.

Phil sah zur Uhr. „Tut mir leid, aber wir müssen zurück. Ich muss das Boot pünktlich in der Ausleihstation abgeben.“

Das Schiff glitt mit acht Knoten durchs Wasser. Phil drosselte das Tempo, bevor er Kurs auf die Einfahrt des Jachthafens nahm.

An der Liegestelle angekommen, sprang Barolo auf den Steg und vertäute das Boot, während Phil geschickt die Segel verstaute.

„Danke für den Törn. Es war bis auf die kleine Aufregung mit dem roten Boot ein wunderschöner Nachmittag“, stellte Claudia fest.

Das rote Motorboot schaukelte nebenan mit dem Bug zum Steg in den kleinen Wellen. Barolo wollte den verrückten Raser zur Rede stellen, aber der Mann war nirgendwo zu sehen.

„Können wir dann?“, fragte Phil. Nachdem er die Formalitäten im Büro des Jachtclubs erledigt hatte, begaben sie sich auf den Weg zum Hafen.

Die Abenddämmerung hatte eingesetzt, als sie die Mole erreichten und die Gangway der *Celebrity* betraten.

Nach einem kurzen Blick auf Barolo schickte der Filipino die ID-Karte durch den Scanner. Das Bild des Inhabers wurde aufgerufen, und der Sicherheitsmann gab ihm den Ausweis zurück.

„Alle an Bord", meldete der leitende Offizier an die Brücke, bevor die Gangway eingezogen wurde.

Sie hatten die Metalldetektorschleuse passiert, als Phil fragte: „Sehen wir uns noch? Ich würde vor der Show gern noch etwas essen."

„Super Idee, wir haben doch nach dem anstrengenden Segeltörn alle Hunger", meinte Fabio.

„Gut, dann gegen 20.00 Uhr im Restaurant. Und denkt daran, ab 21.00 Uhr findet die große Flamingo-Show statt."

„Was für eine Show? Eigentlich bin ich ziemlich müde", meinte Barolo uninteressiert.

„Gitarre, Kastagnetten, Schrei und Tanz werden dich ganz schnell wieder munter machen. Flamenco ist die musikalische Sprache Spaniens, das musst du einfach gesehen und gehört haben", meinte Phil.

„Was soll ich denn da anziehen?", stöhnte Claudia, während Phil begonnen hatte, seine Frau zu küssen.

Conny wand sich aus seinen Armen. „Das kommt darauf an, ob du bei der Folklore mittanzt", lachte sie.

Barolo blieb stehen und zog sein Smartphone aus der Tasche, um nachzusehen, ob er einen Anruf verpasst hatte. Es war eine Nachricht von Sicco eingegangen.

Mario, warum meldest du dich nicht? Ich habe den ganzen Tag auf ein Lebenszeichen von dir gewartet. Carlo.

Verdammt, er hatte doch tatsächlich aufgrund des ereignisreichen Tages vergessen, seinen Partner in Venedig anzurufen. Jetzt war es zu spät. Da es ihn interessierte, ob die Kollegen mit der Aufklärung des Falls „Kanalleiche" weitergekommen waren, würde er gleich am nächsten Morgen das fällige Gespräch nachholen.

17.

Als Emily am Nachmittag von der Stadtrundfahrt aus Barcelona zurückgekommen war, erwartete sie eine freudige Überraschung. Auf dem Tisch ihrer Kabine stand ein herrlicher Rosenstrauß mit Kartengruß. Eine Entschuldigung von Mark für den in letzter Minute abgesagten Stadtrundgang. Der Grund war eine dringende Anfrage seines Verlages. Emily war enttäuscht gewesen, aber die Blumen entschädigten sie. Eigentlich wollte sie sich sofort für die Überraschung bedanken, doch leider wusste sie immer noch nicht Marks Familiennamen und die Kabinennummer.

Emily sah zur Uhr. Es war gleich soweit. Sie freute sich auf das Wiedersehen mit Mark.

„Geh nicht so spät ins Bett!", rief sie noch Mary zu, die mit ihrer Freundin in New York telefonierte.

Emily zog eine neue weiße Spitzenbluse an, die mehr zeigte, als sie verbarg. Dazu einen superkurzen Rock, der ihre schlanken Beine gut zur Geltung brachte. Nach einem letzten Blick in den Spiegel verließ sie die Kabine.

Die Flamenco-Gruppe in ihren farbenfreudigen Kostümen drängte um 22.20 Uhr von Bord, bevor das Schiff um 22:30 Uhr den Hafen von Barcelona verlassen würde.

Emily stand mit Mark an der Außenreling von Deck zehn. Von hier oben bot sich ein spektakuläres Panorama der katalonischen Hauptstadt.

Ganz plötzlich verabschiedete sich die Stadt mit einem spektakulären Feuerwerk. Unter dem Jubel der zahlreichen Passagiere, die auf die Außendecks gekommen waren, leuchtete am nachtschwarzen Himmel ein sich immer wieder erneuernder bunter Feuerregen. Die Leute klatschten begeistert, so, als hätte die Stadt der Katalanen das Spektakel nur für die Passagiere der *Celebrity* veranstaltet. Als der Himmel dunkel blieb, entfernten sich die Passagiere von den Außendecks.

„Jetzt sind wir allein. Ist das nicht zauberhaft?"

Mark stimmte Emily zu. Er legte die Hand in ihren Nacken und zog sie an sich, wobei der Hauch eines herben Rasierwassers in ihre Nase stieg. Er ließ keinen Blick von ihr, während das Lichtermeer Barcelonas sich immer weiter entfernte.

„Du bist so still. Hoffentlich bist du nicht sauer, weil es heute Nachmittag mit dem Treffen nicht geklappt hat. Ich habe dir doch mitgeteilt, dass es mir leidtut."

Sie wand sich aus seiner Umarmung. „Ja, ich weiß. Vielen Dank noch für die schönen Blumen. Es war eine tolle Überraschung. Nein, der ausgefallene Stadtrundgang ist nicht die Ursache."

Er lächelte. „Was gefällt dir sonst nicht an mir?"

„Du bist so verschlossen. Warum erzählst du mir nichts von dir?"

„Wir kennen uns noch nicht lange genug, um dir mein dunkles Geheimnis zu offenbaren", lachte Mark und tippte ihr mit dem Finger auf die Nasenspitze.

Emily warf ihm einen misstrauischen Blick zu. „Ich finde das wirklich nicht witzig …"

Im gleichen Moment verschoss er ihren Mund mit einem Kuss. Dann sagte er mit einem Lächeln: „Komm, wir drehen eine Deck-Runde. Unterwegs befriedige ich deine Neugier und erzähle dir aus meinem Leben."

Emily stand noch an der Reling, als Mark bereits zum Swimmingpool schlenderte. Auf dem Fliesenboden ließ er sich auf die Knie fallen. Er schob ein Stück des Absperrnetzes zur Seite, und seine Hände überprüften die Wassertemperatur. „Herrlich warm. Wir sollten nackt eine Runde schwimmen. Was hältst du davon?"

Emily schüttelte den Kopf. „Nichts. Wie willst du hier schwimmen? Weißt du nicht, dass der Außenpool nur bis 20:00 Uhr in Betrieb ist? Später wird zur Sicherheit der Passagiere das Netz über den Wasserspiegel gezogen. Auch der Innenpool im Solarium ist jetzt geschlossen. Wenn du abends schwimmen gehen willst, musst du es dir früher überlegen."

Mark schüttelte stöhnend den Kopf. „Was bist du nur für eine kleine Genauigkeitsfanatikerin. Dadurch entgeht uns jede Menge Spaß. Keiner würde etwas merken."

„Um uns die Zeit zu vertreiben, sollten wir uns etwas Besseres einfallen lassen", gab Emily zu denken.

„Höre ich aus deinen Worten die vorsichtige Lehrerin sprechen?"

Mit seinem muskulösen Körper dirigierte er sie in einer wenig beleuchteten Stelle gegen die Schiffsaufbauten. Hastig löste er die kleinen Knöpfe ihrer Bluse. Er legte Emily einen Arm um den Nacken, ließ sich auf die Teakholz-Planken fallen und zog sie zu sich herab.

„Komm zu mir. Hier sind wir ungestört."

Während er sie leidenschaftlich küsste, schoben sich seine Hände unter ihrem Rocksaum nach oben. Emilys Lächeln signalisierte Interesse, was er sofort als Zustimmung einordnete. Sie sah sich auf dem menschenleeren Deck um. Verunsichert sah sie in seine Augen. „Willst du es wirklich hier tun?"

„Wo sonst?"

Mit einer schnellen Bewegung ließ sie die Bluse von den Schultern gleiten. Noch ein prüfender Blick über das menschenleere Deck, und sie liebten sich auf den harten Schiffsplanken.

Wenig später schaute Emily erschrocken auf die Uhr. Mark atmete so gleichmäßig, als wäre er eingeschlafen. Sanft löste sie sich aus seinen Armen, stand auf, zog ihre Kleidung zurecht und schlüpfte in die Schuhe.

„Mark, ich glaube, ich sollte jetzt gehen. Mary ist alt genug, um abends allein zu bleiben. Sie beschwert sich immer, wenn ich sie zu sehr bemuttere, aber jetzt ist es schon spät, und sie wird sich Sorgen machen."

Der Mann hob sein Hemd vom Boden auf und zog es an. „Alles in Ordnung? Schade, dass du schon gehen musst. Können wir noch schnell einen Martini an der Poolbar trinken?"

Emily sah auf ihre Uhr. Dann fiel sie ihm um den Hals. „Ja, gern. Mary wird noch einen Moment länger warten können."

An der Poolbar spielte heute nicht die Schiffsband, und so waren einige Plätze frei. Mark setzte sich, hob die Hand und bestellte die Getränke. Der Barkeeper mit den schwarzen Rasta-Zöpfen bereitete die Martinis mit Wodka, Curacao und einem Spritzer Angostura zu. Emily sah ihm zu, während er das Getränk mixte, rührte und schüttelte. Schnell noch ein paar Eiswürfel, bevor er die Gläser über den Tresen in ihre Richtung schob.

Emily und Mark griffen danach und prosteten sich zu. „Wann sehen wir uns wieder?"

„Das weiß ich noch nicht. Ich melde mich morgen bei dir."

Emily stöhnte leise, während sie einen Eiswürfel aus dem Glas fischte und auf der Zunge zergehen ließ. „Schade, ich hatte gehofft, dass wir einmal einen ganzen Tag zusammen verbringen werden. Es gibt doch so interessante Tagesexkursionen. Wie wäre es mit Lissabon, die letzte Stadt vor der Überfahrt?"

Mark trank sein Glas aus. „Ich habe es dir versprochen. Mal sehen, wie ich mit meinem Manuskript vorankomme. Ich werde ein paar Nachtstunden opfern müssen. Aber das mache ich gern für uns."

Ein letztes Küsschen. Emily glitt vom Barhocker und lief los. Bald war nur noch das Klacken ihrer Absätze auf den Deckplanken zu hören. Als die Frau außer Sichtweite war, rutschte auch Mark vom Hocker und verließ das Außendeck.

18.

Am nächsten Morgen ließ Mario sich vor der Cafeteria auf einen Deckstuhl fallen. Er schob die dunkle Sonnenbrille aus dem Gesicht, während seine Augen auf dem Smartphone das Icon für Telefonate suchte. Er musste Carlo anrufen. Aber die Mühe war umsonst, denn er hatte keinen Empfang.

„Was ist denn los?“, murmelte er, während sich das Schiff mit einer Geschwindigkeit von zweiundzwanzig Knoten durch das blaue Mittelmeer bewegte.

Barolo drehte den Kopf, als er plötzlich Marys Stimme hörte. „He, Fabio, hier sind Delfine!”, rief die neue Freundin seines Sohnes. Der Junge hatte sie nicht verstanden.

„Was ist los?“

„Sieh mal nach Backbord, da ist ein Rudel Delfine.“

Fabio beeilte sich, von Steuerbord nach Backbord zu kommen, um die freundlichen Tiere nicht zu verpassen. Anfangs sah er nur die sichelförmigen Flossen der Fische.

„Delfine sind die intelligentesten Tiere auf der Erde. Das Gehirn des Delfins ist dem des Menschen am ähnlichsten“, klärte er Mary auf.

Emilys Tochter war beeindruckt. „Woher weißt du denn das so genau?“

„Gehört doch zur Allgemeinbildung.“

Mary, die kleine New Yorkerin, war ein Jahr älter als Fabio, und ihr Körper zeigte erste weibliche Rundungen. Sie war hübsch mit ihren blauen Augen und dem langen schwarzen Haar. Begeistert sahen die Teenies zu, wie die Delfine mit ihren vier Meter langen, silbrig glänzenden Körpern aus den blauen Wellen schossen. Wenig später tauchten die Meerestiere mit ihrer kurzen Schnauze wieder in die Fluten ein. Fabio war begeistert. Aus so geringer Entfernung hatte er die Tiere noch nie gesehen.

„Ich bin gespannt, wie weit sie uns begleiten werden", meinte Mary. „Vierzehn, fünfzehn", zählte Fabio, während er sich weit über die Reling lehnte. Eine Sekunde später war die Delfingruppe abgetaucht und in der Tiefe des Meeres verschwunden.

Plötzlich schwebten Fabios Beine in der Luft, während er mit dem Bauch auf dem Handlauf der Außen-Reling lag und sich nur mit den Händen festhielt.

„Schau mal."

Mary kicherte.

Nun hielt er sich nur noch mit einer Hand fest, während die andere in der Luft herumfuchtelte.

Mary bekam Panik. „Hör auf Fabio, bitte."

„Siehst du Mary, ich kenne keine Höhenangst. Nur noch einen Moment, und ich zeige dir, dass ich fliegen kann", rief er, während er mit dem Halten seines Gleichgewichts beschäftigt war.

„Fabio, komm bitte runter!", rief Mary ängstlich.

Bevor der Junge antworten konnte, zogen ihn zwei starke Arme auf die Schiffsplanken zurück.

„Shit."

An seinen Vater hatte Fabio nicht gedacht. Verlegen zog er die Nase hoch. „Hi, Dad, ich wollte gerade …"

Der bis eben gut gelaunte Barolo bremste verärgert seinen Redestrom. Drohend ging er einen Schritt auf Fabio zu und schimpfte auf Italienisch: „Dich kann man nicht mehr allein lassen. Was sollte der Blödsinn eben? Willst du, dass wegen dir das Schiff angehalten werden muss? Hast du eigentlich die geringste Ahnung davon, was dann passiert? Die spanische Küstenwache wird verständigt, das Schiff gestoppt, eine Suche durch Boote und der Flug eines Helikopters organisiert. Wobei fraglich ist, ob man im Fall einer Rettungsaktion noch etwas für dich tun kann. Deine sportliche Übung war lebensgefährlich. Was hast du dir dabei gedacht?"

Fabio lachte frech und winkte Mary zu. Gelangweilte Passagiere auf den Sonnenliegen verfolgten interessiert die Szene.

„Ich habe nur nach den Delfinen gesehen. Das Wasser ist klar, und ich konnte gut in die Tiefe des Meeres spähen."

Barolo schüttelte den Kopf. „Das war die dämlichste Ausrede, die ich je gehört habe. Deine große Klappe kann deine Dummheit nicht kaschieren. Willst du wirklich, dass wegen deines übersteigerten Selbstbewusstseins das Schiff gestoppt werden muss? Kannst du deiner Freundin nicht auf intelligentere Art imponieren? Werde endlich erwachsen. Komm mit in die Kabine. Sofort."

Dort wollte Barolo seinem Sohn die Leviten lesen. Dazu kam es aber vorerst nicht, da sein Handy in der Hosentasche vibrierte. Er warf einen Blick auf das Display, ging ein paar Schritte zur Seite, während Fabio das Deck verließ.

„Hallo Carlo? Sorry, dass ich gestern nicht mehr angerufen habe. Wir waren den ganzen Tag bis spätabends unterwegs, und heute Morgen hatte ich leider keinen Empfang."

„Macht nichts. Buon giorno, Mario. Was ist los, du klingst so verschlafen?"

„Das kann nicht sein, denn ich bin hellwach und gerade dabei, meinem Sohn die Meinung zu sagen."

„Tief durchatmen, nicht ausrasten", empfahl Carlo.

„Du kannst gut reden."

„Du bist zu streng. Fabio hat die üblichen Probleme der Jugend in diesem Alter. Was hat denn der arme Junge angestellt?"

„Es wäre reine Zeitverschwendung, dir diesen Bockmist zu erzählen. Wie spät ist es bei dir?"

„In Venedig ist es genau 14.00 Uhr."

„Alles klar. Siesta. Von 14.00 bis 17.00 Uhr schläft oder isst jeder Italiener. Ich habe gerade gegessen, und jetzt werde ich in unserer Kabine gleich ein Schläfchen machen."

Sicco stöhnte. „Du hast es gut. Die Siesta ist in Italiens Städten auf dem Rückzug. Sie passt nicht mehr in die heutige Zeit. Ich gehöre zur arbeitenden Bevölkerung und …"

Barolo hielt sein Smartphone etwas vom Ohr ab. „Was ist los, Carlo? Warum schreist du denn so? Das hört sich an, als würdest du auf einem zugigen Bahnsteig stehen. Willst du verreisen? Hat deine Frau noch immer den Wunsch, nach Hamburg und an die Nordsee zu fahren?"

„Nein, ich bin dienstlich hier. Der Gepäckservice vom Bahnhof hat sich vor einer Stunde gemeldet, da eine Überprüfung der Schließfächer ergab, dass ein Koffer nicht fristgemäß abgeholt wurde. Die Aufbewahrungszeit war um Tage überzogen. Interessanterweise stammt der Koffer wie unsere Kanalleiche vom Sonntag. Das ist doch sicher kein Zufall. Das Gepäckstück wurde gegen 13.25 Uhr eingelagert. Kurz vorher war der Eurocity aus Mailand am Bahnsteig vier eingefahren. Wir haben Grund zur Annahme, dass unsere Kanalleiche mit diesem Zug gekommen ist. Leider ist der Kofferanhänger abgerissen. Hoffentlich finden wir bei der Öffnung etwas, was auf die Identität des Mannes hindeutet."

Die Information über das gefundene Gepäckstück erwies sich für den Commissario als überaus interessant. Sicco sprach weiter. „Es könnte sein, dass der Mann schon auf dem Bahnhof seinem Mörder begegnet ist. Deshalb werden wir in den nächsten Stunden die Bilder der Überwachungskameras überprüfen und als wichtige Informationsquelle nutzen. Mit etwas Geduld sehe ich auf dem Monitor, wie der Mann das Bahnhofsgebäude verlässt und wer ihm folgt."

Barolo kratzte sich am Ohr. „Einen Verfolger zu identifizieren, wird in der Menge der Touristen nicht so einfach sein. Trotzdem wünsche ich dir, dass der Fall in Kürze restlos aufgeklärt ist."

„Danke für den guten Wunsch. Hast du etwas bei Mr. Freeman herausgefunden?"

„Leider habe ich nichts erfahren, was dich weiterbringen könnte. Ansonsten weißt du, dass ich als italienischer Commissario nicht das Recht habe, auf einem amerikanischen Kreuzfahrtschiff zu ermitteln. Und du kennst Freeman, der ist doch völlig zugeknöpft. Erstaunt war ich, als ich ihm das Foto der Kanalleiche zeigte und er meinte, dass er das Gesicht schon mal an Bord gesehen hätte. Nichts gegen sein exzellentes Personengedächtnis, aber bei 3000 Menschen auf dem Kahn möchte ich diese Aussage wirklich bezweifeln. Natürlich ist es möglich, dass der Tote einen Doppelgänger an Bord hat."

„Bene, dann können wir hoffen. Vielleicht fällt Mr. Freeman doch noch ein, woher er den Mann kennt. Ansonsten mache ich mich morgen auf die Identitätssuche, indem ich nach Mailand fahre, wo ich die besseren Mailänder Hotels abklappere. Vielleicht war der Mann besonders großzügig mit dem Trinkgeld und hat damit beim Servicepersonal ein bleibendes Bild hinterlassen."

„Viel Erfolg dazu und Grüße an Commissario Urbino und unsere Perle Maria."

Maria war die Sekretärin, die sich für alles und jeden zuständig fühlte. „Maria ist schon zwei Tage krank. Die Arme hat sich eine Grippe eingefangen."

„Oh, das tut mir leid. Und wie kommst du ohne unseren Vorzimmerdrachen klar? Sicher schlecht. Wahrscheinlich werden wir in den nächsten Wochen im Büro nichts mehr finden", meinte Barolo lachend, während Sicco aus tiefsten Herzen stöhnte. „Ich würde unsere Perle persönlich pflegen, mindestens dreimal am Tag Tee kochen und feuchte Brustwickel machen, wenn ich wüsste, dass sie dann schneller wieder einsatzbereit wird. Mamma mia, hoffentlich wird sie bald gesund."

„Freu dich nicht zu früh, wenn Maria zurück ist, wird es erst einmal jede Menge Ärger geben. In puncto Unordnung versteht die heimliche Chefin des Morddezernats keinen Spaß. Ich möchte jedenfalls nicht in deiner Haut strecken, wenn sie gesund und munter ihre auf nimmer Wiedersehen verschollenen Unterlagen sucht."

Barolo lachte schadenfroh.

„Ich werde es überstehen", meinte Carlo unbeeindruckt. Mario hörte noch das Geräusch eines abfahrenden Zuges, bevor er das Gespräch beendete.

Schnell verließ er das Außendeck, um Fabio in der Kabine für die nächsten Tage der Kreuzfahrt die Richtung anzugeben. So etwas wie heute sollte nicht noch einmal passieren. Was ging nur im Kopf seines Sohnes vor? Nicht auszudenken, wenn er ins Meer gestürzt wäre. Wo war Claudia? Nur gut, dass seine Frau den unglaublichen Vorfall von Fabio nicht mitbekommen hatte.

19.

Nur noch ein paar Schritte bis zur Kommandobrücke, wo die Familie Barolo vom Kapitän erwartet wurde. Seit dem 11. September 2001 genießt die Brücke auf Kreuzfahrtschiffen besondere Beachtung, und so war die verstärkte Außentür gegen den Zutritt Unbefugter mehrfach gesichert. Der Chef der *Celebrity* begrüßte die Familie und gab den Code ein, worauf sich die Metalltür lautlos öffnete.

„Ich hoffe, dass der Verlauf der Reise Ihren Wünschen entspricht."

„Danke, Kapitän, wir sind sehr zufrieden."

Der 1. Offizier stand vor dem Steuerpult. Während der Autopilot die Position hielt, verfolgte er das Geschehen auf dem Radarschirm.

Kapitän Gustafsson blieb hinter ihm stehen und sah aufmerksam durch das Panoramafenster auf das blaue Meer hinaus.

„Von der Kommandoposition aus kann das leitende Personal alle wichtigen Stationen des Schiffes überwachen." Er überreichte Fabio ein Fernglas. „Willst du auch einmal? Die Sichtverhältnisse sind hervorragend. Am Südzipfel Spaniens kommen die Konturen der Felsen der Britischen Kronkolonie Gibraltar in Sicht. Der Autopilot hält den Kurs präzise, was nicht heißen soll, dass die Offiziere auf der Brücke ein Schläfchen machen können. Alle Daten werden noch einmal manuell überprüft."

Er ging zu dem Tisch mit den Seekarten. „Halten Sie die Geschwindigkeit“, befahl der Kapitän dem Ersten Offizier, nachdem die *Celebrity* mehrere Frachter und ein Containerschiff hinter sich gelassen hatte.

„Im Moment sind wir mit nur 16 Knoten unterwegs, da wir in Kürze die Meerenge von Gibraltar erreichen. Da liegen die Schifffahrtswege eng beieinander. Für Fahrten in Festlandnähe ist das Echolot besonders wichtig“, erklärte Mr. Gustafsson und löste den Blick nicht vom Monitor. „Wie Sie sehen können, ist das Schiffsaufkommen im Moment zahlreich. Sobald wir aus der Meeresenge heraus sind, gehen wir wieder auf zweiundzwanzig Knoten.”

Fabio hatte nicht alles verstanden, und so übersetzte Barolo ein paar Worte des Kapitäns ins Italienische. Dann verfolgte er interessiert, wie sich die *Celebrity* an einem Frachter vorbeischob.

„Wie hoch ist die Höchstgeschwindigkeit?“

„Bei gutem Wetter können wir mit 24 Knoten unterwegs sein.“

„Oh, das ist ganz schön schnell.“

„Hast du dir unsere Arbeit so vorgestellt?”, fragte Gustafsson.

„Ja, wir sind auf einer Fähre gefahren, und da hatte ich einen kleinen Einblick“, meinte Fabio.

Fasziniert blickte er auf den Bildschirm. Gustafsson erklärte ihm die Positionsdaten und informierte über Kurs und Geschwindigkeit. „Auf dem Bildschirm können wir genau sehen, welche Schiffe in der Nähe sind. Siehst du, hier wimmelt es von Frachtern, Tankern, Containerschiffen und Kreuzfahrtschiffen. Das Meer ist riesig, aber bestimmte Wasserstraßen sind besonders hoch frequentiert. Und hier haben wir das Echolot.“ Er zeigte auf einen großen, seitlichen Bildschirm. „Hochwichtig, besonders jetzt, wo wir in Festlandsnähe sind. Es zeigt die magnetischen Wellen, die vom Sender des Schiffes ausgestrahlt werden. Treffen sie auf ein Objekt, werden sie reflektiert, und das können wir dann auf dem Monitor sehen. Nur so kann ein Zusammenprall vermieden werden."

„Ist das interessant, nun steht für mich fest, dass ich nach dem Abitur Nautik studieren werde."

„Überleg es dir genau. Es wird viele Jahre dauern, bis du ein Schiff führen kannst. Und auch dann hört das Lernen nie auf. Auch nicht, wenn du so alt wie ich bist und über zwanzig Jahre den Beruf eines Kapitäns ausführst."

Ein weiterer Bildschirm zeigte alle Decks, Kabinen und Ausgänge des Schiffs. „Dies hier ist für die Sicherheit von großer Bedeutung."

„Und was ist, wenn ein Brand ausbricht?"

„Die Reederei hat viel Geld und Sorgfalt in die Sicherheit der Passagiere investiert. Wir sind in Sachen Technik auf dem neuesten Stand. Das beginnt bei der Videoüberwachung, Rauchmelder, Sprinkler zur Brandbekämpfung und Stahltüren, die bei Brandgefahr bestimmte Decks abschotten. Innerhalb von fünfzehn Sekunden wird das gesamte Feuerlöschsystem in Betrieb gesetzt. Nicht weniger wichtig ist unsere gut ausgebildete Wachmannschaft, die rund um die Uhr ihren Dienst tut und dafür sorgt, dass du und andere Passagiere ruhig schlafen können."

Fabio starrte durch das Panoramafenster. „Da kommt ein Kreuzfahrtschiff in voller Fahrt auf uns zu. Kann da was passieren?"

Gustafsson lachte. „Da gibt es eine einfache Regel unter Seeleuten. Wenn jedes Schiff nach rechts ausweicht, kommt es nicht zum Crash. Okay?"

Als der 426 Meter hohe Felsen von Gibraltar in Sicht kam, musste die Geschwindigkeit weiter herabgesetzt werden. Mr. Gustafsson beendete die Führung, und Barolo bedankte sich, während Fabio einen letzten Blick auf die Monitore und Messgeräte warf.

„Kann ich nicht noch bleiben?", fragte er, bevor sie die Brücke verließen.

„Ohne mich geht das nicht. Tut mir leid, Fabio, wir haben unsere Sicherheitsvorschriften, die besagen, dass sich kein Fremder ohne Begleitung auf der Brücke aufhalten darf."

Mr. Gustafsson lief voraus und öffnete lachend die Tür. „Vielleicht klappt es in den nächsten Tagen noch einmal."

„Das wäre super."

20.

Portugals Hauptstadt befindet sich siebzehn Kilometer von der Atlantikküste entfernt. Die Fluten des Tejo hatten sich schon vor einiger Zeit mit dem Salzwasser des Atlantiks vermischt, als das bekannte Entdeckerdenkmal am Ufer auftauchte.

Ein sicheres Zeichen für die baldige Ankunft im Lissaboner Hafen. Nur wenige Minuten später glitt die *Celebrity* sanft unter den Pfeilern der Brücke des 25. April hindurch.

Claudia stand inmitten einer Gruppe Passagiere mit dem Rücken an der Reling und hielt Ausschau nach Conny, mit der sie verabredet war. Endlich hörte sie Mrs. Turners ansteckendes Lachen hinter sich.

„Hallo, Claudia. Sorry, dass ich mich verspätet habe, aber ich musste erst zum Doc."

„Du bist hoffentlich nicht krank?"

„Nein, da kann ich dich beruhigen."

Conny trug enge Designer-Jeans, dazu eine knallige Tunika in Orange sowie einen schicken Panama-Hut, der ihr Haar nicht nur gegen die intensiven Sonnenstrahlen schützen sollte. Eine trendige Sonnenbrille vervollständigte das Outfit. Wie immer sah sie super aus.

„Was machst du heute?"

„Nichts. Du weißt doch, dass unsere Männer heute unbedingt zu diesem Tennis-Doppel müssen. Anschließend will Mario auf dem Laufband seine kulinarischen Ausrutscher bekämpfen. Wie findest du das? Ist es nicht schade, von dieser geschichtsträchtigen Stadt nichts zu sehen? Hast du heute außer Faulenzen noch etwas anderes vor? Was hältst du davon, wenn wir einen Erkundungstrip durch Lissabon starten?"

Claudia musste keine große Überzeugungsarbeit leisten. Conny sagte gleich zu. „Nach dem Tennis-Match werden unsere Männer völlig fertig sein."

Sie schüttelte den Kopf. „Ganz schlechtes Timing. Schließlich fährt man nicht nach Lissabon, um Tennis zu spielen. Es wäre super, wenn wir Frauen diesen Nachmittag allein gestalten könnten."

Claudia blinzelte und schirmte dann mit der Hand ihre Augen gegen die Sonnenstrahlen ab.

„Tolle Idee. Wir werden am Fluss entlangbummeln, einen riesigen Eisbecher essen und vielleicht shoppen gehen. Ich habe mir sagen lassen, dass man in Lissabon gut einkaufen kann. Wir kommen erst spät am Abend zurück. Dann können sich unsere Männer mal richtig um uns sorgen. Eventuell nehmen wir unsere Badesachen mit."

Conny rümpfte die Nase. „Badesachen? Nein, ich schwimme nie im Fluss."

„Gut. Was hältst du davon, wenn wir zum Wahrzeichen der Stadt, dem Torre Belem, gehen? Der Wehrturm erinnert an die Zeit der portugiesischen Entdecker. Von der Aussichtsterrasse aus hätten wir eine tolle Aussicht über den Tejo."

„Okay."

Nach dem Anlegen und der Freigabe des Schiffes durch die Behörden gingen die Frauen um 13.00 Uhr von Bord. Die Männer waren in den nächsten Stunden beschäftigt, denn das Tennisturnier hatte bereits begonnen.

Am Fuß der Gangway lauerte der Bordfotograf auf lohnend Objekte.

„Nein, danke."

Claudia machte ein Selfie mit dem Handy. Ihre Entscheidung, von Bord zu gehen, erwies sich als richtig.

Mit dem Shuttlebus fuhren sie vom Hafen durch das Alfama-Viertel in die beeindruckende Unterstadt Baixa, wo sparsam bekleidete Touristen durch die Gassen drängten. Eine der antiquierten Straßenbahnen ratterte um die Ecke und bog knatternd in eine kurvenreiche Straße ein.

Eine Fahrt mit dem Elevator de Santa Justa brachte sie wenig später in den oberen Stadtteil Chiado, wo die kleinen weißen, blumengeschmückten Häuser gegen den blauen Himmel stießen. Bald fanden die Frauen sich in einem Gewirr aus steilen Gassen, die sich immer höher auf den Hügel schlängelten, wieder. Nach kurzer Zeit hatten sie den touristischen Trubel hinter sich gelassen. Bunte Wäsche flatterte auf Leinen, die von Haus zu Haus quer über enge Gassen gespannt waren.

Ein Brunnen plätscherte leise vor sich hin, während eine ältere Fischhändlerin in einer blutbeschmierten Gummischürze sich mit ihren Wassertieren beschäftigte. Flink filetierte sie Fische und warf die Abfälle in einen Eimer. Als sie die Frauen entdeckte, legte sie das blutbeschmierte Fischmesser auf das Hackbrett zurück. Geschäftstüchtig präsentierte sie ihre fangfrischen Schuppentiere, indem sie einen kräftigen Arm auf die Fischtheke stemmte, während die linke Hand einen Oktopus aus den Eisstücken angelte. Was sie während der Aktion lautstark von sich gab, konnte von den beiden Frauen nicht verstanden werden. Wahrscheinlich pries die Händlerin die Qualität des wirbellosen Weichtiers mit den langen Fangarmen, auf denen sich unzählige Saugnäpfe befanden, an.

Conny schüttelte freundlich den Kopf. „Sorry, aber wir möchten keinen Fisch kaufen."

Enttäuscht ließ die Frau das Tier in die eisige Kälte zurückgleiten. Der anhaltende Fischgeruch ließ die beiden Frauen rasch weitergehen.

Am Ende der steilen Gasse bot sich den Freundinnen ein toller Blick über die roten Dächer bis zum Tejo.

Auf dem Rückweg entdeckte Claudia ein weißes Haus mit spitzem Giebel, in dem sich ein idyllisches Café befand. Auf dem steinigen Trottoir wucherten in voluminösen Terrakotta-Töpfen neonviolette Bougainvilleeen, die einen angenehmen Duft verbreiteten.

„Was hältst du davon, wenn wir hier einen Kaffee trinken?", fragte Claudia. „Da sage ich nicht Nein."

Die Frauen stiegen eine alte Steintreppe hoch, die zum Eingang des kleinen Cafés führte. Sie nahmen an einem der kleinen Tische in der Nähe des Fensters Platz. Conny nahm ihren Hut ab und fuhr sich mit den Fingern durchs Haar. „Wirklich hübsch hier."

Die Wände waren mit milchig blauen Azulejos gefliest, deren Fertigung ein kulturelles Erbe aus der Zeit der Mauren ist. Nach kurzer Wartezeit bestellten die Freundinnen bei der netten Kellnerin ofenfrische Sahnepasteten und Macchiato.

Nachdem sie sich über die vergangenen Tage der Kreuzfahrt unterhalten hatten, begann Conny plötzlich von ihrem ersten Mann zu sprechen. „Komisch, aber es macht mich ganz verrückt, dass ich seit Tagen pausenlos an meinen Ex denken muss. Die Erinnerung an ihn war bis zu dieser Begegnung auf dem abendlichen Sonnendeck immer seltener geworden."

„Er ist auch auf dem Schiff? Davon hast du mir noch nichts erzählt."

Die Kellnerin brachte den Kaffee und das Gebäck.

„Ich möchte nicht neugierig sein, aber wann hast du dich von deinem Ex getrennt?"

„Vor drei Jahren, aber die Geschichte ist etwas länger."

Die Erinnerung an die vergangene Ehe wischte die eben noch gezeigte Fröhlichkeit aus Connys Gesicht. Sie zögerte etwas, aber dann begann sie zu erzählen. „Henry starb dieses Jahr am 18. Juli an Herzversagen. Ich las die Todesanzeige, die seine Mutter verfasst hatte, in der New York Times. Man soll einem Toten nichts Schlechtes nachsagen, aber wenn es um meinen Ex geht, kann ich nicht anders. Trotz allem tut mir sein früher Tod leid, denn er war noch zu jung zum Sterben."

Claudia trank einen Schluck Latte Macchiato aus der schlanken bunten Tasse und fragte: „War dein Mann viel älter als du?"

„Zwanzig Jahre."

„Hast du ihn nach der Scheidung noch einmal gesehen?"

Conny zögert mit der Antwort. „Nie oder doch? Es klingt sicher verrückt, aber ich glaube, dass Henry mir an dem Abend in Marseille mit einer Frau auf Deck zehn über den Weg gelaufen ist. Ich wollte nur etwas frische Luft schnappen, als ich bekannte Laute hörte und mich umsah. Da war eine Stimme aus der Vergangenheit. Henrys Stimme. Natürlich war er es nicht, aber der Mann hatte in der Dämmerung eine gespenstische Ähnlichkeit mit meinem toten Ex. Als er mich zufällig ansah, bekam ich ein Gänsehautfeeling, drehte mich um und eilte ins Schiffsinnere. Wahrscheinlich stand ich ihm nur Sekunden gegenüber, aber mir schienen es Stunden zu sein. Ich war froh, als ich mich wenig später im Salon in Phils Arme kuscheln konnte. Die Begegnung mit diesem Mann ist der Grund dafür, dass ich seit Tagen meinen Ex nicht aus dem Gedächtnis bekomme."

Für einen Moment breitete sich nachdenkliche Stille zwischen den Frauen aus. Claudia schaute sie skeptisch an.

Wie konnte ein Toter plötzlich auf einem Kreuzfahrtschiff sein? Litt die junge Frau an Verfolgungswahn?

Die Freundin bemerkte den ungläubigen Blick und war sich über die Absurdität ihrer Behauptung im Klaren, als sie sagte: „Du glaubst mir nicht? Phil kann ich es auch nicht erzählen. Er würde denken, dass ich auf dieser Reise paranoid geworden bin. Na ja, auch wenn mein Ex noch leben würde, könnte er sich diese Reise finanziell nicht leisten. Sein monatliches Einkommen wurde nach unserer Scheidung zum kontinuierlichen Schuldenabbau bis auf ein Existenzminium gepfändet. Wahrscheinlich hat Henry einen Doppelgänger auf dem Schiff. So etwas soll es ja geben."

Claudia dachte nur eine Sekunde nach. „Hast du zufällig ein Foto von ihm?"

Conny schüttelte den Kopf. „Meinst du wirklich, ich würde ein Bild von Henry herumtragen?"

„Theoretisch könnte es sein. Vielleicht ein Familienfoto, wo er auch präsent ist."

Conny schüttelte den Kopf. „Nein. Allein der Gedanke, Henry zu sehen, raubt mir den Schlaf. Heute weiß ich, dass ich mich getäuscht habe, aber die Begegnung mit diesem Mann, der eine verblüffende Ähnlichkeit mit meinen Ex besaß, hat alles bereits Vergessene wieder aufgewühlt."

Nach einer kleinen Pause sprach Conny weiter. „Im ersten Jahr unserer Ehe lief es wirklich gut, und ich glaubte, dass Henry und ich das perfekte Paar sind. Ich war noch sehr jung und unerfahren. Er schien mich zu lieben, und ich war glücklich. Keiner, nicht einmal meine skeptischen Eltern hätten damals gedacht, dass unsere Verbindung zum Scheitern verurteilt war. Eines Tages musste ich begreifen, dass Henry an einem Jekyll-und–Hyde- Syndrom litt. Du kennst sicher den Roman‚Der seltsame Fall des Dr. Jekyll und Mr. Hyde' von Robert Louis Stevenson?"

Claudia nickte. „Natürlich. Was willst du damit sagen?"

„Auch mein normal wirkender Henry litt an einer gespaltenen Persönlichkeit. Er vereinte das Gute und das Böse in sich. Seine Stimmung wechselte ständig. Er konnte freundlich sein und im nächsten Moment wegen einer Kleinigkeit die Beherrschung verlieren und gewalttätig werden. Henry besaß ein hohes Aggressionspotenzial. Eine unüberlegte Äußerung ließ ihn ausrasten. Am nächsten Tag bat er mich mit Tränen in den Augen um Verzeihung. Kurze Zeit später machten wir einen traumhaften Urlaub in der Karibik. Henry mietete ein Motorboot, und wir jetteten von Insel zu Insel. Als wir wieder zu Hause waren, veränderte sich unsere Situation nicht zum Positiven. Um es kurz zu machen, die finanziellen Probleme begannen, als die Schulden ins Uferlose stiegen und die Existenz seiner Firma bedrohten. Nur wenig später endete unsere Ehe in einem Desaster."

Sie rief die Kellnerin und bestellte zwei Gläser Champagner. „Schon lange vorher hatte ich verdrängt, dass unsere Ehe in Scherben lag. Heute frage ich mich, ob ich mit Henry noch zusammen wäre, wenn Phil in dieser Zeit nicht aufgetaucht wäre. In den Zeiten der Krise lernte ich Henrys Bankberater kennen. Eigentlich war mein Ex ein Einzelgänger, aber mit Phil freundete er sich, entgegen seiner sonstigen Gewohnheit, schnell an. Die Männer spielten im gleichen Club Tennis. Eines Tages, Henry war dienstlich unterwegs, lud Phil Turner mich zu einem Dinner ein. Nach dem fürstlichen Essen landeten wir im Bett. Anfangs ging es mit Henrys Freund nur um Sex, aber dann vertiefte sich unsere Beziehung. In dieser Zeit konnte ich Henrys Zärtlichkeiten nur noch mit Widerwillen ertragen. Phil war keine kleine Affäre. Ich hatte mich verliebt."

Conny lächelte verträumt. Ihre Wangen hatten sich von Champagner gerötet.

„Als Henry durch einen anonymen Brief von unserer Liaison erfuhr, rastete er total aus. Nachdem er mich, außer sich vor Wut, zusammengeschlagen hatte, zog ich die Reißleine und packte meine Sachen. Ich wusste, dass diese Ehe nie wieder funktionieren würde, und ordnete nach dieser Nacht mein Leben neu. Anfangs waren meine Eltern geschockt, da sie Henry in erster Linie als liebenswürdigen Ehemann kannten. Aber aufgrund der Verletzungen im Gesicht und am Körper glaubten sie mir. Ich musste mich in der Schmuck-Boutique krankmelden und konnte einige Tage das Haus nicht verlassen. Ein Jahr später war ich geschieden."

Conny trank einen Schluck, bevor sie weitererzählte: „Nach der Scheidung zog ich zu Phil in seine Penthouse-Wohnung in der Upper West Side. Mit jedem Augenblick, den ich mit ihm verbrachte, fühlte ich mich besser. Spätestens jetzt wusste ich, dass Phil der Mann war, mit dem ich alt werden wollte. Ich bin eine ziemlich gute Schmuckgestalterin, habe immer davon geträumt, etwas Eigenes zu machen. Phil erfüllte mir den Wunsch und kaufte mir eine Schmuckboutique. Ich begann eigene Modelle zu entwerfen und arbeitete ziemlich erfolgreich. Und dann machte mir Phil überraschend am Anfang des Jahres einen Heiratsantrag."

Conny schien ein aufregendes Leben voller Abwechslung geführt zu haben. Bevor die Freundin weitersprach, fuhr sie sich nervös mit der Hand durchs Haar. „Ich liebe Phil und weiß, dass diese Liebe Bestand haben wird."

„Also vergiss die Vergangenheit und freu dich auf eine Zukunft mit Phil", empfahl ihre Freundin.

Conny prostet Claudia zu und lachte. „Mein Mann hat nur einen Fehler. Er denkt, dass es auf der Welt kein Problem gibt, welches sich nicht mit ein wenig Geld lösen lässt. Das liegt sicher an seinem Beruf."

Claudia schaute etwas skeptisch, während Conny der Bedienung winkte, um noch zwei Gläser Champagner zu bestellen.

„Lass die Vergangenheit vergangen sein und denke an die Zukunft."

„Das mache ich doch. Und dann gibt es noch eine gute Neuigkeit, auf die wir anstoßen müssen."

„Na, da bin ich aber mal gespannt."

„Wie ich dir bereits sagte, hatte ich heute Vormittag einen Termin beim Schiffsarzt. Immer diese Morgenübelkeit. Dr. Harrison hat die kleine Ursache meiner ständigen gesundheitlichen Probleme schnell herausgefunden. Seine Diagnose war …"

Claudia legte den Arm um ihre Schulter. „Ich bin kein Arzt, aber ich kenne dein gesundheitliches Problem. Du bist schwanger."

„Ja, du hast es erraten."

Claudia hob ihr Glas. „Das war nicht schwierig. Du glaubst nicht, wie ich mich für euch freue."

Lächelnd drehte Conny an ihren Ehering, als das Handy vibrierte. Es dauerte einen Moment, bis sie es aus der Louis-Vuitton-Tasche gefischt hatte. Eine SMS von Phil. *Wann kommt ihr endlich zurück?*

Connys Blick blieb auf dem Zifferblatt ihrer Armbanduhr hängen. Erschrocken sprang sie auf. „Weißt du, wie spät es ist? Wir müssen los, sonst werden wir die Abfahrt des Schiffes verpassen." Aufgeregt winkte sie der Bedienung. „Wir möchten zahlen. Bitte schnell, und wir brauchen ein Taxi zum Hafen."

„Das Fahrzeug zum Hafen ist unterwegs", meldete die Serviererin wenig später und legte das Wechselgeld auf den Tisch.

Die Frauen verließen eilig das Café.

Kein Durchgangsverkehr.

Die Frauen rannten die mit Kopfsteinpflaster belegte Gasse hinunter. Nur gut, dass sie am Mittag die Absatzschuhe gegen bequeme Slipper getauscht hatten.

Das Taxi wartete am Ende der Straße mit laufendem Motor. Der Fahrer trommelte mit seinen Fingern ungeduldig auf dem Lenkrad herum. Mit einem Seufzer der Erleichterung ließen sich die Frauen in die Polster der Rückbank fallen.

„Wir möchten zum Hafen. Unser Schiff hat am Berth Alcantara angedockt."

Der Fahrer stellte den Schalthebel auf Drive, gab Gas und ordnete sich in den dichten Verkehr ein. Claudia griff nach dem Sicherheitsgurt und sagte: „Stell dir mal unsere Männer vor, wenn das Schiff ohne uns abfahren müsste. Was denkst du? Würden sie in Lissabon bleiben und uns suchen?"

„Ich glaube schon. Phil wird jetzt schon aufgeregt sein."

Conny griff zum Smartphone. Ihre Finger flogen über die kleinen Tasten.

Keine Angst, wir sind schon unterwegs.

Conny und Claudia

Das Taxi fädelte sich in den fließenden Verkehr ein. Endlich tauchten vor ihnen die Lichter des Hafens auf. Schneller als gedacht hatte das Fahrzeug die Zufahrtsstraße erreicht. Von Weitem konnten die Frauen den weißen Schornstein der *Celebrity* mit dem Logo der Reederei sehen.

Die Fahrt endete vor einem hohen Metallzaun. Conny bezahlte den Fahrer großzügig, und wenig später standen die Frauen am Fuß der Gangway, wo sie vom Lido-Deck Musik hören konnten. Kaum hatten die Frauen das Schiff betreten, wurde nach der Meldung an die Brücke die Gangway hochgezogen. Conny hielt vor den Fahrstühlen einen Moment Claudia am Arm fest.

„Bitte erzähl nichts Mario von dieser für ihn sicher unglaublichen Story. Er würde sonst denken, dass ich nicht richtig ticke. Die Geschichte muss unter uns bleiben."

Claudia tätschelte beruhigend ihre Hand. „Ich bin verschwiegen wie ein Grab. Dein Geheimnis ist bei mir sicher."

Barolos Frau stand schon mit einem Fuß in der Liftkabine, als sie sich umdrehte und fragte: „Sehen wir uns zum Essen, oder hast du keinen Hunger?"

Conny legte einen Finger an die Lippen. „Und was für einen. Außerdem haben wir doch etwas zu feiern. Erzähl bitte nicht den Männern, dass ich Hunger für zwei habe."

21.

Fast gleichzeitig trafen Conny, Claudia, Phil und Mario frisch gestylt an ihrem Tisch im Restaurant ein. Phil blickte schweigsam durch das Panoramafenster, als das Schiff langsam unter der erleuchteten Brücke hindurchglitt und den Hafen hinter sich ließ.

Conny hatte nach ihrer Ankunft an Bord wieder über starke Kopfschmerzen geklagt und sich übergeben. Phil hatte keine Ahnung, was mit seiner Frau los war und sagte: „So kenne ich dich nicht. Langsam mache ich mir Sorgen."

Trotz ihrer Blässe sah Conny besonders hübsch aus. Sie trug das dunkelrote ärmellose Armani-Kleid, das gestern noch in der Auslage der Shopping Mall hing und Claudia so gut gefiel. Barolos Frau hatte es in der Boutique schon einmal anprobiert, aber mit dem Gedanken an ihr vor der Reise geplündertes Bankkonto wieder auf den Bügel gehängt.

„Ich bin nicht krank, aber unser Leben wird sich bald ändern", sagte Conny geheimnisvoll lächelnd. „Bevor ich Abstinenzler werde, lade ich euch zu einem für mich letzten Glas Champagner ein." Sie hob den Arm zum Winken. „Hallo, Steward."

Die Bedienung kam schnell und geräuschlos näher. Phil blieb ganz ernst. „Was ist nur los mit dir? Warum warst du heute in der Schiffsklinik? Was hat der Doktor für eine Diagnose gestellt? Und warum willst du ab sofort auf deinen heiß geliebten Champagner verzichten?"

Conny strahlte über das ganze Gesicht. „Soll ich es dir verraten, Schatz? Der vertrauenserweckende Schiffsarzt meinte, dass meine Beschwerden zwar unangenehm, aber unbedenklich sind. Wortwörtlich sagte er, dass Kopfschmerzen und Übelkeit in meinem Zustand nicht selten wären."

Phil starrte sie wortlos an.

„Hat mein Mann eine lange Leitung, Claudia?"

Die Freundin nickte zustimmend. „Ja, das sehe ich genauso."

Barolo sah verunsichert in die Runde, während die Frauen sich geheimnisvoll zulächelten.

Phils Gesicht rötete sich leicht. „Was soll das? Sind wir hier zum Quiz? Wenn es dir nicht gut geht, hat der Doktor dich ordnungsgemäß zu behandeln. Ich werde mich über die Art und Weise des Quacksalbers beim Kapitän beschweren."

Conny lächelte. „Das kannst du sein lassen, denn ich war mit der Behandlung und der erfolgten Diagnose außerordentlich zufrieden."

Barolo und Claudia verfolgten gespannt das Katz- und Mausspiel, während der Steward die bestellten gefüllten Champagnerkelche auf den Tisch stellte.

Conny spürte den forschenden Blick von Phils Augen auf ihrem Körper. „Jetzt fasse ich mich kurz. Phil, ich habe eine tolle Überraschung für dich. Oder findest du es nicht schön, dass wir Eltern werden?"

„Soll das ein Witz sein?"

Ohne zu antworten, legte Conny ein Ultraschallbild mit den Umrissen eines Embryos auf den Tisch. Phil starrte auf das Foto. In der Diagnose eines bekannten New Yorker Gynäkologen hieß es, dass Conny nach einer Fehlgeburt kinderlos bleiben würde.

Einen kurzen Moment herrschte Stille, alle Augen schauten auf Conny, als sie aufstand und Phil um den

Hals fiel. Zärtlich griff sie nach seiner Hand und legte sie auf ihren noch flachen Bauch. „Du kannst es noch nicht fühlen, aber es dauert nicht mehr lange, bis du seine Bewegungen spüren kannst."

„Mein Gott, ein Baby. Nie hätte ich gedacht, dass mir der Abend so eine freudige Überraschung bringen würde."

Phil küsste Conny und stöhnte übertrieben. „Wenn wir nach Hause kommen, haben wir eine Menge zu tun. Am liebsten würde ich die Hochzeitsnachfeier absagen. Wir werden viel zu besorgen haben. Das Baby braucht eine Ausstattung, einen Kinderwagen und ein Kinderzimmer mit viel Spielzeug. Ein größeres Auto brauchen wir auch. Ich werde nur noch für euch da sein, okay?"

Barolo griff nach seinem Glas. „Wir wünschen euch und dem Baby alles Gute. Denkt bitte nicht zu spät an einen Computer mit dem notwendigen Zubehör. Vielleicht solltest du dich, um ganz sicherzugehen, in den nächsten Wochen um einen Studienplatz für den Nachwuchs kümmern", meinte Mario lachend.

Beim gemeinsamen Essen gab es nur ein Thema. Alle vier tranken auf eine glückliche Zukunft, während sich das Schiff auf die Atlantikpassage begab.

Es war gegen 23:30 Uhr, als Conny und Phil ihre Suite betraten. Conny ließ sich in einen tiefen Ledersessel fallen, vor dem ein Glastisch stand. Den Tisch schmückte ein Strauß weißer Lilien. Conny sah erstaunt auf die Blüten. „Wo kommen diese Blumen her? Hast du sie für mich bestellt?"

Phil schüttelte sich übertrieben. „Natürlich nicht. Weiße Lilien sind geschmacklos. Meine Mutter sagte immer, dass diese Blumen nicht auf den Tisch, sondern auf den Friedhof gehören."

Er kam näher und blieb dicht vor Conny stehen. „Habe ich dir schon einmal andere Blumen als rote Rosen geschenkt?"

„Nein, ich kann mich nicht daran erinnern."

„Na, siehst du."

Verwundert schüttelte Conny den Kopf und stand auf. „Bevor wir uns mit Claudia und Mario trafen, stand die Vase noch nicht hier. Das weiß ich genau."

„Die Blumen wird der Butler gebracht haben, und wenn sie dir nicht gefallen, werfen wir sie ins Meer", sagte Phil und schloss Conny in die Arme. Er vergrub sein Gesicht in ihr duftendes Haar. „Versprich mir, dass du ab sofort sehr vorsichtig bist. Keinen Alkohol, keine Diät und keinen Extremsport, okay? Ich könnte es nicht ertragen, dass euch etwas passiert", murmelte er.

„Du brauchst dir keine Sorgen um uns zu machen. Uns geht es gut, und das wird so bleiben. Nach der Geburt werden wir unser Leben ein wenig ändern und nur noch für das Baby da sein."

„Ja, das werden wir."

Conny blieb kopfschüttelnd vor den Blumen stehen. „Ich möchte zu gern wissen, wer uns diesen hässlichen Strauß geschickt hat."

Phil ging zum Telefon und drückte die Nummer des Butlers und den Lautsprecher. „Hallo Ben, haben Sie uns einen Blumenstrauß in die Suite gestellt? Von wem erhielten Sie den Auftrag dazu?"

„Leider kann ich Ihnen das nicht sagen, Mr. Turner. Das Blumengebinde drückte mir eine Floristin mit dem Hinweis,Hochzeitssuite' in die Hand. Später stellte ich fest, dass ein Begleitschreiben fehlte. Soll ich die Blumen entfernen?"

„Nein danke, das kann ich selbst tun. Bemühen Sie sich nicht."

Phil griff nach den Lilien, öffnete die Verandatür und warf den unerwünschten Blumengruß ins Meer.

Conny betrat die Veranda. Phil drehte sich um. „Zufrieden?"

„Ja, danke. Es ist schon spät. Ich bin müde und möchte schlafen gehen."

Ohne auf eine Antwort zu warten, verschwand seine Frau im luxuriösen, mit weißem Marmor ausgestatteten Badezimmer. Nach einem schnellen Blick in den Spiegel beugte sie sich über die vergoldete Armatur, um Wasser in den Whirlpool einzulassen.

Phil betrat den begehbaren Kleiderschrank. Er nahm seine Joggingsachen aus dem Fach und zog sich um. Bevor er die Suite verließ, öffnete er die Tür zum Bad, wo ein Duft nach ätherischen Ölen in der Luft lag. Auf einem Marmorwaschtisch standen Seifen, Cremes, Lotionen und Connys Lieblingsparfüm.

Conny schlüpfte gerade aus dem flauschigen weißen Bademantel, um mit ihren endlos langen Beinen in den Pool zu steigen.

Wasser rauschte, als Phil rief: „Es ist Vollmond, und ich habe meine Schlafstörungen. Außerdem bin ich von der freudigen Neuigkeit so aufgeregt, dass ich mit Sicherheit lange nicht einschlafen kann. Es hat auch keinen Sinn, bis morgen früh Schäfchen zu zählen. Du weißt, dass der nächtliche Lauf auf mich wie eine Schlaftablette wirkt. Du hast bestimmt nichts dagegen, wenn ich noch zehn Runden joggen gehe? Kann ich die Mutter meines Kindes so lange allein lassen? Alles okay bei dir, Schatz?"

„Alles bestens. Komm bald wieder."

Aus dem Wasser der Whirlpool-Badewanne sah nur Connys Kopf heraus. Phil konnte den Blick nicht von ihr lassen. „Du warst nie schöner als heute Nacht. Ich beeile mich."

Sie hob ihre schmale Hand aus dem Wasser und winkte ihm zu. „Du bist ein Schmeichler. Trotzdem kann ich nicht auf dich warten, denn ich bin müde für zwei. Bye bye."

„Schwangerschaft ist eben anstrengend. Ich werde jedes Geräusch vermeiden, wenn ich zurückkomme. Schlaf gut. Ich bin bald wieder hier."

Phil betrat das Badezimmer, hockte sich auf den Wannenrand und küsste Conny auf die feuchten Wangen, während sie übertrieben laut gähnte und die Heißwasserstrahlen der Massagedüsen auf ihre Haut trafen. „Willst du nicht lieber zu mir in den Pool kommen?"

Er ging in die Hocke und kniete neben der Badewanne. Sie lehnte ihr Gesicht über den Wannenrand. Zärtlich strich er eine feuchte Haarsträhne aus dem Gesicht. „Die Aussicht ist verlockend, aber ich muss nach dem opulenten Dinner heute Abend noch etwas für meine Figur tun. Bis gleich."

Ein abschließendes Küsschen, und Phil verließ das Badezimmer. Er ging noch einmal in den Wohnbereich zurück und nahm eine Flasche Mineralwasser aus der Minibar. Ein Lächeln huschte über sein Gesicht, als er an das Baby dachte. Mit der Neuigkeit Schwangerschaft war heute für ihn ein toller Tag zu Ende gegangen.

Er sah auf seine Uhr. Mitternacht. Es wurde Zeit, dass er wegkam. Leise verließ er die Suite und zog die Tür hinter sich zu.

22.

Die Lichter des Festlands waren schon am Horizont verblasst, als Phil das mäßig beleuchtete Sportdeck betrat. Erfahrungsgemäß war es um diese Zeit der einsamste Ort auf dem Kreuzfahrtschiff.

Prüfend sah der Jogger sich um, aber es waren weder Passagiere noch Crewmitglieder auf dem Außendeck zu sehen. Einige der Kreuzfahrer befanden sich nach einem ereignisreichen Tag im Bett, und andere vergnügten sich in einer der sieben Bars oder im Casino.

Zufrieden lehnte er sich an die Reling, füllte seine Lungen mit salziger Seeluft und genoss die Ruhe.

Der Banker liebte es zu laufen, aber nur im Freien. Auf dem Laufband in einem überheizten Studio fühlte er sich nicht wohl und bekam Kopfschmerzen. Am liebsten joggte er allein und spät am Abend. Es war für ihn befriedigend, ungestört seine Bewegungssucht auf dem menschenleeren Joggingparcours umzusetzen. Wenn er etwas hasste, dann waren es gaffende Leute, die ihm beim Joggen zusahen und mit wertlosen Zurufen seinen Lauf störten.

Da seine Tätigkeit in der Bank ohne jede körperliche Anstrengung ablief, hatte er sich schon vor Jahren für die Aufnahme regelmäßiger sportlicher Aktivitäten entschieden.

Der Chip eines Armbandes registrierte fitnessrelevante Daten wie Schritte, Geschwindigkeit und Kalorienverbrauch. Die Ergebnisse seiner Bemühungen wertete er regelmäßig aus.

Mehrere Schiffsscheinwerfer und der blasse Schein des Mondes schickten etwas Helligkeit über das am Abend von den Stewards gesäuberte Deck. Alle Liegen waren zur Seite geräumt und platzsparend gestapelt.

Phil fühlte sich fit genug, um zu dieser nächtlichen Zeit seine Runden auf dem Jogging Track zu drehen. Sein jährlicher Check-up hatte gezeigt, dass er gesund und leistungsfähig war.

Die geplanten dreißig Minuten Bewegung würden ihn nach einer heißen Dusche schnell einschlafen lassen.

Er zog sein Handy aus der Hosentasche und legte es auf einen Deckstuhl. Es könnte sein, dass irgendetwas Unvorhergesehenes eintreten könnte und Conny anrufen würde. Schließlich musste er in den Monaten der Schwangerschaft ganz besonders auf seine Frau achten. In aller Ruhe machte er ein paar Dehnübungen, um einen Kaltstart zu vermeiden. Nachdem er sein Kapuzen-Sweatshirt abgelegt hatte, begann er, sein tägliches Training zu absolvieren.

Er hatte gerade die zweite Laufrunde begonnen, als er die Hände auf die Oberschenkel legte und hechelnd stehen bleiben musste. Sein Kreislauf spielte verrückt. Er schwankte einen Moment wie betrunken und taumelte zwischen gestapelten Liegestühlen an die Innenreling.

Es war das erste Mal, dass er seine Kondition in den Nachtstunden überschätzt hatte. Er brauchte eine Verschnaufpause, um etwas Kraft für die nächste Runde zu sammeln.

Doch schon ein kurzer Spurt ließ den Schweiß über Brust und Rücken laufen. Schwitzend streifte er noch sein feucht geschwitztes Nike-Shirt, welches sich über seine Muskeln spannte, ab. Eine leichte Brise strich angenehm über seinen nackten Oberkörper.

Ganz plötzlich wurde ihm übel. Sein Magen revoltierte. Würgend hielt er sich an der Reling fest, und der Inhalt des Verdauungsorgans fand sich auf den Schiffsplanken wieder. Seine Atmung hatte sich wieder normalisiert, als er auf unsicheren Beinen stehend zur Mineralwasserflasche griff, um den säuerlichen Geschmack im Mund wegzuspülen. Anschließend spuckte er die Flüssigkeit aus.

„Irgendetwas stimmt heute nicht mit mir“, flüsterte er und nahm sich vor, nach der Reise weniger Alkohol zu trinken.

Phil wollte gerade gehen, als sich von der Rückwand des Deckaufbaus ein dunkler Schatten löste.

Schwer legte sich eine Hand auf seine Schulter. „Hallo, lange nicht gesehen. Wie geht es dir?“

Phil hatte die näherkommenden Schritte nicht gehört und fuhr erschrocken herum. „Wer zum Teufel sind Sie? Was wollen Sie von mir?“

Der Mann trug eine dunkle Jacke mit Kapuze. Er blieb dicht vor Phil stehen. „Mein Freund, wie ich feststellen konnte, bist du nicht gerade in Bestform. Vielleicht solltest du dich beim Doc durchchecken lassen, bevor du Sport treibst.“

Erst jetzt zog Phil die Stöpsel vom iPod aus den Ohren. Vorerst konnte er die dunkle Gestalt im blendenden Lichtstrahl des Deckscheinwerfers nicht erkennen.

„Also, wer sind Sie? Kennen wir uns? Sind Sie schon lange hier oben?“

Das gesenkte Gesicht des Mannes war unter der Kapuze seiner Jacke nicht zu erkennen. „Viele Fragen auf einmal. Natürlich kennst du mich. Es gab Zeiten, da waren wir sogar befreundet.“

Nach diesen Worten blickte Phil überrascht auf den Mann, der aus dem Dunkel heraustrat und die Kapuze aus dem Gesicht schob. Phils Körperhaltung zeugte von Arroganz, um seine Lippen breitete sich ein herablassendes Lächeln aus, als er den Mann erkannte. „Was machst du denn hier? Wie kommst du auf dieses Schiff?" Phil schien die Anwesenheit des Mannes nicht zu gefallen.

Der dunkel Gekleidete schüttelte seinen Kopf. „Schade. Wie es scheint, bist du über mein Auftauchen nicht erfreut. Aber das wäre ich an deiner Stelle auch nicht, denn du hast bei mir noch eine Rechnung offen, oder hast du schon vergessen, wie du mich reingelegt hast? Du kannst zufrieden sein, weil der Wert deiner Aktien täglich steigt, sagtest du zu mir. In Wirklichkeit waren die Werte längst im Keller."

Phil schüttelte den Kopf und lachte spöttisch. „Ach was, du warst schon immer ein schlechter Verlierer. Meinst du die Sache mit den Peanuts von damals? Es war so wenig, dass ich mich nicht einmal mehr an die Summe erinnern kann."

Er zuckte lapidar mit den Schultern. „Ich habe nichts Regelwidriges getan. Fressen oder gefressen werden ist ein natürlicher Prozess. Die Börse ist ein Haifischbecken. Da kann es schon mal passieren, dass der Schwache vom Starken verschlungen wird. Jede Geldeinlage birgt Risiken in sich. Wenn die Börsen in aller Welt nervös sind, kann man nichts machen. Du bist nicht der Erste, der in Zeiten des finanziellen Umbruchs Anlagen verloren hat."

Phil schüttelte vorwurfsvoll den Kopf. „Du hast einfach zu viel Selbstbewusstsein und begreifst nicht, dass immer der Bessere gewinnt. Egal ob im Job, im Sport oder bei den Frauen. Und jetzt nimm endlich deine blöde Visage aus meiner Blickrichtung und verpiss dich."

Phil drehte sich um, wollte spöttisch lachend das Deck verlassen, als er plötzlich von hinten am Arm gepackt wurde. Der Mann zwang ihn zum Stehenbleiben. „Denkst du wirklich, dass du so einfach verschwinden kannst?" Die schwarze Gestalt ballte die Hand zur Faust und schlug ohne Vorwarnung zu. Der unerwartete Schlag traf Phil in die Magengrube und ließ ihn keuchend in die Knie gehen. Indem er zur Seite rollte, wich er geschickt dem nächsten Schlag aus. Er stöhnte, bevor er, etwas unsicher auf den Füßen, wieder aufstand. Abwehrend hielt er die Arme vors Gesicht und schrie: „Hör auf! Du hast gewonnen!"

Aber sein Gegner dachte nicht ans Aufhören. Der nächste Faustschlag krachte gegen seinen Kieferknochen und ließ eine Mischung von Speichel und Blut aus dem Mund tropfen, als seine Knie einknickten und er zu Boden ging.

Nur kurze Zeit blieb Phil auf den Planken liegen. Dann stand er wankend auf und griff nach dem Geländer der Innen-Reling. Er wollte das Deck über die Treppe verlassen, aber da traf ihn bereits der nächste Schlag. Wieder am Boden liegend, nahm er seine letzten Kräfte zusammen. Er packte den Fuß des Angreifers, um ihn zu Fall zu bringen. Aber so schnell brachte den Kerl nichts aus dem Gleichgewicht. Lässig schüttelte sein Gegner ihn ab, so als wäre er nur ein angriffslustiges Insekt. Im Scheinwerferlicht stand der Schläger mit geballten Fäusten drohend über ihm, sein Gesicht war nur wenige Zentimeter von Phil entfernt und von Wut und Hass verzerrt. Lauernd wartete er auf Turners mühsames Aufstehen. Mit schmerzverzerrtem Gesicht taumelte Phil noch einmal auf seine Füße, aber die Wucht des nächsten Treffers ließ ihn endgültig vor der Treppe in die Knie gehen. Der Mann packte Phil und zog ihn hoch, aber nur, um ihn mit einem kräftigen Stoß in die Tiefe zu befördern.

Phil verlor sein Gleichgewicht, ruderte kurz mit den Armen, bevor er polternd und unaufhaltsam die Metallstufen zum Sonnendeck hinunterstürzte. Der Sturz erfolgte so plötzlich, dass es Phil nicht gelang, sich mit den Händen abzufangen. Sein Schrei dauerte nur eine Sekunde, bevor er am Ende der herabführenden Treppe auf die harten Planken knallte. Den dumpfen Aufschlag spürte er nicht mehr, als er mit dem Kopf nach unten und merkwürdig verrenkten Beinen liegen blieb.

Der Angreifer rieb sich seine schmerzenden Fäuste. Als sein Blick zufällig auf Phils Smartphone fiel, warf er es im hohen Bogen ins Wasser. Das durchgeschwitzte T-Shirt folgte dem Handy auf dem Weg zu den Fischen.

Prüfend ließ der Mann seinen Blick über das Lido-Deck schweifen. Alles blieb ruhig, als wäre nichts geschehen. Nur das gleichmäßige Rauschen des Meeres und das leise Vibrieren der Schiffsmotoren war zu spüren.

Die Augen des Mannes huschten zur Überwachungskamera, von deren Position er sich schon am Vortag überzeugt hatte. Er hatte dafür gesorgt, dass bei der Auswertung der Bänder seine Aktion nicht zu sehen sein würde. Noch ein letzter Blick über das menschenleere Deck, und er stieg die Treppe hinunter.

Aufmerksam betrachtete der Mann die am Boden liegende Gestalt. Sein Opfer schien nicht mehr zu atmen. Seine Finger überprüften die Halsschlagader. Kein Puls. Er durfte kein Risiko eingehen und musste ihn so schnell wie möglich entsorgen. Ob tot oder lebendig, es war unwichtig, wenn Phils Körper aus dieser Höhe die Wasseroberfläche des Atlantiks teilen würde. Letztendlich war er nicht der erste Passagier eines Kreuzfahrtschiffes, der auf Nimmerwiedersehen in der Tiefe eines Ozeans verschwand – und er würde auch nicht der Letzte bleiben. Das Meer verschlang alles und war wenig mitteilsam.

Prüfend sah der Mann sich um, bevor er den blutüberströmten Körper an den Handgelenken packte, um ihn zur Außen-Reling zu schleifen. Doch genau in diesem Moment öffnete sich die Tür zum Schiffsinneren. Rufe, Gelächter und lautstarke Musik waren zu hören, als eine Gruppe junger Leute ins Freie stürmte. Sie zogen sich ein paar Liegen zurecht und ließen sich darauf nieder. Die

Anzahl der alkoholischen Flaschen ließ vermuten, dass es eine längere Party werden würde. Fuck, das hatte ihm gerade noch gefehlt. Es wäre nicht besonders klug, Phil jetzt über Bord zu werfen. Ärgerlicherweise konnte er die Sache nicht zu Ende bringen, sondern musste den Rückzug antreten. Er zog die Kapuze seiner Jacke tief ins Gesicht, bevor er den leblos scheinenden Phil auf die harten Planken zurückfallen ließ.

Eigentlich konnte er beruhigt den Ort verlassen. Die Sache sah nach einem Unfall aus. Die Bilder der Überwachungskamera würden ihn nicht identifizieren. Dafür hatte er gesorgt.

Instinktiv wich er zurück in den Schatten der Schiffsaufbauten. Er blieb noch ein paar Minuten stehen, um sich zu vergewissern, dass ihn niemand bemerkt hatte. Die Feiernden waren zu sehr mit sich selbst beschäftigt, um irgendetwas zu registrieren. Wenig später verschluckte die Dunkelheit seine dunkle Gestalt.

23.

Linda Owen, eine Frau Mitte Siebzig, pflegte infolge von Schlafstörungen besonders früh aufzustehen. Punkt 05:30 Uhr verließ sie jeden Morgen ihre bescheidene Atriumkabine auf Deck vier zum obligatorischen Schiffsrundgang. Nach einer schlaflosen Nacht liebte die ehemalige Krankenschwester die Stille auf den Außendecks ganz besonders. Das Beste an der Reise war für die Frau der Blick über die Weite des Meeres.

Der Hausarzt in Manhattan hatte ihr nach dem Gesundheitscheck bescheinigt, dass sie für ihr Alter noch ziemlich fit wäre. Solange es ihre Gesundheit zuließ, würde sie über die Ozeane schippern. Letztendlich starben die meisten alten Leute vor Langeweile zu Hause. Aus dem Grund hatte sie schon für November ihre nächste Reise nach Südostasien in einem New Yorker Reisebüro gebucht.

Das Atrium war noch menschenleer, während Linda mit dem gläsernen Lift nach oben zischte. Als sie das Innendeck verlassen wollte, riss ihr der Nordwestwind die schwere Holztür mit dem Bullauge aus der Hand. Sie musste sich mit aller Kraft dagegenstemmen, um sie wieder zu schließen. Ein Seitenblick registrierte, dass die Cafeteria noch geschlossen war. Nach dem Beenden ihres Rundgangs würde sie um 6:00 Uhr in aller Ruhe ein bescheidenes Frühstück einnehmen.

Ein Windstoß riss die Kapuze des Anoraks vom Kopf, wobei ihr weißes Haar im Wind flatterte. Etwas umständlich schloss sie den Reißverschluss der Jacke und machte sich auf den Weg. An der Reling blieb sie stehen, sah auf das Meer und schätzte die Windstärke mit drei bis vier ein.

Linda bedauerte, dass die Tage ihres Aufenthalts auf dem Schiff gezählt waren. Mit dem Verlassen von Lissabons Hafen hatte die siebentägige Atlantiküberquerung begonnen. Am achten Tag würde das Schiff in New York eintreffen. Zu Hause angekommen, könnte sie ihren betagten Freundinnen erzählen, was sie alles auf der Überfahrt und in Europas schönsten Städten erlebt hatte.

Ein feiner Morgendunst lag über dem Meer, als sie stehen blieb. Bevor sie die steile Treppe zum Sportdeck nach oben stieg, musste sie einen Moment verschnaufen.

Die frische Luft tief einatmend, entdeckte sie vor dem Treppenaufgang zum Sportdeck etwas Dunkles, das wie ein Haufen gebrauchter Badetücher aussah.

Sie hatte wieder einmal die Brille vergessen und konnte das Bündel aus der Ferne nicht identifizieren. Ärgerlich über die immer öfter auftretende Vergesslichkeit, kam sie langsam näher. Die Szene, die sich ihr bot, schien unwirklich.

Ein regloser, halb nackter Männerkörper lag in seinem Blut da.

Als Linda sich über den Verletzten beugen wollte, wich sie im ersten Moment entsetzt zurück. Die alte Frau erstarrte, und ihr Blick schweifte hilfesuchend über das Deck.

„Hilfe, Hilfe …!"

Ihr Schrei durchbrach die morgendliche Idylle. Aber es kam niemand, um zu helfen.

Noch einen Schritt näher. Mühsam ging sie in die Hocke und kniete sich auf den Boden. Da erkannte sie, auch ohne Brille, die vor ihr liegende Gestalt.

„Oh Gott, das ist der Mann, der vor Tagen diese entzückende junge Frau geheiratet hat", flüsterte sie. Sie hatte die Hochzeitsbilder, die in der Fotogalerie hingen, mehr als einmal bewundert.

Linda überwand ihr Entsetzen und beugte sich über den am Boden Liegenden. Sie fühlte seinen Puls. Der Schwerverletzte atmete kaum merklich.

„Halte durch. Ich hole Hilfe", flüsterte sie.

Aufgrund ihrer Berufserfahrung sah sie sofort, dass sich der Mann in Lebensgefahr befand. Ihre Augen wanderten zum Oberdeck. Da der Passagier nur mit einer Jogginghose bekleidet war, schlussfolgerte sie, dass er vom Sportdeck heruntergestürzt war.

„Hallo, hallo. Können Sie mich hören?"

Ihre magere Hand griff nach seinem Arm. Als der Verletzte auch nach einem leichten Schütteln nicht reagierte, lief Linda so schnell sie konnte zur Cafeteria.

Dort klopfte sie energisch an die verschlossene Tür zum Gastraum, in dem am Büffet noch Vorbereitungen für das Frühstück getroffen wurden. Ein Mann in einer weißen Kochbekleidung öffnete.

„Good Morning. Was ist los? Frühstück gibt es ab 6:00 Uhr."

Ein Duft nach frischgebackenem Brot und Kaffee hing in der Luft, als Linda aufgeregt mit den Armen fuchtelte und am ganzen Körper zitternd stotterte: „Auf dem Außendeck …"

„Was haben Sie? Geht es Ihnen nicht gut?", fragte der Mann besorgt, holte einen Stuhl und eine Flasche Mineralwasser. Er goss ein Glas Wasser ein. Linda nickte wortlos.

„Setzten Sie sich, bitte. Und nun ganz ruhig. Was ist passiert?"

Die Frau nahm Platz und griff mit zitternden Händen nach dem Glas, das ihr entgegengehalten wurde. Sie trank einen Schluck Wasser und beruhigte sich ein wenig, bevor sie weitersprechen konnte: „Auf dem Außendeck liegt ein

Mann in seinem Blut. Er ist nicht ansprechbar. Bei seinem Sturz vom Sportdeck hat er sich schreckliche Wunden zugezogen. Er …"

„Wo?"

Der Koch unterbrach die Ausführungen der Frau, sah aus dem Panoramafenster, verständigte die Security und den Schiffsarzt. Linda und der Koch warteten ungeduldig in der Cafeteria auf den Doktor, der mit zwei Sicherheitsbeamten erschien. Gemeinsam liefen sie vom Büffetrestaurant zum Unglücksort.

Die ersten Frühaufsteher waren aufmerksam geworden und kamen langsam näher.

„Was ist denn mit dem Mann passiert?"

In gedrückter Stimmung blieb ein Grüppchen Passagiere vor dem am Boden Liegenden stehen, die Leute tuschelten leise. Einige hoben die Köpfe und schauten nach oben zum Sportdeck. Der Schwerverletzte sorgte für Aufregung und Spekulationen. Ein ganz Schlauer meinte: „Der ist tot. Einen Sturz aus dieser Höhe überlebt keiner."

Das Stimmengewirr nahm ab, als die Security in Begleitung des Doktors das Lido-Deck betrat.

„Hier gibt es nichts zu sehen. Verlassen Sie bitte das Außendeck", verlangte der Schiffsarzt und bahnte sich einen Weg durch die Gaffer. Ein Schild an seinem weißen Kittel wies ihn als Dr. Harrison aus.

„Was haben die Leute hier zu suchen?", fragte er einen Mann von der Sicherheit.

„Moment bitte."

Der Wachmann wandte sich an die Umherstehenden. „War jemand von Ihnen gestern Abend oder in der Nacht auf dem Außendeck und hat etwas Außergewöhnliches beobachtet? Der Mann ist wahrscheinlich gejoggt, bevor er die steile Treppe hinunterstürzte. Der Aufprall des Körpers auf die Planken muss ein lautes Geräusch erzeugt haben. Wer etwas über den Vorfall weiß, kann hierbleiben und eine Aussage machen. Alle anderen verlassen sofort das Deck."

Seine Aufforderung traf auf eine Mauer des Schweigens. Es meldete sich niemand. Keiner hatte etwas bemerkt.

Mr. Freeman erschien mit seinem Stellvertreter und schickte die noch zögernden Leute in ihre Kabinen.

„Hier gibt es nichts zu sehen. Sie behindern die Rettungsarbeiten. Verlassen Sie bitte sofort das Außendeck."

Das widerwillige Gemurmel der Leute verstummte, als sich der Kapitän näherte. In der Zwischenzeit hatte ein Vertreter der Security die Unfallstelle mit einem Absperrband gesichert.

Da Mr. Freemans Aufruf nicht alle Herumstehenden gefolgt waren, verscheuchte ein Mitarbeiter die Leute mit den Worten: „Dieser Bereich des Decks ist bis auf Weiteres für Passagiere tabu."

Dr. Harrison klappte nach einem Blick auf den Verletzten seinen Notfallkoffer für die Erstversorgung auf, der Ampullen mit lebensrettenden Medikamenten beinhaltete.

Als Erstes nahm der Doktor Einweghandschuhe aus einer Folie und zog sie über die Hände. Er hob die Augenlider des Gestürzten an, um die Pupillen zu checken. Danach prüfte er den Puls des Verletzten.

Kaum merklich hob und senkte sich Phils Brustkorb. Der Schiffsarzt drückte ein Stethoskop auf Phils Brust, bevor er bedenklich den Kopf schüttelte. Dann kniete er nieder und warf einen professionellen Blick auf den mit Wunden übersäten, halb nackten Körper. Nach einem kurzen Suchen entnahm er seinem Notkoffer eine Verpackung Glasampullen und legte einen Infusionsschlauch. Er riss die Plastikverpackung auf, zog eine Spritze auf, beugte sich über Phil und entleerte das Medikament in die Vene.

Dr. Harrison sagte zum Kapitän, der jetzt an seiner Seite stand: „Der Mann muss über Stunden hier gelegen haben, bis er entdeckt wurde. Sein Körper ist von Hämatomen übersät. Die schweren Verletzungen verursachten einen starken Blutverlust. Eine Schädelfraktur, die ein schweres Schädel-Hirn-Trauma verursacht, ist nicht auszuschließen. Eventuell hat er eine Hirnblutung. Wir sind für eine derartig schwere Operation nicht ausgerüstet. Bis zum Eintreffen des Rettungshubschraubers bringen wir ihn in die Krankenstation. Ich werde mein Möglichstes tun, um den Schwerverletzten für den Flug nach Lissabon vorzubereiten. Kapitän, veranlassen Sie bitte, dass sofort Verbindung mit der portugiesischen Küstenwache aufgenommen wird. Für den Mann zählt jede Minute. Er muss unverzüglich in eine Spezialklinik nach Lissabon geflogen werden. Sein Puls ist schwach. Wollen wir hoffen, dass er es bis zum Eintreffen des Helikopters noch schafft."

Mr. Gustafsson zog das Funkgerät aus der Tasche und informierte schon jetzt den wachhabenden Offizier auf der Kommandobrücke. Phil Turner, der vielleicht schon im Sterben lag, wurde nach der Untersuchung vorsichtig auf eine Rolltrage gehoben und in Richtung Lift geschoben.

Die Kollegen der Security scheuchten den Rest der verbliebenen Passagiere aus dem Weg und zogen weiträumig ein Absperrband um die Stelle, wo Phil gelegen hatte.

24.

Das Meer lag ganz still, nachdem das Schiff gestoppt hatte. Kleine flache Wellen plätscherten gegen die Bordwand. Der portugiesische Küstenschutz hatte nach der Anforderung durch die Schiffsleitung einen Rettungshubschrauber losgeschickt, der bald eintreffen könnte. Die Stimme des Kapitäns dröhnte durch alle Lautsprecher des Kreuzfahrtschiffs.

„Sehr geehrte Damen und Herren, hier spricht der Kapitän.
Es hat sich heute Nacht an Bord ein bedauerlicher Unfall ereignet. Ein schwer verletzter Passagier muss in einem Rettungshubschrauber der portugiesischen Küstenwache zu einer Lissabonner Klinik geflogen werden. Vor der Landung des Helikopters mussten wir die Maschinen des Schiffes stoppen. Der Hubschrauberlandeplatz im Heck unseres Schiffes ist weitläufig abgesperrt. Voraussichtlich wird der Aufenthalt nicht zu einer Verspätung unserer Ankunft in New York führen.
Vielen Dank für ihr Verständnis.

Der Schluss der Rede des Kapitäns ging in einer Geräuschkulisse unter. Die Nachricht von dem nächtlichen Unfall hatte sich auf allen Decks verbreitet, deren Folge war, dass sich eine große Menschenmenge auf den Außendecks versammelt hatte. Die Leute schauten zum Himmel, wo der Hubschrauber innerhalb der nächsten Stunde erscheinen könnte.

Die Ansage des Kapitäns lockte weitere Passagiere aus ihren Kabinen. Auch die komplette Familie Barolo eilte zum gläsernen Lift. Mario drückte den Ruf-Knopf, während sich in seinem Magen ein Hungergefühl auftürmte. Sie hatten wieder einmal lange geschlafen und durch die Durchsage ihr spätes Frühstück vorzeitig beendet.

Die Familie betrat den Lift, dessen Türen sich lautlos schlossen, bevor er nach oben zischte.

„Lasst euch Zeit. Ich geh schon mal vor und versuche bei Mr. Freeman etwas in Erfahrung zu bringen."

Der Commissario schlängelte sich durch die gaffende Menge. Ein rot-weißes Signalband flatterte im Wind vor der Absperrung zur steilen Decktreppe. Barolo starrte auf einen großen dunklen Blutfleck innerhalb eines Kreideumrisses.

Er fragte den Security-Mann, den er von den Besuchen bei Freeman kannte: „Können Sie mir sagen, was hier passiert ist?"

„Ein Unfall. Was wollen Sie hier? Zur Ermittlung des Unfallhergangs blieb dieser Teil des Decks bis auf Weiteres gesperrt."

„Wie Unfall? Können Sie sich etwas genauer ausdrücken?"

Der Mann zuckte mit den Schultern. „Da ist in der Nacht ein Passagier betrunken die Treppe heruntergestürzt."

Barolo sah nach oben. „Ich denke, das werden viereinhalb bis fünf Meter sein."

„Ja, der Mann wurde schwer verletzt und nach einer Erstbehandlung durch unseren Doc in die Krankenstation gebracht. Jetzt warten wir auf den Rettungshubschrauber."

Der Sicherheitsmann zuckte mit den Schultern. „Ein bedauerlicher Unfall. Und immer ist Alkohol der Verursacher."

In dem Moment entdeckte Barolo den Chef der Security auf dem Sportdeck.

„Halt, hier können Sie nicht weiter.“

Barolo ignorierte den Einwand des Sicherheitsmannes. Schnell hob er das Absperrband hoch und wollte gerade die Stufen der Unglückstreppe emporsteigen, als sich ein zweiter Wachmann in den Weg stellte. „Leiden Sie unter Einschränkung Ihres Sehvermögens? Das Absperrband signalisiert doch deutlich genug, dass dieser Teil des Lido Decks für Passagiere bis auf Weiteres gesperrt ist. Sie dürfen sich hier nicht aufhalten“, stellte der Sicherheitsmann fest.

„Okay, lass ihn durch. Er will zu mir“, rief Freeman vom Sportdeck, der die Szene beobachtet hatte. Von den Blicken der Wachleute verfolgt, stieg Barolo vorsichtig die steile Außentreppe hoch. Mr. Freeman war gerade dabei, ein paar Wegwerfhandschuhe aus dem Spurensicherungsköfferchen zu nehmen und über die Hände zu ziehen, als sich Barolo näherte.

„Mr. Freeman, darf ich erfahren, was hier passiert ist?“

Der Sicherheitsoffizier zeigte auf die Treppenstufen. „Ja, sicher. Ihr Freund, Mr. Turner, ist kurz nach Mitternacht vom Sportdeck gestürzt. Im Moment gehen wir davon aus, dass es sich um einen tragischen Unfall handelt. Der Typ war alkoholisiert und wollte in seinem benebelten Zustand ein paar Runden drehen. Daraus wurde nichts, denn er hatte sich schon vor dem Treppensturz am Rande der Joggingbahn übergeben. Wissen Sie, ob der Mann Alkoholiker ist? Der Schwerverletzte befindet sich in der Krankenstation, wo von Dr. Harrison erste lebensrettende Maßnahmen ergriffen wurden. Wir warten auf den Rettungshubschrauber, der den Mann mit den massiven Verletzungen am Hinterkopf und diversen Frakturen schnellstens in eine Spezialklinik nach Lissabon fliegen wird.“

Es dauerte einen Moment, bis Barolo begriff, dass es sich bei dem Unfallopfer um Phil handelte. Er starrte auf den Boden am Fuß der Treppe, wo sich noch Turners Blut befand. Betroffen schüttelte er den Kopf und ging einen Schritt auf Freeman zu. „Hören Sie, es könnte alles so gewesen sein, wie Sie sagen. Theoretisch deutet alles auf einen Unfall hin. Bis auf eine Kleinigkeit – dass Phil auf mich nicht den Eindruck machte, als sei er betrunken. Ich kann das mit Sicherheit sagen, da wir einen netten Abend verbracht haben. Gibt es Hinweise, dass es sich um einen Tötungsversuch handeln könnte?"

Freeman schüttelte den Kopf. „Wie kommen Sie denn darauf? Es war ein Unfall."

„Nein, das kann ich nicht glauben."

Der Chef der Security klopfte Barolo beruhigend auf die Schulter. „Tut mir leid, aber wie ich bereits sagte, hat sich ihr Freund infolge seines Alkoholkonsums übergeben. Woher wollen Sie denn wissen, dass Mr. Turner seine kleine Sauftour in der Suite später nicht fortgesetzt hat? Wir bekommen im Laufe des Tages das Ergebnis der Untersuchung des Blutalkohols auf den Tisch."

Er hob eine Mineralwasserflasche hoch. „Hieraus hat er getrunken. Und etwas später wurde ihm schwindlig und wieder übel. Er war allein. Im Kopf drehte sich alles, ein falscher Schritt, er verlor das Gleichgewicht, und schon erfolgte der tiefe Fall. Ich bin kein Arzt, aber ich kann Ihnen sagen, dass es nicht gut aussieht für Mr. Turner. Meine Männer fotografieren und dokumentieren den Vorfall genau. Nach dem Abschluss der Spurensicherung und der Rekonstruktion des Unfalls können wir den Vorfall am Abend in meinem Büro auswerten. Sie können sich darauf verlassen, dass wir sämtliche Möglichkeiten in Betracht ziehen. Sorry, aber jetzt muss ich zum Hubschrauberlandeplatz, um Vorbereitungen für die Ankunft des Helikopters zu treffen."

Freeman drehte sich um, aber Barolo hielt ihn am Uniformärmel fest. „Noch einmal, Phil Turner war aufgrund der Nachricht von Connys Schwangerschaft bester Laune, aber nicht betrunken. Das kann ich mit Gewissheit sagen. Ich bin mir ziemlich sicher, dass das Sportdeck heute Nacht zum Tatort wurde. Wir müssen reden, denn ich muss Ihnen mitteilen, dass es nicht das erste Mal war, dass Phil Turner auf dieser Reise einen mysteriösen Unfall erlebt. Erst in Neapel, dann in Barcelona und jetzt auf See. Ich vermute, dass es jemanden auf dem Schiff gibt, der den Banker aus New York nicht besonders mag."

Freeman blieb dicht vor dem Commissario stehen. Er sprach zu ihm wie zu einem uneinsichtigen Kind. „Also, Mr. Barolo, es gibt zum jetzigen Zeitpunkt nicht den kleinsten Hinweis auf Fremdeinwirkung. Ansonsten wissen wir auch nicht mehr, als ich Ihnen gesagt habe. Es tut mir leid um Ihren Freund, aber auf der *Celebrity* befinden sich dreitausend Menschen. Was meinen Sie, wie oft im Jahr betrunkene Passagiere Unfälle auf Kreuzfahrtschiffen verursachen? Wir werden uns in Kürze einen Überblick über diesen Fall verschaffen. Heute Abend weiß ich mehr. Sagen wir 18:00 Uhr bei mir im Büro der Security. Dann können wir in aller Ruhe sprechen. Der Aufprall des Körpers auf den Planken muss ein lautes Geräusch verursacht haben. Ich hoffe, dass sich noch ein Zeuge meldet, der um diese Zeit eine wichtige Beobachtung gemacht hat."

Barolo schüttelte unzufrieden den Kopf. Ihm fiel es schwer, ganz ruhig zu bleiben. Das war kein normaler Unfall. Da war sich Mario ganz sicher.

Ein Sicherheitsoffizier mit einer muskulösen Figur kam auf sie zu.

„Darf ich Ihnen meinen Stellvertreter Mr. Brown vorstellen?"

„Angenehm. Mario Barolo."

„Gibt es etwas Neues, Freddy?"

„Es wird Zeit, dass Sie zum Landeplatz gehen. Die Brücke teilte uns mit, dass der Hubschrauber in Kürze eintreffen wird."

Barolo schaute sich prüfend um. Jetzt entdeckte er an der Überdachung die kleine Kamera, deren Objektiv in Richtung Treppe ausgerichtet war. Er wies mit dem Finger zur Decke und fragte Freeman: „Was ist mit den Aufzeichnungen? Werden die Bilder der Überwachungskamera zeigen, was passiert ist?"

„Natürlich werden sie das. Es gibt tote Winkel, aber nicht in Richtung Treppe."

Freeman drehte sich um.

„Jetzt muss ich wirklich los, da der Hubschrauber im Anflug ist. Die Videos der Kamera können wir am Nachmittag auswerten. Und Barolo, wenn Fremdverschulden nicht auszuschließen ist, werden wir sofort reagieren."

Der Commissario gab sich noch nicht zufrieden. „Ich habe gehört, dass Phil mit dem Hinterkopf auf die Planken geknallt ist. Wenn jemand die Treppe hinuntergestoßen wird, funktionieren die Abwehr- und Abfangreflexe nicht mehr. Er war also nicht in der Lage, diesen Sturz instinktiv mit den Armen abzubremsen und seinen Kopf zu schützen. Wenn Sie mich fragen, so ist das ein sicheres Zeichen dafür, dass er kraftvoll vor die Brust gestoßen wurde."

Freeman ließ sich von Barolos Aufregung nicht anstecken. Er verzog nur unwillig das Gesicht. „Spätestens jetzt müssen wir daran denken, dass der Mann stark alkoholisiert war. In diesem Fall funktionieren die Reflexe nicht so wie im nüchternen Zustand. Wie Sie selbst feststellen konnten, haben wir mit einer 3-D-Kamera die Liegeposition genau dokumentiert und werden den Vorfall nach dem Start des Hubschraubers im Büro auswerten."

Er blickte auf Barolo herab und winkte ab. „Es war ein ganz normaler Sturz, oder haben Sie irgendwelche Beweise für Ihre absurde Idee? Kann es sein, dass Sie nicht ganz objektiv sind, wenn es um Ihren Freund geht?"

Barolo ließ nicht locker. Als Freeman sich umdrehen wollte, hielt er ihn am Ärmel fest. „Haben Sie das Blut an der Reling gesehen? Wie kommen die Spritzer vor dem Sturz dahin? Das war kein normaler Unfall, und Phil hatte keinen übermäßigen Alkoholgenuss am Abend. Spätestens jetzt sollten Sie den mysteriösen Unfall als versuchtes Tötungsdelikt einordnen. Übrigens steht in Nähe der Treppe noch eine zweite Wasserflasche. Da das Deck gestern gegen 22:00 Uhr von den Stewards akribisch gereinigt war, könnte sie vom Täter stammen."

Der Security-Chef winkte seinem Stellvertreter, der die Blutspritzer fotografierte. Außerdem ließ er die Flasche, die auch von irgendeinem anderen späten Deckbesucher stammen könnte, sicherstellen.

Freeman drehte sich noch einmal um. „Haben Sie Mrs. Turner gesehen? Ich konnte sie bisher noch nicht sprechen. Turners Frau muss doch am besten wissen, was in der Nacht passiert ist. Vielleicht gab es hier oben eine Rangelei, bei der ihr Mann die Treppe hinunterstürzte. Auch ein Unfall, der während eines Handgemenges entsteht, ist kein Mord, höchstens Körperverletzung."

Mr. Freeman wollte gerade gehen, als er sich noch einmal umdrehte. „Ach, können Sie mir sagen, warum der angebliche Killer den Körper Ihres Freundes nicht ins Meer gestoßen hat? Finden Sie nicht auch, dass das im Fall einer mörderischen Absicht die beste Art der Entsorgung gewesen wäre?"

Barolo verzog seinen Mund. „Wer sagt Ihnen denn, dass Phil nicht über Bord geworfen werden sollte? Auf Ihre Frage gibt es eine ziemlich einfache Antwort. Der Täter wurde bei seinem Vorhaben gestört."

Barolo lief ihm hinterher. „Eigentlich wundere ich mich doch nicht über Ihre mangelnde Kooperationsbereitschaft. Phil Turner ist U.S.-Amerikaner. Die *Celebrity* ist ein amerikanisches Schiff, und an Bord gelten die Gesetze der Vereinigten Staaten. Im Fall eines Tötungsversuchs könnte es eine umfassende Untersuchung durch ein Ermittlerteam in New York geben. Sie wissen genau, wenn der mysteriöse Vorfall bekannt wird, gibt es erst jede Menge Negativpresse und danach Reisestornierungen ohne Ende. Kann das der Grund sein, dass Sie von Ihrem Standpunkt nicht abweichen?"

Freeman senkte den Kopf und atmete tief durch. Er hatte in den vergangenen Jahrzehnten gelernt, in Stresssituationen Ruhe zu bewahren. Allerdings verzog sich seine Miene ärgerlich, als er ein paar Schritte auf Barolo zuging. „Sie irren. Meine Meinung ist nicht gefragt. Für alles, was auf See passiert, gilt das internationale Seerecht. Hören Sie auf, mir etwas zu unterstellen. Der Vorfall wird akribisch untersucht werden. Wenn es einen Schuldigen gibt, werden wir ihn finden und von den Cops im Hafen von New York festnehmen lassen."

„Und wenn Sie den Täter nicht finden? Für ihn ist die Gefahr gering, denn sobald das Schiff wieder nach Europa unterwegs ist, wird der Fall zu den Akten gelegt."

Barolo hatte sich in Rage gesprochen. Der Sicherheitsoffizier sah den italienischen Commissario verärgert an. „Es reicht. Ich muss mir Ihre Unterstellungen nicht länger anhören. Hier wird getan, was nötig ist. Wissen Sie eigentlich, was es kostet, ein Schiff von dieser Größe anzuhalten? Und genau das haben wir vor dem Eintreffen des Helikopters getan."

Freemans knisterndes Walkie-Talkie unterbrach die Diskussion. Seine Hand zog das Funkgerät vom Gürtel. „Freeman?“

Der Kapitän erteilte dem Chef der Security eine kurze Anweisung. Freeman lief auf die Treppe zu. Abrupt drehte er sich noch einmal um. „Und Barolo, denken Sie daran, kein Stalking und keine eigenmächtigen Streifzüge auf den Decks. Dafür sind wir da. Und wir tun unsere Arbeit auch ohne Sie akribisch. Haben Sie mich verstanden? Legen Sie sich mit Ihrer netten Frau in die Sonne oder dinieren Sie ausgiebig. Ich habe mir sagen lassen, dass es heute eine nette Abendveranstaltung gibt. Dazu sind Sie doch an Bord gekommen. Erholen Sie sich und lassen Sie mich in Ruhe meine Arbeit tun.“

Als sich Barolo immer noch nicht von der Stelle rührte, meinte er noch: „Ich gebe zu, dass Phil Turners Unfall Fragen aufwirft. Wir werden die weiteren Schritte in dieser Angelegenheit überdenken. Jetzt habe ich wirklich keine Zeit mehr für eine nette Plauderei. Ich muss los. Das einzig Gute an der Sache ist, dass das Wetter mitspielt. Sonst könnten wir die Helikopterlandung vergessen. Wir sehen uns um 18:00 Uhr in meinem Büro.“

25.

Spannung lag in der Luft, als Mr. Freeman das Fernglas auf den Hubschrauber richtete, der nach weiteren dreißig Minuten langsam näherkam.

Passagiere und Besatzungsmitglieder hielten sich die Ohren zu, als der Helikopter dröhnend, wie ein riesiges Insekt, in der Luft stand. Einige glotzten in den wolkenlosen Himmel, während andere auf das Display ihres Smartphones schauten, um die Ankunft zu filmen. Während des Sinkfluges warf der Hubschrauber einen schwarzen Schatten auf die von der Sonne beschienenden Planken, bevor er langsam mit den Landekufen auf dem von Sicherheitskräften gesperrten Teil des Decks aufsetzte.

Auf den Außendecks hatte sich eine ansehnliche Menschenmenge eingefunden. Die unplanmäßige Hubschrauberlandung war für Passagiere eine willkommene Abwechslung vom eintönigen Schiffsalltag. Kaum waren die Rotorblätter zum Stillstand gekommen, wurden die Türen geöffnet, und die Rettungscrew kletterte aus der Kabine. Außer dem Piloten befanden sich Notarzt und Sanitäter an Bord.

Die Klappe am Heck des Helis wurde geöffnet und eine Rollliege herausgezogen. Der Schiffsarzt Dr. Harrison übergab wortreich den Verletzten an die Besatzung, die Phil Turner vorsichtig auf die Rolltrage des Hubschraubers umbetteten.

An der Innen-Reling des Oberdecks standen Barolos Frau und Fabio. „Das ist ja Phil Turner“, stellte Claudia entsetzt fest. Obwohl aus dem Verband nur ein Teil des Gesichts zu sehen war, hatte sie ihn sofort erkannt.

„Weißt du, wo Papa ist? Kannst du ihn irgendwo sehen? Wir müssen ihn fragen, was mit Phil passiert ist."

Fabio schüttelte den Kopf. „Nein. In dieser Menschenmenge jemanden zu finden, ist unmöglich."

Die Hubschraubercrew verabschiedete sich vom Kapitän. Die Rollliege wurde eingeladen, die Hecktür des Helikopters zugeknallt und verriegelt. Wenig später gab der Pilot Zeichen, dass der Hubschrauber startklar war.

Conny Turner achtete nicht auf die Blicke der anderen Passagiere, als sie mit zerzausten Haaren zum Heck des Schiffes stürmte. Automatisch gingen die Leute zur Seite und machten Platz, als sie nach hinten drängte.

Aber die Rotorblätter drehten sich immer schneller, und im selben Moment begann sich der Helikopter von der Plattform zu erheben. Zu spät. Conny war nur noch wenige Meter vom Landeplatz entfernt, als der Hubschrauber sich vom Boden erhob.

„Lassen Sie mich durch, da ist mein Mann. Wo bringen sie ihn hin?"

Vor fünfzehn Minuten hatte sie Ben an den Fahrstühlen getroffen. Der Butler hatte ihr im Auftrag von Dr. Harrison mitgeteilt, dass Phil in der Nacht einen Unfall gehabt hatte. Conny wurde leichenblass und wollte sofort zu ihrem Mann. Ben war es nur mühsam gelungen, Conny zu beruhigen. Als sie etwas ruhiger wurde, ließ sie sich nicht mehr abhalten, auf das Außendeck zu gehen. Sie konnte noch nicht begreifen, was passiert war. Ihr Blick ging zum Himmel, während sie mit tränenverschleierten Augen dem immer kleiner werdenden Helikopter nachsah.

Claudia beobachtete die Szene vom oberen Deck aus. Sie wollte in Connys Nähe, um sie zu beruhigen, aber aufgrund der Schaulustigen konnte sie sich nur mühsam einen Weg bahnen. Noch die Treppe. Geschafft. Sie umarmte Conny und führte sie zu den Sitzgelegenheiten.

„Wie konnte dieser Unfall passieren? Weißt du etwas?"

Stockend, mit Tränen in den Augen, berichtete Conny: „Phil war noch ganz aufgeregt von der Baby-Neuigkeit, als er meinte, dass er etwas frische Luft brauche und nur noch zwei bis drei Runden auf dem Sportdeck drehen wollte. Er hatte sich so gefreut, Vater zu werden. Schnell zog er seine Joggingsachen an und verließ die Suite. Wenig später stieg ich aus dem Whirlpool, legte mich ins Bett und schlief. Erst am späten Vormittag vermisste ich Phil. Ich machte mir aber keine Sorgen, da ich dachte, dass er mit euch zu einem späten Frühstück unterwegs ist."

In der Zwischenzeit hatte sich das Schiff wieder in Bewegung gesetzt und setzte seinen Kurs nach New York fort. Als sich die Menschenmassen zerstreuten, kam Barolo winkend näher. Wortlos umarmte er die weinende Conny.

„Phil hatte um Mitternacht einen Treppensturz. Er soll schwer verletzt und ohne Bewusstsein sein, aber er lebt und wird wieder gesund werden."

Beruhigend sprach er auf Conny ein. „Komm bitte, wir bringen dich in deine Suite."

Conny stand auf. Alle Farbe war aus ihrem Gesicht gewichen. Abwehrend hob sie die Hände. In ihrem Blick stand: bitte kein Mitleid. „Lasst mich allein. Ich muss die neue Situation erst einmal begreifen und mich darauf einstellen."

„Moment bitte." Barolo ging in die Cafeteria und kam mit einem Glas Wasser in der Hand zurück. „Bitte, trink erst einmal. Es nützt niemandem, wenn du hier zusammenklappst."

Conny trank einen Schluck und stellte das Glas zurück. „Was hast du erfahren? Wird Phil wieder gesund werden?"

„Sicher, aber nicht von heute auf morgen. Ich werde im Internet ein elektronisches Ticket für dich buchen. Dann kannst du nach unserer Ankunft in New York sofort zum John. F. Kennedy International Airport gebracht werden und in ein Flugzeug nach Lissabon steigen. Es sind noch sieben Tage. Vielleicht ist dein Mann dann schon aus dem Koma erwacht."

Barolo bezweifelte, dass Phil sich so schnell erholen würde. Sein Zustand war zu ernst. Man musste kein Mediziner sein, um die Schwere der Verletzungen zu erkennen. Ein Wunder, dass der Mann nach dem Fünf-Meter-Sturz vom Sportdeck überhaupt noch am Leben war. Gut, dass Conny ihren Mann nicht mehr gesehen hatte.

26.

Gegen 17:45 Uhr machte sich Barolo auf den Weg zum Sicherheitsbüro. Er beschloss, nicht weiter über eine geplante Tötungsabsicht mit Freeman zu diskutieren.

Als er ins Vorzimmer trat, waren die Jalousien zu Freemans Büro geöffnet. Er grüßte Mandy, während der Sicherheitschef ihm kurz zuwinkte.

Auf dem Tisch vor Freeman lag ein Ordner, in dem sich Fotos von Phils Verletzungen befanden. Die Augen des Security Chefs klebten am Bildschirm.

„Nehmen Sie Platz. Die Spurensuche am Unfallort ist abgeschlossen. Ich wollte die Aufnahmen von der letzten Nacht auf dem Sportdeck auswerten, aber …“

Barolo schloss die Tür, zog einen Stuhl vor den Schreibtisch und setzte sich.

„Sorry, Mister Freeman. Ich habe mich heute Mittag in der Aufregung im Ton vergriffen.“

Freeman winkte ab und schob ihm die Tatortfotos zu. „Kein Problem, Barolo. Ich habe das Bildmaterial gesichtet und komme sofort zu den Neuigkeiten.“

Marios Augen hingen erwartungsvoll an Freemans Mund, als der Security Chef auf die Fotos deutete. „Ihre Vermutungen haben sich als richtig erwiesen. Wir sprechen nicht mehr von einem Unfall. Das können wir jetzt ohne Zweifel sagen. Es besteht der begründete Verdacht eines versuchten Tötungsdelikts. Der Unfallhergang wurde von uns akribisch nachvollzogen. Außer den typischen Sturzverletzungen finden sich am Körper Phil Turners Spuren von Misshandlungen. Unser Doktor meinte, dass vor dem Sturz wie in blinder Wut auf Mr. Turner eingeschlagen wurde."

„Aha."

Das Klackern der Computertasten im Nebenraum hörte plötzlich auf. „Einen Espresso?", rief Mandy durch den Türspalt, ging an die Maschine, ohne die Antwort der Männer abzuwarten.

„Danke. Woher wissen Sie, dass mir gerade jetzt eine Prise Koffein zum logischen Denken fehlt?", rief Barolo.

„Weibliche Intuition", lachte Mandy.

Die Männer tranken ein paar Schlucke Kaffee, bevor der Commissario seine Aufmerksamkeit wieder Freeman zuwandte, der gerade die DVD in einen Schlitz am Computer schob und Befehle eingab. Der Sicherheitschef gab dem Bildschirm einen kleinen Stoß, damit Barolo von seinem Platz aus das Geschehen besser verfolgen konnte. Mario spähte gespannt auf den Monitor.

Angestrahlt von Bordscheinwerfern, hatte der Bildschirm ein Stück des Jogging Parcours sowie einen Teil der Metalltreppe zum Lido-Deck im Visier. Die Zeit wurde am unteren Rand des Monitors mit 23:35 Uhr angezeigt.

„Das ist zu früh", meinte Barolo und winkte ab.

Freeman startete den Schnelldurchlauf. „Geduld, Geduld."

23:50 Uhr -	Ein verliebtes Pärchen kam ins Bild. Die beiden blieben stehen und küssten sich leidenschaftlich, bevor sie weiterliefen.
00:04 Uhr -	Der Parcours war menschenleer.
00:13 Uhr -	Phil Turner stieg die Treppe hoch, betrat das Sportdeck und machte ein paar Lokkerungsübungen.

00:18 Uhr -	Ein Mann im dunklen Kapuzenshirt erschien im Bereich der Überwachungskamera, während sein gesenktes Gesicht perfekt verborgen blieb.
00:19 Uhr -	Eine Hand näherte sich der Kamera.
00:20 Uhr -	Der Bildschirm wurde dunkel.

„Was ist los? Warum funktioniert die Überwachungstechnik nicht mehr?“, wollte Barolo wissen.

Freeman lehnte sich in seinem Stuhl zurück. „Das kann ich Ihnen sagen. Es handelte sich nicht um eine plötzliche technische Eskalation, sondern ein Unbekannter verklebte das Auge der Kamera mit Kaugummi.“

Freeman hielt Barolo eine durchsichtige Plastiktüte unter die Nase.

„Dieses Teil befand sich nicht zur Erfrischung in meinem Mund, sondern der eklige Gummi verhinderte den Einblick in das nächtliche Geschehen auf dem Sportdeck. Ich werde noch heute die Fingerabdrücke sicherstellen lassen. Phil Turner war nicht allein an Deck. Er war auch kein Zufallsopfer. Zweifelsfrei handelte es sich um ein geplantes Verbrechen. Nach einer Rücksprache mit Dr. Harrison sind wir ziemlich sicher, dass der Täter nach einer körperlichen Misshandlung Phil Turner töten wollte. Wie kamen Sie eigentlich darauf, dass der Mann für immer verschwinden sollte?“

„Nach dem zweiten Angriff auf Phil in Barcelona hatte ich so ein Bauchgefühl. Und nach so viel Jahren in einem Morddezernat hört man auf seine innere Stimme.“

„Okay. Der Täter muss vorher gecheckt haben, wo sich die Überwachungskameras befinden. Noch bevor Mr. Turner seinen Lauf begann, hatte er die Kamera mit Sicht zur Treppe außer Kraft gesetzt.“

„Aha. Daran sehen wir, dass es keine spontane Tat war. Unser Täter kannte den Zeitpunkt von Turners nächtlichem Jogging. Haben Sie schon jemanden im Visier?"

„Sagen wir mal so, wir ermitteln in alle Richtungen."

Barolo trank seinen Kaffee aus. „Ich kann Ihnen einen Tipp geben. Phil hat an Bord zufällig einen Jugendfreund getroffen. Soviel ich weiß, gab es mit ihm vor Tagen eine größere Auseinandersetzung."

„Worum ging es in dem Streit?"

„Die Ursache war Conny. Der Freund soll sie angegrapscht haben."

„Wie heißt der Mann?"

„Dr. John Miller."

Freeman massierte sich seinen verspannten Nacken. Dann vermerkte er ein paar Notizen im Computer. „Ich werde Ihrem Hinweis nachgehen. Nach Rücksprache mit dem Kapitän bitte ich morgen früh als Estes Mrs. Turner ins Büro. Die Frau steht noch unter Schock, aber bis dahin wird sie sich beruhigt haben."

Barolo meldete sich zu Wort. „Ist es nicht besser, wenn ich mit Conny spreche? Mich kennt sie seit Beginn der Reise. Zwischen uns hat sich in den letzten Tagen Vertrauen aufgebaut. Außerdem möchte ich es ihr etwas leichter machen. Vielleicht kann ich auch Ihnen damit helfen?"

Der Sicherheitschef schüttelte den Kopf. „Danke für Ihre Hilfsbereitschaft, ich bin durchaus in der Lage, eine vorsichtige Befragung der Dame durchzuführen. Schönen Abend noch."

27.

Freeman erhob sich höflich, als Conny am nächsten Tag in Begleitung eines Wachmannes sein Büro betrat. „Nehmen Sie bitte Platz, Mrs. Turner."

Seine Hand wies auf den Besucherstuhl vor seinem Schreibtisch. Einen Moment musterte er die junge Frau, dann lehnte er sich in seinem Sessel aus Leder und Chrom zurück. „Es tut mir leid, dass ich Sie belästigen muss, aber Ihr Mann wird uns aufgrund seines Gesundheitszustands für Aussagen in nächster Zeit nicht zur Verfügung stehen. Wie ich vom Schiffsarzt hörte, wurde er aufgrund der schweren Kopfverletzung ins künstliche Koma versetzt."

„Dr. Harrison hat mich über die Unfallverletzungen informiert."

„Es war kein Unfall, Mrs. Turner. Die Ermittlungen zum Treppensturz von Phil Turner ergeben einige Ungereimtheiten. Letzteres ist der Grund dafür, dass ich Ihnen ein paar Fragen stellen muss. Es gab eine körperliche Auseinandersetzung mit dem Täter, bei der Ihr Mann schon vor dem Treppensturz erheblich verletzt wurde. Wir ermitteln in einer Straftat. Fällt Ihnen jemand ein, der in den letzten Tagen ein Problem mit Phil Turner hatte? Möglicherweise kannte Ihr Mann den Angreifer von früher? Vielleicht hat er auch neue Kontakte geknüpft? Hat sich Phil Turner in irgendeiner Form bedroht gefühlt?"

„Es gab keinerlei Anfeindungen. Das hätte mein Mann mir erzählt." Conny blieb reglos wie eine Statue sitzen. Freeman bemühte sich um einen freundlichen Tonfall. „Ich weiß, wie schwer es für Sie sein muss, aber, Mrs. Turner, ohne Ihre Hilfe werden wir den Täter so schnell nicht finden."

„Fragen Sie, aber ich kann Ihnen nicht viel sagen. Ich war nicht dabei. Wäre ich mit auf dem Deck gewesen, wäre sicher nichts passiert. Mein Mann wirkte ganz entspannt, als er die Suite verließ."

Bei diesen Worten traten Conny die Tränen in die Augen.

„Ich weiß, die Situation ist nicht einfach für Sie. Sorry, aber ich muss Ihnen trotzdem ein paar Fragen stellen, um die Fakten zu klären. Auch wenn Sie nicht dabei waren, als der Unfall geschah, können Sie uns vielleicht wichtige Hinweise geben."

Er sah auf Connys blasses Gesicht mit den dunklen Augenringen.

„Sind Sie dazu in der Lage? Wie fühlen Sie sich? Kann ich Ihnen einen Kaffee oder ein Glas Wasser anbieten?"

„Wasser bitte."

Der Sicherheitsoffizier stellte ein Glas Mineralwasser auf den Tisch.

„Also, fangen wir an. Wann hat Ihr Mann die Kabine verlassen?"

„Wie ich bereits sagte, Mitternacht oder einige Minuten vorher. Ich war im Bad und habe nicht auf die Uhr geschaut."

„Der Butler von Deck zehn sagte mir, dass Sie die ganze Nacht fest geschlafen und Phil Turner nicht vermisst hatten. Erst durch ihn haben Sie am nächsten Tag erfahren, dass Ihr Mann die Treppe zum Lido-Deck hinuntergestürzt war. Ist das richtig?"

„Ja, so war es."

„Als Sie am Morgen erwachten, wunderten Sie sich nicht, dass Ihr Mann nicht anwesend war? Haben Sie sich keine Sorgen gemacht?"

„Nein, ich schlafe meistens länger als er. Manchmal war er schon frühstücken."

„Bis zum Mittag? Sorry, ich wollte keinen Zweifel an Ihrer Aussage äußern. War Phil Turner oft nachts allein unterwegs?"

Conny stellte das Wasserglas leise klirrend auf den Tisch. „Was soll die Frage? Wie kommen Sie darauf? Mein Mann tingelt nicht nachts durch irgendwelche Bars. Er ging nach einem späten Abendessen im Restaurant zum Joggen. Er liebte die Ruhe auf dem Sportdeck in den Nachtstunden. Ich schlief in der Nacht des Unfalls ziemlich fest. Erst gegen Mittag weckte mich die Durchsage des Kapitäns. Da Phil nicht anwesend war, nahm ich an, dass mein Mann mit der Familie Barolo bei einem späten Frühstück in der Cafeteria sitzt. Wir hatten am Vorabend ein wenig meine Schwangerschaft gefeiert. Und so habe ich mich über Phils Abwesenheit nicht gewundert. Wenig später gab es keine Schiffsbewegung mehr. Verwundert kleidete ich mich an und lief auf die Veranda, wo ich feststellte, dass das Schiff gestoppt war. Ich rief bei Ben an, konnte ihn aber nicht erreichen. Dann machte ich mich auf den Weg zur Kabine der Barolos und wollte wissen, was passiert war, aber die Familie war nicht anwesend. Auf dem Rückweg traf ich Ben am Lift. Er sagte mir, dass mein Mann einen schweren Unfall hatte und im gleichen Moment von der Krankenstation zum Hubschrauber gebracht wurde."

Ihre rechte Hand wischte ein paar Tränen vom Gesicht.

„Und was haben Sie dann getan?"

„Ich eilte zum Außendeck, wobei es mir nicht möglich war, problemlos zum Heck des Schiffes zu gelangen. Plötzlich kam eine alte Frau auf mich zu und sagte: Ihr Mann wird gerade in den Rettungshubschrauber eingeladen. In diesem Moment begriff ich, dass ich Phil nicht mehr sehen würde."

Freeman nickte zustimmend.

„Das war Mrs. Linda Owen. Die Frau, die Ihren Mann am frühen Morgen auf dem Lido-Deck fand. Sie kannte Phil Turner von den in der Fotogalerie ausgestellten Fotos anlässlich Ihrer Trauung."

Conny antwortete nicht, während ihr Tränen in die Augen stiegen.

„Es tut mir leid, Mrs. Turner, aber ich muss Ihnen die Frage stellen. Hatten Sie am gestrigen Abend Streit mit Ihrem Mann?"

„Nein, nicht gestern und auch nicht früher. Wir lebten vor der Eheschließung bereits drei Jahre zusammen. In dieser Zeit gab es sicher mal Meinungsverschiedenheiten, aber keinen Streit."

„Ist Ihr Mann immer allein auf dem Sportdeck gewesen? Wer wusste von dem nächtlichen Sport? Hat er sich an jenem Abend mit jemandem getroffen? Vielleicht zu einem kleinen Mitternachtslauf mit Bekannten und etwas Alkohol? Ich frage Sie noch einmal. Wurde Ihr Mann in den Tagen der Kreuzfahrt ab Venedig von irgendjemandem bedroht?"

„Ob er in der letzten Nacht allein war oder jemand getroffen hat, entzieht sich meiner Kenntnis. Gewöhnlich ging Phil allein joggen. Wenn ich nicht zu müde war, begleitete ich ihn. Alkohol wurde beim Joggen nie getrunken. Er hat mir auch nicht gesagt, dass er sich noch mit Mario treffen wollte."

„Meinen Sie Mario Barolo?"

„Ja."

Sie griff nach einem Taschentuch, um die Tränen abzuwischen.

„Was ist mit dem Schulfreund Ihres Mannes? So viel ich weiß, gab es vor Tagen Streit."

Der Sicherheitsoffizier machte eine kleine Pause, während Conny irritiert stutzte.

„John Miller? Woher wissen Sie das? Die Meinungsverschiedenheit war doch längst erledigt. John hat mich zufällig am nächsten Tag getroffen und sich bei mir für die impulsive Umarmung entschuldigt. Wahrscheinlich hatte er wirklich zu viel getrunken."

Freeman stand auf und schob seinen Stuhl zur Seite. „Ihr Mann hatte Alkohol im Blut. Können Sie mir sagen, wie viel er getrunken hatte?"

„Im Lauf des Abends ein Glas Champagner, dann noch zwei Glas Weißwein."

„Aha. Ich müsste noch die elektronischen Datenträger Ihres Mannes überprüfen. Um elektronische Spuren verfolgen zu können, müssten wir uns Geräte wie Laptop, Tablet-PC oder Mobiltelefon näher ansehen. Vielleicht erfahren wir auf diesem Weg, ob er sich in der Nacht noch mit jemandem getroffen hat."

„Phil hat nur ein Smartphone mitgebracht, damit wir immer mit der Familie in Verbindung bleiben konnten. Da es keine Gründe gab, im Netz zu surfen, wollten wir einmal in Ruhe die Flitterwochen genießen. Phil hat das ganze Jahr Stress und wollte wenigstens auf unserer Hochzeitsreise entspannen."

„Okay. Wir möchten die Telefondaten auswerten. Können Sie uns das Smartphone von Ihrem Mann zu einer Untersuchung bringen?"

„Nein, er hatte das Handy mit auf dem Sportdeck. Er wolle jederzeit mit mir in Verbindung stehen. Eigentlich hätten Sie es finden müssen."

„Wir haben es aber nicht gefunden. Im Moment habe ich keine Fragen mehr. Vielen Dank für Ihr Kommen, und rufen Sie mich bitte an, wenn Ihnen etwas Wichtiges einfällt."

Freeman stand auf und reichte Conny eine Visitenkarte. „Der Kapitän bedauert den Treppensturz Ihres Mannes sehr und möchte Sie heute noch persönlich sprechen. Halten Sie sich in der nächsten Stunde in Ihrer Suite auf?“

Conny nickte, bevor sie langsam und wie betäubt den Raum verließ.

Als Mrs. Turner das Büro verlassen hatte, griff Freeman zum Telefonhörer. Er musste einen Moment warten, bis sich Barolo meldete. „Hallo, Freeman hier. Können Sie in mein Büro kommen?“

„Muss das sofort sein? Meine Frau wartet auf dem Sonnendeck auf mich. Ich bin gerade im Begriff, die Kabine zu verlassen. Ist es eilig?“

„So eilig nun auch wieder nicht. Ich möchte Ihnen nur mitteilen, dass ich ein längeres Gespräch mit Mrs. Turner hatte. Na ja, dann bis später.“

„Gibt es neue Erkenntnisse, von denen ich unbedingt wissen sollte?“

„Nein, noch nicht.“

„Gut, ich komme im Lauf des Tages vorbei.“

28.

Am nächsten Morgen saß Barolo auf seinem Balkon-Lieblingsplatz und sah in Gedanken versunken aufs Meer hinaus. Er zog sein Smartphone aus der Tasche, um in Venedig anzurufen. Vor dem Besuch im Sicherheitsbüro wollte er mit Sicco sprechen. Das Display zeigte fünf verpasste Anrufe von Carlo an.

„Hi, Carlo. Scusi, dass ich mich erst heute melde und deine Nachrichten ignoriert habe. Hier an Bord herrscht seit vorgestern große Aufregung, weil sich in der ersten Nacht der Atlantiküberquerung, also nach der Abfahrt aus Lissabon, ein mysteriöser Unfall oder ein Tötungsversuch ereignete. Unser frisch vermählter Tischnachbar Phil Turner ist um Mitternacht von der Sportdecktreppe aufs Lido-Deck gestürzt. Er war wie jede Nacht ein paar Runden gejoggt. Erst hieß es, dass er betrunken gewesen sein soll. Nun hat sich aber anhand einer Blutkontrolle herausgestellt, dass das nicht der Fall war. Ich konnte diesen hohen Alkoholkonsum auch nicht bestätigen, denn wir waren fast den ganzen Abend mit Phil und Conny zusammen und haben ein Glas Champagner auf Connys Schwangerschaft getrunken. Danach noch eine halbe Flasche Weißwein im Laufe eines langen Abends. Nach der Erstversorgung durch den Schiffsarzt wurde der Schwerverletzte mit dem Hubschrauber in eine Spezialklinik nach Lissabon geflogen. Nun liegt er mit einem komplizierten Schädelbruch und gestillter Hirnblutung im Koma, und es ist fraglich, wann er wieder aufwachen wird. Irgendwer auf dem Schiff scheint es auf Phil Turner abgesehen zu haben."

Es entstand eine kleine Pause, bevor sich Carlo äußerte: „Vorsicht mit den Spekulationen, Mario. Konflikte sind auf so einer schwimmenden Kleinstadt vorprogrammiert, aber gleich Mord? Oder ist in den letzten Tagen etwas vorgefallen, was deinen Verdacht rechtfertigen könnte?"

Barolo schaute in die Ferne. „Tagsüber waren wir mit Conny und Phil kaum zusammen. Bis auf ein Tennisspiel in Lissabon und einen Segel-Nachmittag in Barcelona haben wir uns nur am Abend im Restaurant zum Diner getroffen."

„Vielleicht hatte dein Tischnachbar einen schlechten Tag und hat deshalb keinen Alkohol vertragen. Außerdem kann er nach eurem Treffen noch etwas getrunken haben. Man wird nicht alle Tage Vater, und ein Baby ist doch Grund zum Feiern."

Carlo wusste, wovon er sprach. Schließlich war er fünffacher Vater.

Barolo nickte unbewusst. „Das kannst du aus der Ferne nicht beurteilen, Carlo. Es hat sich herausgestellt, dass Phil vor dem Sturz mit Schlägen attackiert wurde. Seit einigen Tagen sehe ich ein paar mysteriöse Zwischenfälle um Phil Turner kritischer. Es gab zwei eigenartige Vorkommnisse. Einmal löste sich eine steinerne Glücksgöttin von einer acht Meter hohen Mauer eines Innenhofes in Pompeji. Die Skulptur zielte direkt auf Phils Kopf, und wenn er nicht instinktiv mit einem Sprung zur Seite reagiert hätte, wäre er schon an diesem Tag nicht mehr aufgestanden."

„Kann Zufall sein."

„Da muss ich dir widersprechen, denn ein paar Tage später wurde er bei unserem Segeltörn in Barcelona von einem verrückten Motorbootfahrer, der direkt auf ihn zuhielt, gejagt. Immer wieder."

„Es gibt immer wieder eigenartige Ereignisse im Leben. Fühlte dein Tischnachbar sich beobachtet oder verfolgt?"

Barolo ließ sich nicht unterbrechen. „Tage vorher hatte er an Bord einen alten Schulfreund getroffen. Anfangs war die Freude groß, aber dann war der Spaß vorbei. Wegen einer größeren Meinungsverschiedenheit sind sich die ehemaligen Freunde aus dem Weg gegangen. Kannst du dir denken, um was es bei dem Streit ging?"

„Wahrscheinlich handelte es sich um eine Frau."

„Bingo, es ging um Conny."

„Ich gebe zu, dass die Häufigkeit der Unfälle interessant ist. Wie hoch sind die Überlebenschancen des Mannes?"

„Es ist noch zu früh, dazu etwas zu sagen. Um den Heilungsprozess zu verbessern, hat man ihn in ein künstliches Koma versetzt. Morgen werde ich mit dem Schiffsarzt sprechen. Mal sehen, ob er mir eine Auskunft gibt. Wenn nicht, melde ich mich beim Kapitän an."

Barolo lag noch eine Frage auf der Zunge. „Und was gibt es bei euch Neues? Deine Stimme klingt etwas frustriert. Kommt ihr mit dem Fall nicht weiter? Hat der Koffer schon den Namen der Kanalleiche verraten?"

Sicco hüstelte kurz. „Leider nicht. Wir haben das Gepäckstück vorgestern geöffnet. Aber es gab keinerlei Hinweise auf die Identität des Mannes. Allerdings können wir jetzt die Nationalität weiter eingrenzen. Ein graues Leinensakko, in durchsichtiger Plastikfolie verpackt, verriet uns auf einem Annahmezettel eine New Yorker Reinigung mit Straßenbezeichnung und Telefonnummer. Wir haben bei der Ladeninhaberin angerufen, um den Namen des Mannes zu erfahren, der das Sakko am 17. August abgegeben hatte. Aber die gute Frau konnte oder wollte uns keine Auskunft geben. Spätestens jetzt wurde es Zeit, Interpol einzuschalten. Und nun heißt es warten."

Barolo zeigte sich mit dem Ergebnis unzufrieden. „Verdammt, mit dem Auftauchen des Koffers hatten wir uns zu früh gefreut. Jetzt brauchen wir jede Menge Geduld. Wie geht es unserem frisch geschulten Chef? Weiß er jetzt, wie er mehr Sicherheit im Netz erreichen kann?"

„Donizetti kam heute Mittag vom Flughafen direkt ins Büro. Wir saßen gerade beim Kaffee, als die Tür aufging und er im Raum stand. Ob wir seine Rückkehr aus Singapur feierten, wollte er wissen. Er schien sich einzubilden, dass wir seine Anwesenheit stark vermisst haben."

Claudia betrat die Kabine und ließ sich in den Sessel fallen.

„Ich muss Schluss machen. Ach, Moment noch. Wie geht es Maria? Ist sie wieder gesund und kann auf deine Wadenwickel verzichten?"

„Gott sei Dank. Vor wenigen Minuten hat sie angerufen. Sie kommt am Montag wieder ins Büro. Ich brauche sie dringend, denn mein Computer spinnt wieder mal. Ihre Fähigkeiten im Umgang mit meinem PC sind legendär. Trotz ihrer Schimpftiraden auf Männer im Allgemeinen und die Kollegen der Mordkommission im Besonderen sowie Versetzungsdrohungen wegen ein klein wenig Unordnung und den vergammelten Zimmerpflanzen bin ich froh, wenn unsere Perle wieder auf ihrem Platz sitzt."

Claudia stand an der Tür und machte Zeichen, dass er endlich das Gespräch beenden sollte.

Barolo hielt das Handy etwas vom Ohr ab. „Meine Frau wird langsam ungeduldig, da wir frühstücken gehen wollen. Ich muss Schluss machen. Ciao, Carlo."

„Also dann noch einen schönen Tag für euch."

Barolo hielt das Smartphone noch einen Moment gedankenverloren in den Händen. Dann verließ er den Balkon und ging ins Bad.

Claudia stand am Waschtisch und sah in den Spiegel. Ihre nassen Haare waren in ein Handtuch gewickelt, während sie sich eine glitschige grüne Maske aufs Gesicht schmierte.

„Warum hast du mein Gespräch gestört? Du bist ja noch gar nicht fertig. Ich muss noch zu Conny. Sie hat dir doch Phils Keycard gegeben?"

„Die Karte liegt auf dem Schreibtisch, aber ich komme mit. Vielleicht kann ich etwas für sie tun."

Barolo sah auf die Uhr und zog eine Jacke über. „Vergiss aber nicht, vorher deine wunderbringende Algenmaske zu entfernen. Im Moment siehst du wie ein Marsmännchen aus. Ich geh schon mal los, da ich vorher noch etwas zu erledigen habe."

Auf den Weg zu Freemans Büro geisterte die plötzlich herabstürzende Statue in Pompeji und die Motorbootattacke in Barcelona in Barolos Kopf herum. Dann fiel sein Verdacht wieder auf John Miller. Er musste Claudia fragen, ob Conny sich irgendwie über ihn äußerte. Die beiden Frauen hatten sich doch immer so viel zu erzählen.

Barolo blieb vor der Sicherheitszentrale stehen und läutete. Er sah in die Überwachungskamera. Nach ein paar Sekunden klickte das Schloss der Tür, und er konnte eintreten.

Mandy war nicht anwesend, und Freeman ließ sich am Computer nicht stören. Sein Blick klebte am Bildschirm. Barolo blieb vor dem Schreibtisch stehen und betrachtete die Fotos von Phils Treppensturz, die an der Pinnwand hingen. Freeman schien seine Anwesenheit vergessen zu haben. Endlich sprach er den ungeduldig Wartenden an.

„Setzten Sie sich, bitte. Heute gab es einen vagen Hinweis von einem Passagier auf die Anwesenheit einer zweiten

Person auf dem Sportdeck. Wir werden selbstverständlich der Sache nachgehen."

Barolo bedankte sich für die Information. „Haben Sie sich schon mit dem Passagier Dr. John Miller unterhalten?"

„Nein noch nicht, aber ich werde das Gespräch noch heute nachholen."

29.

Es war der dritte Tag nach Phils nächtlichem Unfall, als Claudia und Mario die Hochzeitssuite aufsuchten. Claudias Freundin hatte die Ausstrahlung einer selbstbewussten Frau verloren, als sie die Tür der luxuriösen Suite öffnete. Ihr Gesicht war schmaler geworden, sie rang sich ein gequältes Lächeln ab.

„Guten Morgen, Conny. Entschuldige die Störung, aber wir wollten dich abholen. Können wir einen Moment hereinkommen? Tolles Wetter heute. Da du seit dem Besuch in der Sicherheitsabteilung die Suite nicht verlassen hast, wollten wir dich zum Cafeteria-Frühstück im Freien abholen. Ich lechze nach einer Tasse Kaffee. Wie ich mir denken kann, hast du auch noch nichts gegessen."

Mrs. Turner ließ wortlos die Tür offen und wankte schlaftrunken in den Wohnbereich. Nach Lage der Dinge schien nicht der richtige Zeitpunkt für einen Besuch zu sein.

Barolo trat ein und blieb beeindruckt in der Mitte des angenehm temperierten Salons stehen. Er war das erste Mal in der Suite, in deren Ausstattung teure Materialien wie Holz, Chrom und Leder in dezenten Farben dominierten. Ein Panoramafenster zog sich über die ganze Wand und präsentierte das blaue Meer.

„Wow, hier kann man es aushalten. Wirklich hübsch hast du es hier."

Er schaute Conny an, deren Gesicht weiß und starr an eine venezianische Maske erinnerte. Das wirre Haar nachlässig zu einem wirren Pferdeschwanz zusammengebunden, trug sie die Kleidung vom Vortag. Die Wärme in der Suite schien die Kälte, die sich in ihrem Inneren breitgemacht hatte, nicht zu vertreiben.

Nachdem sie sich ein Glas Mineralwasser geholt hatte, begann sie zu sprechen. „Entschuldigt, aber ich bin lieber allein. Es geht mir nicht gut. Ich habe keinen Appetit. Mir ist in den letzten Stunden klar geworden, wie schnell sich das Leben von einem Tag zum anderen ändern kann. Phil liegt schwer verletzt im künstlichen Koma. Der Arzt hat mir gesagt, dass es fraglich ist, ob er die für heute angesetzte zweite Operation gut überstehen wird. Ihr müsst euch keine Sorgen um mich machen. Sollte ich doch noch Hunger bekommen, wird mir der Butler eine Kleinigkeit servieren."

Endlich löste sich die Starre, und Tränen strömten über ihr schmaler gewordenes Gesicht. Mit einem Tuch aus der Kleenex-Box rieb sie sich die Tränen von den Wangen. „Er darf uns nicht verlassen. Wir haben uns doch so sehr auf das Kind gefreut. Ohne Phil möchte ich auch nicht weiterleben."

Claudia umarmte sie. „Es tut mir leid, dich so verzweifelt zu sehen. Aber so etwas wie eben darfst du nie wieder sagen. Phil lebt und wird wieder gesund werden. Du musst nach vorn sehen. Denke an euer Baby."

Conny schob Claudia weg.

„Ich kann, wenn Phil nicht gesund wird, nie wieder froh sein. Verstehst du das nicht?", schrie sie unbeherrscht.

Das Glas rutschte ihr aus der Hand und zerbrach klirrend am Boden. Weinend ließ sie sich in einen Sessel fallen. Nach kurzer Zeit hatte sie sich wieder unter Kontrolle.

„Sorry."

Sie beruhigte sich etwas und drehte ihren Kopf zu Mario. „Weißt du, wie dieser Treppensturz passieren konnte? Wieso wurde er geschlagen?"

In Barolos Miene spiegelte sich Verständnis und Mitleid. Er hatte sich schon lange nicht so mies gefühlt wie in dem Moment, als er den Arm um sie legte und sagte: „Phil ist in der Nacht etwas Schlimmes zugestoßen. Conny, du musst mir erzählen, was an dem Abend, nachdem wir uns getrennt hatten, noch passiert ist. Hast du bemerkt, dass Phil anders war als sonst? Könnte es sein, dass er auf dem Sportdeck eine Verabredung hatte? Er hat mir vorgestern erzählt, dass er überraschenderweise an Bord einen Bekannten aus einer New Yorker Bank getroffen hat."

Conny schüttelte den Kopf, während Claudia ihr ein Taschentuch reichte.

„Das hat mich der Mann von der Sicherheit auch schon gefragt. Könnt Ihr mich nicht einfach in Ruhe lassen? Phil hat sich mit niemandem getroffen. Er hat jeden Tag mit Laufen auf dem Sportdeck ausklingen lassen. Manchmal war ich dabei, wenn er seine Runden drehte, aber an dem Unglücksabend war ich zu müde. Phil war wegen der Nachwuchs-Neuigkeit ganz aufgeregt und meinte, dass er sowieso nicht einschlafen könnte. Was wollt ihr von mir? Euch muss ich doch nichts erzählen. Wir waren doch den ganzen Abend zusammen."

Sie beruhigte sich etwas.

Barolo blieb vor ihrem Sessel stehen. „Sorry, aber ich muss es wissen. Überleg bitte genau. Hat Phil noch jemanden getroffen?"

„Nein. Es war schon spät, und Phil wollte nur noch kurz auf das Joggingdeck. Wie ihr wisst, ist Laufen seine Leidenschaft. Er freute sich so auf das Baby – und jetzt? Vielleicht liegt er schon im Sterben."

Erneut fing sie an zu weinen. Claudia legte den Arm um Conny und zog sie an sich. „Du darfst die Hoffnung nicht aufgeben. Mario hat, deine Zustimmung vorausgesetzt, heute am Computer eine Reservierung für den Flug von New York nach Lissabon vorgenommen. Auch ein Taxi ist für die Fahrt zum JFK Airport bestellt. Du wirst dann gleich vom Schiff zum Flugplatz gefahren. Alles wird gut. Phil lebt, und du wirst ihn wiedersehen. Wenn du Glück hast, ist er bis zu deinem Besuch aus dem Koma erwacht, und du kannst mit ihm sprechen. Sobald er transportfähig ist, wirst du ihn nach Hause holen."

Conny schüttelte den Kopf. „Wenn ich dir nur glauben könnte. Ich werde noch verrückt vor Sorge. Deine Worte geben mir Trost, und ich hoffe, dass du recht hast. Vielen Dank, Mario, dass du an den Flug nach Lissabon gedacht hast. Was würde ich allein machen? Ich bin froh, dass ich euch habe."

Claudia streichelte ihre Hände und sagte: „Das machen wir doch gern. Conny, bitte denke an dein Baby. Das Kleine braucht viel Ruhe und keine Aufregung. Am besten wird es sein, wenn du jetzt mit uns kommst. Es ist nicht gut, wenn du immer allein bleibst."

„Ja, ich weiß, aber mir geht es nicht gut."

Conny ging in den angrenzenden Schlafraum und legte sich angekleidet aufs Bett. „Ich bin so müde. Ich danke für euer Mitgefühl, aber könnt ihr mich jetzt bitte allein lassen?"

„Hast du in der Nacht geschlafen?"

„Nein, es ging nicht. Als ich heute Morgen erwachte, saß ich zusammengesunken im Sessel. In der Nacht hielt ich es nicht mehr aus in dem riesigen Bett. Phil fehlt mir so sehr. Ich will schlafen, kann aber kein Auge zu tun. Und wenn ich kurz eingenickt bin, habe ich schreckliche Albträume, die immer mit Phils Tod enden. Sobald ich die Augen schließe, sehe ich ihn im Sarg liegen. Ich habe große Angst, dass er wirklich sterben könnte."

„Komm mit uns. Du musst auf andere Gedanken kommen."

„Nein, ich möchte nicht."

Claudia trat neben Conny und legte ihr den Arm um die Schultern. „Soll ich bei dir bleiben, oder kann ich noch etwas für dich tun? Möchtest du nicht doch etwas essen?"

Conny entspannte ein wenig. „Nein, danke. Ich muss allein zurechtkommen. Der Butler wird mir eine Kleinigkeit vorbeibringen. Würdet ihr jetzt bitte gehen?", meinte Conny.

Auf dem Weg zum Ausgang der Suite kam Barolo am begehbaren Kleiderschrank vorbei. Die Tür stand offen und gab den Blick auf die exklusive Kleidung frei. Phils Oberbekleidung hing auf den Bügeln, als würde sie auf ihren Besitzer warten. Barolo schluckte, bevor er sagte: „Denke daran, dass wir immer für dich da sind."

„Danke für alles. Ich melde mich bei euch, wenn es mir besser geht."

30.

„Dr. Miller?"

„Ja."

„Bitte."

Mandy hielt die Tür auf, um John Miller ins Chefbüro zu lassen. Freeman wartete schon.

„Nehmen Sie Platz. Mein Name ist Freeman. Ich leite die Security auf diesem Schiff."

Freeman unterzog den Mann einer argwöhnischen Musterung, bevor er auf den Besucherstuhl vor seinem Schreibtisch deutete.

„Dr. Miller, wie gefällt es Ihnen auf diesem Schiff? Sind Sie mit dem bisherigen Verlauf der Reise zufrieden?"

John setzte sich. Er schien verärgert, als er seine Sonnenbrille abnahm. „Wollen Sie meine Zeit mit Nettigkeiten verplempern? Kommen Sie endlich zur Sache. Mein Tennispartner wartet auf mich. Also, würden Sie mir jetzt freundlicherweise den Grund für meinen Aufenthalt hier nennen? Warum wollen Sie mich verhören?"

Freeman lehnte sich in seinen Sessel zurück und sah den Mann an, der vor ihm saß. Aus John Millers kurzen Hosen ragten gebräunte, muskulöse Beine. Die Taschen der weißen Shorts waren von Tennisbällen ausgebeult. Mr. Miller trug ein gelbes T-Shirt und weiße Turnschuhe. Auf seinem haarlosen Kopf saß ein Nike-Tenniscape in den gleichen Farben.

Schlagartig war das Lächeln aus dem Gesicht des Security Chefs verschwunden. Ohne weitere Höflichkeitsfloskeln kam Freeman zur Sache. „Das hier ist kein Verhör, sondern eine Befragung. Verhört werden nur Beschuldigte. Natürlich habe ich Sie nicht bestellt, um Ihre Meinung zum Schiffsservice zu hören. Wie Ihnen bekannt sein wird, stürzte Ihr Freund Mr. Turner in der ersten Nacht der Überfahrt die Treppe vom Sportdeck hinunter, wo er schwer verletzt liegen blieb. Er fiel einfach so kopfüber von Deck zu Deck. Was sagen Sie zu diesem Unfall, Dr. Miller?"

„Ja, der Sturz um Mitternacht ist noch immer Tagesgespräch auf allen Decks. Es tut mir wirklich leid. Phil ist ein guter Freund. Wir haben unsere Kindheit gemeinsam verbracht. Darf ich hier rauchen?"

„Nein, das dürfen Sie nicht."

John Miller steckte die Zigarettenschachtel wieder ein.

„Unser Verdacht hat sich bestätigt. Wie wir jetzt wissen, ist Mr. Turner nicht so einfach so die Treppe hinuntergefallen. Die Lissabonner Klinik teilt den Verdacht unseres Schiffsarztes, der besagt, dass ein Großteil der Verletzungen wie Prellungen und Hämatome keine Folge des Sturzes sein können. Sie waren schon vor dem Treppenfall durch Misshandlungen entstanden. Damit steht für uns fest, dass es sich nicht um einen bedauerlichen Unfall, sondern einen Tötungsversuch handelt."

John Miller wurde blass. „Das wusste ich nicht."

„Wann haben Sie von dem Vorfall erfahren?"

„Ich habe, wie viele andere Passagiere, den Hubschraubereinsatz verfolgt, und weiß von Claudia Barolo, dass Phil beim Joggen einen Unfall hatte."

Freemans Blick lag lauernd auf Johns Gesicht. „Wie gesagt, der Mann hat nicht freiwillig im Flug von Deck elf auf Deck zehn gewechselt. Waren Sie in irgendeiner Weise an dem Sturz beteiligt?"

John Miller stockte der Atem. Nervös fuhr er sich mit den Fingern über die Glatze. „Soll das heißen, dass ich unter Verdacht stehe? Muss ich mir eigentlich Ihre haltlosen Anschuldigungen anhören? Verraten Sie mir bitte erst einmal, warum ich etwas mit dem bedauerlichen Vorfall zu tun haben soll?"

„Die Frage können Sie sich selbst beantworten. Warum haben Sie die Frau Ihres guten Freundes belästigt? Und nicht nur das. Wie ich von Zeugen hörte, sind Sie auf ihn losgegangen und haben ihn bedroht. Nur zwei Nächte später erfolgte der mysteriöse Unfall. Es könnte sein, dass Phil Turner Sie noch einmal provozierte. Die Stimmung heizte sich auf und lief ungewollt aus dem Ruder."

Der Verdacht traf John Miller so unverhofft und heftig, dass augenblicklich die Farbe aus seinem Gesicht wich. „Wer sagt das?"

„Es gibt Zeugen für die erste Auseinandersetzung."

„Ich kann alles erklären. Hat Conny mich beschuldigt? Wenn ja, dann ist sie eine Lügnerin. Unser Treffen war zufällig und harmlos. Ich habe sie umarmt, aber ich habe sie nicht sexuell bedrängt."

„Nun, wir haben gehört, dass Sie aus dem genannten Grund ein Problem mit Ihrem Tischnachbarn und ehemaligen Schulfreund hatten. Mr. Turner nannte Sie vor Zeugen einen unberechenbaren Weiberfuchs. Es könnte sein, dass er Sie bei der nächtlichen Begegnung auf dem Sportdeck provoziert hat. Was ist, haben Sie ein Motiv?"

John straffte seinen Oberkörper. „Nein, bestimmt nicht. Ich finde es ganz normal, dass Freunde manchmal nicht einer Meinung sind. Phil war schon immer ein Großmaul, aber ich kannte ihn lange genug, um eine Unstimmigkeit wegstecken zu können."

„Also, kooperieren Sie und erzählen Sie, was passiert ist."

„Ich habe in Champagnerlaune einen unüberlegten Scherz mit seiner Frau gemacht, den er völlig überbewertet hat. Er sah uns an Deck, als ich einen Arm um Conny gelegt hatte, und rastete total aus. Ja, ich war sauer. Aber zwischen einer Drohung und einer Tat besteht ein großer Unterschied. Ich gebe zu, dass mir Conny vom ersten Moment an gut gefallen hat. Unüberlegt umarmte ich sie und küsste freundschaftlich ihre Wange. Dummerweise habe ich mir nichts dabei gedacht. Es wäre nicht passiert, wenn ich nicht alkoholisiert gewesen wäre. Am nächsten Morgen traf ich Conny an Deck. Der Vorfall war mir unangenehm, und ich atmete auf, als sie meine Entschuldigung annahm. Am Abend erschien ich an unserem Tisch im Restaurant, aber Phil konnte die Sache nicht wegstecken und meinte, dass ihm bei meinem Erscheinen der Appetit vergehen würde. Mit Hilfe des Stewards fand ich einen anderen Platz im Restaurant."

„Was war dann? Haben Sie Phil Turner nach dem Abend wiedergesehen?"

„Nein. Wir sind uns am nächsten Tag aus dem Weg gegangen, was bei der Größe des Schiffes kein Problem war."

Freeman zuckte mit den Schultern. „Sie gehören zu den wenigen Menschen, die wussten, dass der Mann immer spätabends joggt."

„Ja schon, aber deshalb können Sie mich doch nicht verdächtigen."

Freeman nickte. „Doch, denn wir können Ihnen beweisen, dass Sie zur Tatzeit in der Nähe des Tatorts waren."

John Miller sprang von seinem Stuhl hoch. „Meinen Sie wirklich, dass ich wegen einer kleinen Meinungsverschiedenheit einen Freund umbringen will?"

„Haben Sie Phil Turner in der Nacht getroffen oder nicht?"

„Natürlich nicht."

Der Sicherheitsoffizier versuchte nicht, seine Gereiztheit zu verbergen. „Warum lügen Sie mich an?"

John Miller schwieg.

Freeman drückte auf die Leertaste, um den Computer aus seinem Büroschlaf zu holen. Dann tippte er einen Befehl ein. Danach drehte er den Monitor etwas zur Seite. Er deutete auf die Stelle, wo er das Video angehalten hatte. „Sehen Sie, diese Videoaufnahme aus einer Überwachungskamera beweist, dass Sie sich um 00:20 Uhr auf dem Lido-Deck in der Nähe des Zugangs zum Sportdeck aufgehalten haben. Was sagen Sie dazu?"

Dr. Miller setzte sich wieder. Kleine Schweißtröpfchen standen auf seiner Stirn. „Kann ich ein Glas Wasser haben?"

Freeman stellte ein Glas Mineralwasser auf den Tisch. „Soll ich die Frage wiederholen?"

„Nein, ich habe verstanden. Ich wollte auf dem Sonnendeck frische Luft schnappen und mich um Mitternacht mit einer Dame treffen, die aber nicht kam. Meine Anwesenheit auf einem Außendeck ist kein Beweis für eine strafbare Handlung."

Freeman schaute noch einmal auf den Bildschirm. „Und warum sagen Sie erst jetzt, dass Sie doch in der Nähe des Sportdecks waren?"

John Miller trank ein paar Schlucke Mineralwasser. „Ganz einfach. Ich wollte mich nicht verdächtig machen."

„Also doch."

„Falls Sie keine weiteren Fragen haben, würde ich gern mit meinem Partner eine Partie Tennis beenden."

„Dr. Miller, ich bin erstaunt, dass Sie so wenig Interesse an der Aufklärung des mysteriösen Unfalls zeigen. Wie Sie sagen, war Phil Turner ein langjähriger Freund von Ihnen. Wie können Sie jetzt an ein unwichtiges Tennisspiel denken? Ansonsten wäre ich Ihnen sehr verbunden, wenn Sie uns die Dame zwecks Bestätigung Ihrer Aussage bringen könnten. Vorerst reicht mir der Name der Frau und die Kabinennummer."

Miller rutschte unruhig auf dem Stuhl herum. „Das ist mir unangenehm."

„Viel unangenehmer kann es für Sie werden, wenn Sie mir den Namen der Dame nicht nennen."

Noch immer zögernd nannte er den Namen der Frau. „Alice Brown. Kabine 8033."

„Danke. Sie können gehen. Ich muss Sie bitten, dass Sie bis zur Ankunft in New York zu unserer Verfügung stehen."

John blieb an der Tür stehen.

„Ist noch was? Wenn es stimmt, was Sie mir gesagt haben, kann Alice Brown Sie mit ihrer Aussage entlasten. Außerdem müssen wir noch Ihre Fingerabdrücke scannen. Meine Kollegin wird Sie begleiten."

Grußlos verließ Miller das Büro, während das Telefon klingelte. Freeman erhielt Bescheid, dass der Fingerabdruck auf dem Kaugummi nicht vollständig war.

31.

Von der Weite des atlantischen Ozeans beeindruckt, ließ Emily den Blick übers Meer schweifen, während die untergehende Sonne einen goldenen Schimmer auf die kleinen Wellen zauberte. In der Ferne ließen sich die Konturen der vorgelagerten Inseln der Azoren erkennen. Emily war bereits fünfzehn Minuten am Treffpunkt und wollte gerade das Warten aufgeben, als Mark ohne jede Eile um die Ecke bog. Ihr Ärger über seine Unpünktlichkeit verflog, je näher er kam.

„Hallo, da bin ich. Wartest du schon lange?"

Emily sah vorwurfsvoll zur Uhr. „So lange, dass ich schon befürchtet hatte, dass du nicht mehr kommen wirst."

„Sorry, ich habe noch eine Mail vom Verlag bekommen, die ich dringend beantworten musste. Die Abgabefrist für das Manuskript kommt immer näher."

Immer noch ein wenig verstimmt streckte sie ihm ihre leicht geöffneten Lippen entgegen. „Egal, jetzt bist du ja da. Hast du mir den Krimi mitgebracht? Ich bin schon sehr neugierig."

Mark zog ein schuldbewusstes Gesicht, als er sich gegen die Stirn schlug. „Leider nicht. Durch den dringenden Anruf habe ich das Buch auf dem Schreibtisch liegen lassen."

Emily war etwas enttäuscht, da er den Thriller wieder vergessen hatte. Sie lief ein paar Schritte weiter, drehte sich um und sagte: „Wir sind bald in New York, und ich habe immer noch nichts von dir gelesen. Zu Hause habe ich wenig Zeit. Wie soll ich dich als Autor einordnen, wenn ich deine Bücher nicht kenne? Außerdem hätte ich mich gern mit dir über den Inhalt unterhalten."

Mark griff sich an den Kopf. „Sorry, ich bringe dir den Thriller morgen mit." Er klopfte sich gegen die Stirn und lachte. „Das scheint eine beginnende Demenz zu sein. Für dein Interesse an meiner Arbeit bekommst du einen besonders langen Kuss. Morgen werde ich eine Lesung nur für dich allein halten."

Er zog sie an sich. Sein Mund lag fest auf ihren Lippen, als sie seinen Kuss erwiderte. Plötzlich wand sie sich aus seinen Armen.

„Hast du von diesem schrecklichen Unfall gehört? Der junge Mann wurde infolge der schweren Verletzungen mit dem Hubschrauber nach Lissabon geflogen."

Mark zog ein betroffenes Gesicht. „Ja, sehr traurig. Anfangs hatte ich mich über das gestoppte Schiff gewundert. Dann hat der Kabinensteward von Deck neun mir von dem nächtlichen Sturz erzählt. Lass uns jetzt nicht mehr daran denken. Was wollen wir mit dem angebrochenen Abend beginnen?"

„Da wüsste ich schon etwas. Wir könnten in einer der Bars Musik hören und tanzen. Hoffentlich bist du so eine Nachteule wie ich. Wegen mir kann die Band bis zum Sonnenaufgang spielen."

„Ich tanze nicht."

Enttäuscht sah sie ihn an. Heute trug sie schwarze, beängstigend hohe High Heels, in denen sie gut tanzen konnte.

„Wieso tanzt du nicht? Wir haben doch schon einmal zusammen getanzt."

„Das war die große Ausnahme. Ich habe das nur getan, um dich kennenzulernen."

„Salopp formuliert hätte ich nicht gedacht, dass du so eine Spaßbremse bist“, meinte Emily kopfschüttelnd.

„Ich tanze nicht, aber deshalb bin ich kein Trottel. Ich würde hier an Deck gern ein paar romantische Stunden mit dir verbringen. Nur du und ich. Bei diesem herrlichen Wetter könnten wir auch auf einem Außendeck schlafen. Was macht eigentlich deine Tochter, während wir uns treffen?"

„Mary vertreibt sich die Zeit mit einem italienischen Jungen in ihrem Alter, der ganz gut englisch spricht. Die Teenager sind heute in der Cafeteria zur großen Pizzaparty. Fabio erzählt ihr manchmal von seinem Vater, der als Kommissar bei der Mordkommission in Venedig arbeitet. Meine Tochter findet die Gespräche recht spannend, denn sie möchte nach Beendigung des Gymnasiums ein Praktikum bei der Polizei machen und ist deshalb ganz erpicht auf die Geschichten des italienischen Jungen.“

Marks Gesichtsausdruck veränderte sich. Nur einen Moment, dann lächelte er wieder. „Interessant. Kennst du den Mann näher?"

Selbstsicher verkündete Emily: „Natürlich. Netter Typ, mit dem ich ein Treffen für dich arrangieren könnte. Meistens unterhalte ich mich mit seiner Frau über unsere Teenies. Die Familie sitzt rechts neben dem Kapitänstisch. Wie gesagt, wenn du willst, kann ich dich mit dem Kommissar bekannt machen. Vielleicht bekommst du dann reale Kriminalfälle aus erster Hand, die du gut in deinen Manuskripten verwenden kannst."

„Keine schlechte Idee.“

Emily sah zu den Deckspaziergängern. Plötzlich klatschte sie erfreut in die Hände und zeigte nach Backbord.

„Was für ein Zufall. Da drüben an der Reling stehen Herr und Frau Barolo.“

In Marks Augen erschien ein aufmerksamer Ausdruck. „Wo?“

„An der Außen-Reling links.“

„Der Typ ist Italiener?“

Emily fasste nach seiner Hand. „Ja, das sieht man doch. Komm, ich stell dich dem Kommissar aus Venedig vor.“

Mark riss seine Hand los. Sein Gesicht versteinerte. „Was soll das? Ich kann selbst entscheiden, wen ich kennenlernen will und wen nicht.“

Überrascht zogen sich Emilys geschwungenen Augenbrauen nach oben. Sie legte ihre Hand beruhigend auf Marks Arm. „Entschuldige bitte, aber ich dachte …“

Mark winkte ungeduldig ab. Seine Miene war nicht zu deuten, als er das Handy aus der Tasche zog. Sein Smartphone zeigte eine Nachricht an. Mit Blick auf das Display sagte er: „Sei mir nicht böse, aber ich muss gehen. Ich habe eben eine Nachricht von meinem Verlag bekommen. Nun wollen sie das Manuskript schon drei Tage früher haben. Das bedeutet, dass ich jede Menge Zeit benötige, wenn es termingerecht fertig werden soll. Es tut mir leid, aber die Arbeit eines Autors endet nicht nach sechs oder acht Stunden am Tag. Ein Manuskript kann bis zu zwei Jahre und länger dauern, und wenn ein Schriftsteller erfolgreich sein will, ist er rund um die Uhr im Dienst.“

Emily schaute ihn verwundert an. „Ich glaube, dass du zu viel arbeitest. Wie weit bist du eigentlich mit dem Manuskript?“

„Mein Laptop will nicht warten, da auf dem Manuskript nur noch das letzte Kapitel fehlt. Kein Problem, denn in meinem Kopf existiert bereits der Ausgang der Geschichte. Vielleicht werde ich die Story heute Nacht fertig schreiben können.“

Sie liefen in Richtung gläserner Lift, als Mark plötzlich stehen blieb.

Emily sah ihn an, als er sagte: „Ach, da fällt mir eben ein, dass ich im Restaurant auf dem Tisch meine Schlüsselkarte liegen gelassen habe. Ich muss sie beim Steward abholen. Gute Nacht, wir treffen uns morgen Abend an der gleichen Stelle."

Emily wollte noch etwas sagen, aber Mark hatte bereits die Dunkelheit verschluckt. Er ließ sie mit gemischten Gefühlen zurück. Das Date war unwahrscheinlich schnell zu Ende gegangen. Ein klein wenig verwirrt sah sie aufs Meer, auf dessen Wellen kleine Schaumkronen tanzten. Nervös spielten ihre Finger mit einem silbernen Ohrring. Sie blickte zum mit Sternen übersäten Nachthimmel und wusste nicht, was sie von ihrer neuen Errungenschaft zu halten hatte. Warum war Mark so verschlossen wie eine Auster? Weshalb blieb er so reserviert? Hatte er mit Frauen schlechte Erfahrungen gemacht? Was hatte sie falsch gemacht? Hatte es einen Sinn, wenn sie sich morgen Abend mit ihm traf, oder war es Zeitverschwendung? Mark gab ihr immer wieder Rätsel auf, die sie nicht lösen konnte.

32.

Barolo bummelte auf Deck zehn am Pool der Wasserrutsche vorbei. Es war 22:30 Uhr. Um diese Zeit waren nur noch vereinzelt Abendspaziergänger auf den Außendecks zu sehen.

Mario wollte nach dem üppigen Fünf-Gänge-Menü eine Prise Frischluft zu sich nehmen, während Claudia und Fabio sich bereits auf den Weg zur Kabine begeben hatten.

Nachdenklich lief er in Richtung Jogging-Parcours, wo Phil die Treppe hinuntergestürzt war. Er konnte es nicht lassen, immer wieder zu recherchieren.

Was war wie passiert? Wer war der Mann, der ihn kaltblütig die Metallstufen hinuntergestoßen hatte? Er sah zur Laufbahn, wo ein einsamer Jogger keuchend seine Runden drehte.

Barolo stieg langsam die Stufen hinunter und befand sich wenig später vor der Cafeteria. Er sah ein Pärchen in einer Ecke des Außendecks Wein trinken. Weiter links nahm er aus den Augenwinkeln einen gut gekleideten, athletisch gebauten Mann mit kurz geschnittenem Haar wahr, welcher einen Tisch an der Außen-Reling gewählt hatte. Er nahm die Brille ab, rieb sich über die Augen und stierte auf das tintenblaue Meer, während er gedankenverloren aus einer Plastikflasche trank. Wenig später stellte er die Flasche ab, fischte eine Zigarette aus der Packung und zündete sie an.

Der Motorbootfahrer?

Barolo glaubte, zu halluzinieren. Langsam näherte er sich dem Tisch.

„Good evening, wissen Sie nicht, dass Rauchen wegen der Brandgefahr auf den Außendecks verboten ist?"

Als der Mann seinen Kopf hob, sah Barolo das Gesicht. Es hatte eine frappierende Ähnlichkeit mit dem Motorbootfahrer in Barcelona. Verdammt, es konnte doch kein Zufall sein, dass der Mann sich auf der *Celebrity* befand. Sein Anblick pumpte mehr Adrenalin in Barolos Adern. Ihre Blicke trafen sich nur kurz, bevor der Mann seine Brille wieder aufsetzte. Für Mario bestand kein Zweifel mehr. Er war es. Barolo steuerte auf den nächstliegenden Tisch zu. Es war eine günstige Position, von der aus er seine Zielperson gut im Blick hatte. Er setzte sich, drehte seinen Kopf in Richtung Tischnachbar und begann ein Gespräch.

„Haben Sie schon gehört, wie das Wetter morgen werden soll?"

Der Mann reagierte nicht auf die Frage. In scheinbarer Ruhe inhalierte er den Rauch seiner Zigarette. Trotz Barolos Hinweis schnippte er seine brennende Kippe über die Außen-Reling ins Meer.

„Sind wir uns nicht schon einmal in der Marina von Barcelona begegnet?"

Wortlos verließ der Mann den Tisch. Mit gesenktem Kopf ging er an Barolo vorbei und verschwand durch die automatische Glastür. Barolo sah dem Kerl nach, der um die Ecke zu den Aufzügen abbog.

Blitzschnell nahm Mario mithilfe eines Taschentuchs die Plastikflasche vom Nebentisch und ließ sie unter seiner Jacke verschwinden. Nachdem der Abgleich mit dem Daumenabdruck auf dem Kaugummi nichts gebracht hatte, könnte es sein, dass Freeman mit den Fingerabdrücken auf der Flasche etwas anfangen könnte. Steve könnte sie für die

Datenbank einscannen und versenden. Barolo Augen suchten den Mann. Vergeblich.

„Verdammt."

Barolo brauchte frische Luft. Er ging auf das Außendeck zurück. Bei seinem Deckspaziergang merkte er nicht, dass er verfolgt wurde. Tief die frische Luft einatmend, stellte er sich an die Backbord-Reling. Sein Blick glitt über den endlos scheinenden Atlantik.

Plötzlich wurde er kraftvoll von der Reling gezogen, gewendet und mit dem Rücken gegen die Bordwand geknallt. Ein dunkel gekleideter Mann mit einer tief ins Gesicht gezogener Kapuze erhob die Faust zum Schlag, als sich Stimmen näherten. Der Mann wirbelte herum und verschwand in der Dunkelheit der Deckaufbauten.

„Was ist hier los?", fragte ein Sicherheitsmitarbeiter Barolo, der nach Luft rang. Seit Phils Unfall hatte die Security die nächtlichen Kontrollgänge erhöht.

„Kannten Sie den Angreifer? Was wollte er von Ihnen?"

Barolo schüttelte den Kopf. „Ich konnte den Mann nicht erkennen, und ich weiß auch nicht, was er mit dem Angriff bezweckte."

„Sind Sie verletzt? Sollen wir Sie in Ihre Kabine bringen?"

„Danke, ich bin fit", sagte Barolo schnell, obwohl ihm noch der Schreck in den Knochen steckte. Es hätte noch gefehlt, dass die Leute ihn so bei Claudia abgegeben hätten. Bevor er zurückging, musste er sich an der Poolbar einen Whisky genehmigen.

33.

„Hast du gut geschlafen?“, fragte Claudia am nächsten Morgen.

„Ja, sehr gut.“

„Stehst du nicht auf?“

„Später. Ich habe keinen Appetit. Geh ruhig mit Fabio in die Cafeteria. Der Junge hat Hunger. Ich bin noch müde, komme in einer halben Stunde nach.“

„Wir gehen an der Hochzeitssuite vorbei. Vielleicht können wir Conny überreden, mit zum Frühstück ins Restaurant zu kommen.“

„Mach das“, murmelte Barolo. Sie beugte sich herunter und küsste ihren Mann flüchtig.

„Bis gleich.“

Kaum hatten Claudia und Fabio die Kabine verlassen, griff Mario zum Smartphone. Es dauerte nur einen Moment, bis Sicco sich meldete.

„Hallo Carlo, gibt es etwas Neues bei euch?“

„Leider nicht. Wir hatten wegen unserer Kanalleiche Interpol in die Spur geschickt. Leider haben die Fingerabdrücke nichts gebracht, da der Mann nicht vorbestraft war, was zur Folge hatte, dass er in der Nationalen Datenbank nicht registriert ist. Nun haben wir den von der Interpol angeforderten Gebissabdruck des Toten geliefert. Hoffentlich bringt uns die Überprüfung durch diverse New Yorker Zahnärzte ein Ergebnis.“

Barolo lehnte sich gegen das Balkongeländer und sah angestrengt über das blaue Meer. „Das dauert sicher einige

Tage. Da muss die Kanalleiche noch etwas in Venedig warten. Wie gesagt, wenn es etwas Neues gibt, meldest du dich. Bis bald, Carlo."

Auf dem Weg zum Sicherheitsbüro traf er den Schiffsarzt Dr. Harrison. „Sorry, Barolo ist mein Name. Vielleicht erinnern Sie sich an mich, ich war Trauzeuge bei der Turner-Hochzeit. Können Sie mir bitte sagen, wie es Phil Turner geht? Wird er es schaffen?"

Der Arzt musterte Barolo von Kopf bis Fuß.

„Ich bin Arzt und kein Hellseher. In diesem Fall wage ich nicht, eine Prognose abzugeben."

„Auch ohne seherische Fähigkeiten werden Sie mir sagen können, wann er aus dem Koma erwachen wird."

Der Doktor zog ein nachdenkliches Gesicht. „Auch das kann ich nicht. Da werden Sie sich etwas gedulden müssen. Der Mann schwebt immer noch in Lebensgefahr. Die Frage ist, ob er überhaupt wieder erwachen wird."

„Danke."

Barolo wollte gerade den Rückweg antreten, als der Bord-Arzt weitere Ausführungen machte. „Eigentlich bin ich nicht befugt, Ihnen Auskunft zu geben. Soviel ich weiß, sind Sie mit Mr. Turner nicht verwandt, und so muss ich die Privatsphäre des Patienten schützen. Mr. Freeman hat mir allerdings verraten, dass Sie von der italienischen Polizei sind. Ich denke, dass ich deshalb eine Ausnahme machen kann."

„Das ist mehr, als ich erwartet habe."

„Gut. Man muss kein Mediziner sein, um die Schwere der Verletzungen zu erkennen. Ich habe eben mit der Klinik in Lissabon gesprochen. Die MRT-Aufnahmen bestätigen die Diagnose. Der Mann mit dem sturzbedingten Schädeltrauma und der gestoppten Hirnblutung liegt noch immer im künstlichen Koma, und keiner weiß, wie lange der Zustand anhalten wird. Sein Zustand ist kritisch, und es kann noch immer zu Komplikationen kommen. Nach einer Genesung wird er nicht mehr der Alte sein. Seine Frau muss sich auf einen langen Heilungsprozess einstellen."

„Danke für die Auskunft, Dr. Harrison."

Es war erstaunlich, dass der Doktor ihm so eine ausführliche Auskunft gegeben hatte. Barolos anfängliche Befürchtungen zu Phils Verletzungen hatten sich als richtig erwiesen.

Als Barolo den Lift betrat, folgten ihm die Augen des Mannes, dem der italienische Commissario Kopfschmerzen bereitete. Wenn der Schnüffler seine Identität infrage stellen würde, könnte er Schwierigkeiten bekommen. Das Letzte, was er brauchen konnte, war so ein verdammter Cop. Er hasste es, wenn etwas nicht nach Plan lief.

„Warum mischt sich dieser Idiot in Sachen ein, die ihn nichts angehen", flüsterte er. Unbewusst schüttelte er den Kopf. Warum legte der Mann sich nicht einfach in die Sonne und genoss die Überfahrt? An seine Frau dachte er wohl gar nicht?

Frau Barolo? Vielleicht fiel ihm etwas dazu ein.

34.

Als Barolo das Security-Büro betrat, klebte Freemans Gesicht am Bildschirm. Einen Moment später lehnte er sich in seinem Stuhl zurück. Barolo knallte die Plastikflasche vom Vorabend auf den Tisch. „Aus dieser Flasche hat ein Mann getrunken, der über sehr viel Ähnlichkeit mit dem rasenden Motorbootfahrer in Barcelona verfügt. Vielleicht können Sie mit den Fingerabdrücken etwas anfangen."

„Im Moment kann ich das nicht tun, da wir noch ein anderes Problem an Bord haben, aber ich werde mich später darum kümmern."

„Gut. Ich dachte nur, dass es wichtig ist."

Barolo nahm die Haupttreppe nach oben und kam atemlos auf dem Sonnendeck an, als sein Handy vibrierte. „Hallo, Carlo. Ich wollte mich auch gerade melden. Hat sich Interpol schon gemeldet?"

„Nein, noch nicht. Wir treten auf der Stelle."

„Das ist nicht wirklich etwas Neues."

„Sagte ich dir doch. Und was ist bei dir los? Ist es nicht etwas langweilig auf der Überfahrt?"

„Auf diesem Schiff bewegt sich ein potenzieller Totschläger. Wie kann es mir da langweilig werden? Ich sollte gestern Abend auch meinen Teil abbekommen. Ehe ich reagieren konnte, wurde ich blitzschnell gegen die Reling geknallt. Ist aber nichts passiert, da Freemans Leute gerade ihre Kontrollrunde drehten. Trotz ihrer schnellen Reaktion konnte das Phantom entkommen."

„Sei vorsichtig, Mario."

„Ciao Carlo, bis morgen."

35.

Claudias Augen suchten Mario. Als sie ihren Mann unter den Sonnenanbetern nicht fand, legte sie sich auf den nächsten freien Liegestuhl aus Teakholz. Eigentlich wollte sie mit ihm schwimmen gehen. Wahrscheinlich war Mario noch immer im Fitnessstudio. Sie zog ein Buch aus der Tasche und stellte die Lehne ihres Liegestuhls senkrecht. Claudia war in ihre Lektüre vertieft, als ein Schatten auf die Buchseiten fiel. Verwundert blickte sie hoch.

Der breitschultrige Mann trug einen dunkelblauen Arbeitsoverall, eine tief ins Gesicht gezogene Baseballkappe. Eine verspiegelte Sonnenbrille schirmte seine Augen perfekt ab.

„Sorry, ich wollte Sie nicht erschrecken." Er beugte sich nieder und fragte: „Sind Sie Mrs. Barolo?"

Überrascht ließ Claudia ihr Buch sinken. „Ja, bitte."

„Ich komme von Ihrem Mann, der mir sagte, dass ich Sie auf dem Lido-Deck in Nähe des Pools finden werde."

Claudia legte das Buch zur Seite. „Wieso kommt er nicht selbst? Um was geht es denn?"

Der Mann beugte sich etwas weiter zu ihr herunter und flüsterte: „Ich fürchte, ich habe eine schlechte Nachricht für Sie. Mr. Barolo hatte auf dem Sportdeck einen Unfall. Der Doktor behandelt ihn bereits."

Claudia erbleichte unter ihrer Sonnenbräune. „Wie Unfall? Ich sah ihn doch noch vor einer halben Stunde auf dem Laufband abstrampeln."

Der Mann zuckte mit den Schultern. „Ja, das stimmt. Aber wenig später hatte er diesen Unfall. Wahrscheinlich hat er sich das Bein gebrochen. Jetzt befindet er sich in der Krankenstation auf Deck eins. Wissen Sie, wie Sie dahin kommen?", fragte er mit einem Lächeln.

Claudia schüttelte den Kopf. „Nein, das weiß ich nicht. Wir sind das erste Mal auf einem Kreuzfahrtschiff und brauchten bisher keinen Arzt."

„Ich arbeite auf Deck eins. Wenn Sie möchten, zeige ich Ihnen den Weg ins Spital."

„Vielen Dank."

Claudias Reaktion war vorhersehbar. Hektisch sprang sie von der Liege auf und zog einen weißen Bademantel über den bunten Bikini. Eigentlich wollte sie noch Fabio Bescheid sagen. Suchend sah sie sich um, aber der Sohn war mit Mary unterwegs.

Der Mann wurde ungeduldig, da Claudia einen Moment zögerte. „Gehen wir? Ich habe nicht viel Zeit."

In der Aufregung fand Claudia ihre Flipflops nicht und tappte mit bloßen Füßen hinter dem Crewangehörigen zum Lift, der sie rasend schnell zum Deck drei beförderte. Dort angekommen, nahmen sie die Treppe, um zum Deck eins zu gelangen. *For Crew only* stand in roter Schrift an der grau gestrichenen Metalltür, die der Mann aufstieß. Claudia blieb stehen und deutete auf das Schild.

„Hier haben Passagiere keinen Zutritt."

„In meiner Begleitung dürfen Sie eintreten. Sie können mir vertrauen. Da für uns dieser Weg kürzer ist, werden wir schneller bei Ihrem Mann sein. Es ist nur noch ein kleines Stück", sagte der Mann, während er sich mit einem Blick über die Schulter vergewisserte, dass Claudia ihm ohne weiteres Zögern folgte.

Das untere Deck des Schiffes erwies sich als ein verwirrendes Labyrinth. Claudia folgte dem Unbekannten durch einen schmalen Gang. Neben einem Lastenaufzug hing ein Poster mit Sicherheitshinweisen. Sie wunderte sich, dass nichts auf eine Krankenstation hindeutete. Ein weißes Hinweisschild mit dem Roten Kreuz fehlte. Auch von einem typischen Krankenhausgeruch konnte keine Rede sein. Es lag nur leichter Dieselgestank in der Luft.

Es schien, als hätte ihr Begleiter die Orientierung verloren. Widerstrebend folgte Claudia dem Mann durch den Flur mit dem grauen Linoleum. Besorgt fragte sie sich, ob es falsch gewesen war, dem Mann so gutgläubig die Führung zu überlassen.

Plötzlich blieb sie stehen und rief: „Warten Sie bitte einen Moment."

Der Fremde kam mit einem unergründlichen Lächeln zurück.

„Sind Sie sicher, dass mein Mann hier unten ist?"

Claudia spürte ein wachsendes Unbehagen, da sie auch jetzt noch keinen Hinweis auf eine Krankenstation entdecken konnte. Beruhigend legte er ihr eine Hand auf die Schulter. „Keine Angst, wir sind gleich da."

Er bedeutete ihr mit einer Geste, ihm weiter zu folgen. Sie beruhigte sich, da sie auf der Brust des Mannes einen Ausweis mit einem Foto baumeln sah. Er war Crewangehöriger, und es schien alles seine Richtigkeit zu haben.

„So, jetzt können Sie vorausgehen."

Claudia stutzte.

„Sie hatten mir doch gesagt …"

Der Mann blieb stehen und ließ sie vorbei.

„Stopp. Hier ist es."

Claudia konnte sein zufriedenes Grinsen nicht sehen, als sie am Ende des Ganges ankamen. Unbemerkt hatte er die Keycard aus seiner Overalltasche genommen, um sie blitzschnell durch den Kartenleser zu ziehen. Das Schloss summte kurz und sprang mit einem metallischen Klicken auf, ein Tritt mit dem Fuß öffnete die Stahltür weit. Als in Barolos Frau die Alarmglocken schrillten, war es bereits zu spät. Ein eiskalter Luftzug wehte ihnen entgegen, der Mann packte Barolos Frau an den Armen und stieß sie in den dunklen Raum hinein. Dort knallte er sie an die Wand und versetzte ihr einen Stoß, worauf sie zu Boden stürzte. Im Fallen stieß sie einen Schrei aus.

„Wer sind Sie? Was wollen Sie von mir?"

Brutal wurde sie an den Haaren in die Höhe gezerrt. „Halt den Mund und gib mir dein Handy."

„Ich habe keins. Es befindet sich in meiner Tasche auf dem Sonnendeck."

Akribisch kontrollierte er die Taschen ihres Bademantels. Nur zehn Schritte bis zur offenen Tür. Sie wollte fliehen, aber er war schneller und hatte sie schon wieder gepackt. Claudia riss sich mit einer heftigen Bewegung los und begann zu schreien. „Hilfe! Hilfe!"

Sie begann wild um sich zu schlagen, aber der Mann war kräftig und sicher zu allem fähig. Er presste ihr die Hand auf den Mund und sagte: „Hör auf zu schreien! Du kannst mir glauben, dass es keinen Sinn macht. Hier unten hört dich keiner."

Mit aller Kraft wollte sie ihn von der Tür wegziehen. Er wehrte sie ab, während eine Hand sich wie eine Stahlklammer auf ihren Mund presste. Blitzschnell zog er einen Schraubenzieher aus der Overalltasche, mit dessen Spitze er auf ihr rechtes Auge zielte. „Wenn du Ärger machst, steche ich dir die Augen aus."

Weiterer Widerstand könnte gefährlich werden. Vor Angst zitternd versuchte sie in sein Gesicht zu sehen, welches von Mütze und Brille perfekt verborgen wurde. Sehr langsam löste sich die Hand von ihrem Mund.

„Was wollen Sie von mir?"

Einen Moment stand sie völlig frei. Nach einem weiteren Blick auf den Mann riskierte sie alles. Verzweifelt holte sie mit dem Fuß aus und verpasste ihm einen Tritt.

Der Mann schlug ihr wortlos ins Gesicht, stieß sie zu Boden und lief zum Ausgang. Von dem Schlag waren ihre Lippen aufgeplatzt und bluteten.

„Ich will hier raus."

Rückwärts ging er zur Tür.

„Denke daran, was ich dir gesagt habe."

Die Stimme duldete keinen weiteren Widerspruch. Ihr Schreien ging in ein fassungsloses Schluchzen über, als die schwere Stahltür lautstark hinter dem Mann ins Schloss fiel. Dann war Claudia allein in der undurchdringlichen Dunkelheit, an die sich ihre Augen nicht sofort gewöhnen konnten.

„Scheiße, ich bin gefangen."

Der Betonboden war eiskalt unter ihren nackten Füßen. Das unangenehme Kältegefühl kroch langsam über ihren Körper. Ihr Blick flackerte unsicher durch den dunklen Raum, der keinerlei Fluchtmöglichkeit zuließ.

Zu spät hatte sie ihren fatalen Fehler erkannt.

„Wie konnte ich diesem Fremden Glauben schenken? Mario hätte doch selbst angerufen, wenn ihm etwas passiert wäre", flüsterte sie.

Claudia hatte keine Ahnung, wo sie sich befand. Sie lief durch die Dunkelheit, um ihr Verlies zu erkunden. In einem Container ertastete sie Flaschen, in einem Wandregal Gläser und Büchsen. Wahrscheinlich ein Lagerraum, in dem sich Küchenvorräte befanden. Leider handelte es sich nicht um leicht verderbliche Ware. Es blieb fraglich, wann das Küchenpersonal sie finden würde.

Claudia überkam ein anhaltendes Durstgefühl. Mit der Zunge fuhr sie sich über die trockenen Lippen. In guter körperlicher Verfassung könnte sie tagelang ohne Essen auskommen, aber ohne Flüssigkeit würde sie dehydrieren. Ihr Atem keuchte, da die Angst ihre Kehle zuschnürte.

Die Arme weit ausgestreckt, lief sie vorsichtig tastend durch den Raum. Ohne Keycard konnte sie das Licht nicht in Betrieb nehmen. Aber auf der Suche nach der Tür knallte sie mit dem rechten Knie heftig gegen einen containerähnlichen Metallbehälter, der mit Kartons gefüllt war, in denen sich Flaschen befanden. Ein stechender Schmerz wütete in ihrem Bein.

Wenn sie Glück hätte, wären die Flaschen mit einer trinkbaren Flüssigkeit gefüllt. Sie musste ziemlich viel Kraft anwenden, um einen Karton aufzureißen. Beim Öffnen der Verpackung riss sie sich die Fingernägel kaputt. Dann zog sie eine Flasche heraus. Sie schleuderte den Glasbehälter zu Boden, wo er klirrend zerbrach. Vorsichtig tauchte sie einen Finger in die Flüssigkeit, die sich als Rotwein entpuppte. Ehe sie dehydrieren würde, könnte sie, wenn sich nichts Besseres fand, auf das Getränk zurückgreifen.

„Lieber betrunken als verdurstet", flüsterte sie mit einem Anflug von Galgenhumor. Im gleichen Moment bohrte sich eine Glasscherbe in ihren Fuß. „Verdammt."

Wenig später drückte ihre volle Blase und ließ sie unruhig hin- und herlaufen. Was sollte sie tun? Sie versuchte den Drang zu ignorieren. Als sie es nicht mehr aushielt, suchte sich eine Lagerecke zum Urinieren.

Danach raffte sie den Rest Energie zusammen und schlug verzweifelt auf die Tür ein. Nicht lange, dann schmerzten ihre Hände. Sie schrie, bis die Stimme versagte. „Hallo! Hallo!"

Ihr Knie brannte höllisch, sie setzte sich auf den kalten Betonboden, zog die Knie an die Brust und umschlang sie mit den Armen. Es nützte nichts, dass sie den flauschigen Bademantel enger um ihren Körper zog. Die Kälte hatte sich bereits durch den Stoff gefressen, als sie wankend aufstand. Sie musste sich etwas bewegen, um durchzuhalten. Langsam kam sie auf die Füße.

Mario war mit Sicherheit beim Doc und würde sie bald hier rausholen. Tränen traten in ihre Augen, als sie dachte, dass ihr Aufenthaltsort auf diesem Riesenschiff ihrem Mann völlig unbekannt war. Nach einem kurzen Eindösen öffnete sie völlig desorientiert die Augen. Sie wusste nicht, ob sie Stunden oder Sekunden geschlafen hatte. Ihr Zeitgefühl war verloren gegangen. Da sie vor der Entführung schwimmen gewesen war, trug sie keine Uhr.

Ein Geräusch holte sie in die Wirklichkeit zurück. Einen Moment glaubte sie, dass Mario zu ihrer Rettung gekommen war.

Sie schlug gegen die Tür. Zu spät. Die Schritte auf dem Gang entfernten sich.

Da war sie wieder, diese unerträgliche Stille. Claudia kam sich wie lebendig begraben vor. Die undurchdringliche Dunkelheit zerrte an ihren Nerven. Panik machte sich in ihr breit. Sie trommelte mit den Fäusten an die Tür.

„Mario! Hört mich denn keiner? Holt mich hier raus!"

Verzweifelt ließ sie sich auf den kalten Boden zurückfallen.

36.

Kleine Schweißtropfen liefen von Barolos Stirn über sein Gesicht, als er mit Blick aufs Meer das Laufband auf die höchste Stufe stellte. Nur kurze Zeit. Als seine Beinmuskulatur protestierte, beendete er die Aktion. Er hatte große Schweißflecke unter den Achseln, während er sich mit einem flauschigen weißen Frottiertuch übers Gesicht wischte. Zufrieden registrierte er, heute genug für seine Fitness getan zu haben.

Wenig später kehrte er ziemlich fertig in die Kabine zurück. Fabio saß auf dem Balkon. Der Junge nahm Barolos Tablet-PC vom Tisch und loggte sich in das Schiffs-WLAN ein, was aber nicht funktionierte.

„Bringt nichts. Du weißt doch, dass wir zu weit von der Küste entfernt sind."

Barolo ging ins Bad, um zu duschen und sich fürs Abendessen umzuziehen. Unter der Dusche stehend, schob er die Glastür zur Seite und rief: „Weißt du, warum Mama noch nicht hier ist?"

Fabio antwortete nicht.

Wasserperlen tropften von Barolos Körper, als er sich abtrocknete. Aus einem Stapel akkurat gebügelter Oberhemden des Schranks angelte er ein zitronengelbes heraus.

Dann sah er auf die Uhr. Claudia war überfällig. Die Unpünktlichkeit war untypisch für seine Frau und nervte langsam. Er sah zur Kabinentür und wünschte, dass Claudia endlich eintreten würde. Er begriff nicht, wo sie blieb. Plötzlich dudelte sein Smartphone. Endlich. Claudia? Nein, sein Display zeigte einen unbekannten Anrufer an, der sich nicht meldete.

Barolo tippte auf dem Display Claudias Name ein. Erfolglos.

Der gewünschte Gesprächspartner ist vorübergehend nicht zu erreichen.

Er konnte den Spruch nach dem dritten Mal nicht mehr hören und schrieb eine SMS.

Wo steckst du?

Wir haben Hunger und warten auf dich.

Deine Männer

Nachdem er sich die Haare gekämmt hatte, ging er zum Balkon.

„Fabio, Mama war doch auf dem Lido-Deck. Warum ist sie nicht mit dir mitgekommen? Sie weiß doch, dass wir um 20.15 Uhr zum Abendessen gehen."

Fabio antwortete: „Komisch. Mama war schon längere Zeit nicht auf dem Lido-Deck. Ich wollte gegen 15:00 Uhr mit ihr Eis essen gehen, aber da war sie schon weg, so, als hätte sie sich in Luft aufgelöst. Anfangs dachte ich, dass sie irgendwann wiederkommt, da sich ihre Flipflops, der Sonnenhut und ihre Badetasche noch auf dem Liegestuhl befanden. Auch das Buch, in dem sie gelesen hatte, lag noch mit dem Umschlag nach oben da. So, als hätte sie ganz plötzlich mit dem Lesen aufgehört. Von ihr selbst keine Spur. Ich habe in den Pool geguckt, aber auch da war sie nicht."

„Kann sie bei Conny sein? Oder hat sie einen Friseurtermin, den wir vergessen haben?"

Fabio schüttelte den Kopf. „Nein, Conny hat Mama am Mittag weggeschickt. Sie wollte allein sein. Und einen Friseurtermin am Abend hatte sie noch nie. Und wenn, dann hätte sie sich gemeldet. Außerdem geht sie nie ohne ihr Handy weg."

„Da du auch nichts weißt, wird es am besten sein, wenn ich mich bei Conny nach Mama erkundige."

Als Claudia auch in den nächsten zehn Minuten nicht erschien, griff Barolo zum Smartphone und rief Conny an. Erfolglos. Nachdem auch die Freundin nichts über den Aufenthalt seiner Frau wusste, fragte er Fabio: „Was hast du denn am Nachmittag gemacht?"

„Nichts Besonderes. Ich war mit Mary erst schwimmen und danach in der Cafeteria zum Pizza essen, da wir Hunger hatten."

Er sah zur Tür, wo seine Mutter sicher gleich eintreten würde. Gegen 19:45 Uhr begann Barolo sich ernsthaft Sorgen zu machen. Er konnte sich keinen Grund denken, weshalb seine Frau nicht eintraf. Hoffentlich hatte Claudia eine gute Erklärung für die Verspätung. Vielleicht war sie noch ärgerlich, weil er am Nachmittag nicht mit ihr schwimmen gegangen war? Wollte sie aus Frust das Abendessen ausfallen lassen?

Mario ging ins Badezimmer, um zu schauen, ob Claudias Bikini zum Trocknen aufgehängt war. Aber außer dem Duft von Claudias Parfüm hing nichts in der Luft. Fabio lief zur Tür und rief: „Ich bin gleich wieder hier. Falls Mama kommt, kannst du mir über Handy Bescheid sagen."

Barolo lief unruhig in der Kabine herum. „Komm zurück. Hör zu, Fabio, hier wird nicht Sherlock Holmes gespielt. Ich werde Mama suchen gehen. Melde dich bitte, wenn sie in der Zwischenzeit eintrifft. Du verlässt auf keinen Fall die Kabine, capice?"

Fabio schlug sich mit der Hand vor die Stirn und griff in seine Jeanstasche.

„Hier, das hätte ich beinahe vergessen."

Barolo griff nach dem weißen Briefumschlag mit dem Schiffslogo und wollte ihn uninteressiert zur Seite legen. Das war sicher nur eine Einladung für eine Veranstaltung.

„Nun mach doch mal den Brief auf. Vielleicht wissen wir dann, wo Mama ist."

Mit den Fingern schlitzte Barolo ungeduldig das Kuvert auf.

Die Botschaft war mit einem Computer in englischer Sprache geschrieben.

Hallo, ich biete Ihnen einen Deal an. Nur wenn Sie in den nächsten Tagen Ihre Beobachtungen einstellen, sehen Sie Ihre nette Frau wieder. Halten Sie sich an meine Empfehlung, wird Mrs. Barolo ungehindert das Schiff im Hafen von New York verlassen können. Ansonsten gibt es auf dem Schiff viele Möglichkeiten, eine kleine Frau für immer verschwinden zu lassen.
Ein Freund.

Barolo überflog die Zeilen rasch und spürte im gleichen Moment, wie sich sein Magen zusammenzog. Wer zum Teufel hatte diese Drohung geschrieben? Wer wusste von ihm, und woher hatte der Unbekannte die Information?

Sollte das heißen, dass der Typ über die Familie genau Bescheid wusste, sie seit Tagen beobachtet und heute Claudia entführt hatte?

Kopfschüttelnd ging er ins Bad, nahm eine kleine Plastiktüte aus dem Schrank und ließ das Schreiben vorsichtig hineinfallen.

Als er die Kabine wieder betrat, hatte er Mühe, seine Betroffenheit vor Fabio zu verbergen. Während er seinen seit Tagen geplanten Sportnachmittag absolviert hatte, war Claudia etwas Unvorhergesehenes passiert.

„Wo hast du den Brief her?"

„Woher schon? Ich habe ihn mit der heutigen Bordzeitung aus dem Briefkasten genommen.“

„Aha.“

„Papa, was ist passiert? Was steht in dem Brief?“

Fabio hatte seinem Vater beim Lesen beobachtet. Barolo zuckte mit den Schultern. „Es ist nur eine unwichtige Einladung“, log er.

Fabio stöhnte ärgerlich. „Du musst Mama suchen. Wo warst du überhaupt so lange? Immer im Dienst, oder was? Wir wollten hier Urlaub machen, aber du musstest wieder Detektiv spielen. Es ist deine Schuld, dass Mama jetzt weg ist. Du hast sie so oft allein gelassen.”

Barolo bekam ein schlechtes Gewissen. Fabio hatte recht. Die Entführung Claudias schien eine Reaktion auf seine Aktivitäten an Bord zu sein. Trotzdem sagte er: „Fabio, mäßige deinen Ton. Ich gehe jetzt zum Sonnendeck. Vielleicht ist Mama zurückgekommen und auf der Liege eingeschlafen. Eventuell ist sie beim Friseur oder zur Kosmetik. Wenn sie nicht auftaucht, werde ich sie finden. Wenn nicht, statte ich dem Chef der Sicherheit einen Besuch ab. Reg dich nicht auf, er wird uns mit einer Durchsage helfen, Mama schnell zu finden.“

„Eine einzelne Frau zu finden ist ja kein Problem auf diesem Kahn mit tausend Kabinen und elf Decks“, meinte Fabio sarkastisch.

Barolo steckte sein Smartphone in die Tasche. Er dachte an die schriftliche Drohung des Unbekannten, und so etwas wie Angst machte sich in seinem Inneren breit, während er immer noch hoffte, dass sich die Tür öffnen und seine Frau die Kabine betreten würde. Aber Claudia war auch nach weiteren zwanzig Minuten nicht zurückgekehrt.

„Okay, ich geh jetzt Mama suchen. Du bleibst hier und meldest dich, sobald Mama die Kabine betritt.“

Mario Barolo spürte seinen Adrenalinspiegel steigen, als er sich auf den Weg machte. Er nahm die elektronische Schlüsselkarte vom Tisch und verließ die Kabine.

Vor der Tür traf er auf die Stewardess aus Osteuropa, die ihren Putzwagen, auf dem sich Badetücher und Bettwäsche stapelten, durch den Gang schob. Er lief auf die Frau zu, hielt ihr das Kuvert unter die Nase und fragte: „Haben Sie zufällig gesehen, wer diesen Umschlag in unseren Briefkasten gesteckt hat?"

Eilig schob sie ihren Putzwagen weiter und sagte: „Ich nicht wissen."

Barolo lief zum Lift und drückte ungeduldig den Ruf-Knopf.

Oben angekommen, war das Lido-Deck fast menschenleer. Ein Decksteward sammelte die gebrauchten Badetücher ein und stapelte die Liegestühle. Barolo konnte sich gerade noch Claudias Strandtasche schnappen, was ihm einen misstrauischen Blick des Mannes einbrachte. Er zog Claudias Smartphone heraus und überprüfte die Nachrichten. Danach schaute er ins bereits geschlossene Fitnesscenter und fragte an der Anmeldung im Wellnessbereich nach seiner Frau. Er wurde immer unruhiger, obwohl er versuchte, den Gedanken an eine ernsthafte und gefährliche Entführung zu verdrängen.

Langsam kamen Barolo Zweifel an seiner Entscheidung, Claudia allein zu suchen. Er brach die Suchaktion ab. Seine Frau war weder auf einem Außendeck noch im Fitnessstudio oder beim Friseur zu finden. Nachdem er auch vergeblich in den Boutiquen gesucht hatte, war klar, dass er Freemans Hilfe dringend benötigte. Die Sinnlosigkeit seines hektischen Suchens ließ ihn auf Deck zehn zurückgehen.

37.

„Ich bin dann mal in der Security-Abteilung", rief Barolo in die Kabine hinein. Ohne auf Antwort zu warten, begab er sich zu den Aufzügen, um zu den unteren Decks zu gelangen. Wenig später traf er Freeman im Gang, der gerade von einer Beratung kam. Er verschwendete keine Zeit mit Begrüßungsfloskeln.

„Hören Sie, ich muss Sie dringend sprechen."

Gut gelaunt fragte der Sicherheitsmann: „Mr. Barolo, was kann ich für Sie tun?"

„Meine Frau ist seit Stunden verschwunden."

Freeman sah ihn ungläubig an. „Wie verschwunden?"

„Nicht auffindbar."

„Kommen Sie, Mario, wir gehen in mein Büro."

Er tippte die Kombination in das Zahlenfeld ein, und die Tür öffnete sich. Freeman setzte sich, schmunzelte und griff nach seinem XXL-Kaffeebecher. „Nehmen Sie bitte Platz. Möchten Sie einen Cappuccino?"

Barolo zog sich einen Stuhl heran und setzte sich unaufgefordert. „Nein, danke. Ich bin nicht hier, um mit Ihnen Kaffee zu trinken. Wie ich bereits sagte, meine Frau ist seit dem frühen Nachmittag verschwunden."

Freeman zeigte sich erstaunt über die Nachricht und schüttelte amüsiert seinen Kopf. „Ein Mann, der nicht weiß, wo sich seine Frau aufhält, hat schlechte Karten. Vielleicht haben Sie sich nicht genügend um Ihre hübsche Gattin gekümmert, und Claudia wurde es langweilig. Ihre Frau heißt doch Claudia?"

Barolo nickte, während Freeman lächelte. „Ich versichere Ihnen, dass Sie schon morgen über dieses kleine Versteckspiel lachen werden. Vermisste Personen sind keine Seltenheit auf einem Kreuzfahrtschiff. Habe ich Ihnen schon einmal erzählt, wie oft Leute auf einem Schiff verschwinden? Wenig später tauchen sie gesund und munter wieder auf."

Barolos Gesicht rötete sich, während Freeman seine Heiterkeit nicht mehr bremsen konnte. „Erst bei der letzten Atlantiküberquerung verbreitete sich in der Nähe der Azoren das Gerücht, dass ein männlicher Passagier nach Mitternacht in Suizidabsicht über Bord gesprungen wäre. Das Schiff fuhr trotz seines enormen Wendekreises zurück, die Meereswellen wurden mit Scheinwerfern und Booten abgesucht, der portugiesische Seerettungsdienst verständigt. Wenig später tauchte der Mann wieder auf. Nicht dass Sie denken, er kam aus der Tiefe des Atlantiks zurück. Nein, bei seiner Befragung kam heraus, dass er auf Deck fünf zu einem Passagier ins Bett gesprungen war, den er am Vorabend in der Bar kennengelernt hatte. Er hatte eine entspannte Nacht hinter sich, während an Bord alles auf Hochtouren lief."

Lachend zuckte er mit den Schultern. „Sie sehen, fast immer gibt es eine einfache Erklärung für das Verschwinden von unseren Passagieren. Machen Sie sich also keine Gedanken."

Der Spott in seiner Stimme war nicht zu überhören. Barolo war anzusehen, dass er die Geschichte nicht lustig fand. Einen Moment war er über Freemans Gequatsche und die unangebrachte Heiterkeit sprachlos. Verärgert sah er auf das überhebliche Lächeln in Freemans Gesicht, bevor er mit der flachen Hand auf den Tisch schlug. „Verdammt Freeman, das ist kein Spaß. Meine Frau ist seit sieben Stunden spurlos verschwunden." Er spürte Schweißperlen auf seiner Stirn, als er weitersprach: „Am Nachmittag lag Claudia noch in der Sonne. Aber als mein Sohn mit ihr gegen 18:00 Uhr in die Kabine kommen wollte, war sie nicht mehr da. Nur Schuhe, Sonnenhut und ihr Buch waren auf dem Liegestuhl verblieben. Auch das Handy, von dem sie sich sonst nicht trennt, war in der Strandtasche vorhanden."

„Ist etwas vorgefallen? Ein Streit? Vielleicht haben Sie Ihre Frau verärgert und sie nimmt sich eine kleine Auszeit."

Nun wurde Barolo endgültig sauer. „Muss ich erst zum Kapitän, damit Sie etwas unternehmen? Hier, lesen Sie." Er griff in die Tasche seiner Hose und warf das ominöse Schreiben, auf dessen Briefbogen das Logo der Reederei prangte, auf die Schreibtischplatte.

Freeman runzelte die Stirn. Er beugte sich über den Tisch und griff nach dem in Folie verpackten Schreiben. „Was ist das?"

„Ein Brief aus dem Kabinenbriefkasten, auf dessen Kuvert der Vermerk *Dringend* und mein Name stand. Lesen Sie selbst, und sagen Sie mir, was Sie davon halten."

Bedächtig las der Security-Mann die Nachricht, während schlagartig der letzte Rest Belustigung aus seinem Gesicht gefegt war. „Warum haben Sie mir das Schreiben nicht gleich auf den Tisch gelegt? Sorry, es scheint sich um eine ernste Angelegenheit zu handeln. Jedenfalls klingt der Brief ein wenig beängstigend. Meiner Meinung nach kennt der Entführer Sie und will Ihre Aktivitäten eindämmen. Das Problem dabei ist, dass Sie ihn nicht kennen. Es ist kein Zufall, dass er Ihre Frau ausgesucht hat. Wer weiß an Bord, dass Sie bei der italienischen Polizei arbeiten?"

„Niemand. Ich spreche mit Urlaubsbekanntschaften nicht über meinen Beruf."

Freeman schüttelte den Kopf. „Vielleicht haben Sie es vergessen. Nach dem Inhalt des Schreibens kennt der

Verfasser Sie ganz genau. Verschwindet eine Person an Bord, wird von uns nach Absprache mit dem Kapitän in alle Richtungen ermittelt. Ich verspreche Ihnen, dass ich nach einer kurzen Beratung mit meinem Stellvertreter mehrere Suchtrupps losschicken werde."

Die massive Drohung lag auf dem Tisch, als Barolo sich nervös mit den Fingern durch das dichte, dunkle Haar fuhr. Wie war der Kerl auf ihn aufmerksam geworden?

„Wann haben Sie Ihre Frau zuletzt gesehen?"

„Wir waren um 13.00 Uhr in der Cafeteria verabredet. Nach dem Essen hat sie sich in die Sonne gelegt."

„Ist Ihre Frau öfter unpünktlich?"

„Genau das ist der Punkt, warum ich mir große Sorgen mache. Claudia ist die Pünktlichkeit in Person."

„Mr. Barolo, darf ich fragen, was Sie in den vergangenen Stunden getan haben?"

Mario fühlte, wie Freeman ihn prüfend ansah. „Soll das hier eine Vernehmung werden, oder was? Bin ich verdächtig? Habe ich den Drohbrief geschrieben?"

Freeman ließ Barolos Ärger unbeeindruckt über sich ergehen. „Ihnen muss ich doch nicht erzählen, was eine Routinefrage ist. Also bitte."

„Da es ziemlich warm war, habe ich mich nach unserem Kaffeetrinken am Mittag zu einem Schläfchen auf den Balkon der Kabine verzogen. Danach war ich ein paar Runden schwimmen. Anschließend ging ich im Fitnesscenter aufs Laufband. Ab 19:00 Uhr habe ich mit Fabio in der Kabine auf Claudia gewartet. Haben Sie eine Ahnung, wo meine Frau sein könnte?"

Freeman schüttelte den Kopf. „Woher soll ich das wissen? Gehen Sie in Ihre Kabine zurück, damit ich ungestört meine Aufgaben erledigen kann. Ich stelle nach Rücksprache mit dem Kapitän mit meinem Stellvertreter die Suchteams zusammen, und wir werden sicher in der nächsten Zeit alles tun, um Ihre Frau schnell zu finden. Zuerst werden wir das Foto von Claudia Barolo ins Bord–TV einspielen und Passagiere sowie Crew-Mitglieder um Hinweise bitten. Es könnte sein, dass irgendwer Ihre Frau irgendwo gesehen hat."

Barolo stand auf. Freeman brachte ihn zur Tür. „Moment noch. Denken Sie bitte daran, dass ich Ihre Alleingänge nicht mag. Nach einer kurzen Einsatzbesprechung beginnen wir mit der Suche. Sie können sich darauf verlassen, dass ich mich sofort melde, sobald es etwas Neues gibt. Sollte Ihre Frau in der Zwischenzeit in der Kabine erscheinen, bitte Bescheid geben, damit wir die Suche abbrechen können."

Er gab ins Telefon die Nummer seines Stellvertreters ein und sagte nach einem Blick zur Uhr: „Wir müssen eine Suchaktion nach einer seit heute Nachmittag verschwundenen Frau starten. Sorge dafür, dass sich alle verfügbaren Kollegen bis spätestens 21:25 Uhr im Besprechungsraum einfinden."

Freeman klopfte Barolo auf die Schulter. „Sie können nichts tun. Überlassen Sie meinen Kollegen die Suche. Keine Angst, sie sind erfahren und schaffen das. Sie können sich darauf verlassen, dass ich mich sofort melde, sobald wir Ihre Frau gefunden haben."

Barolo verließ wenig zuversichtlich die Sicherheitszentrale.

38.

Bevor Mario die Kabine betrat, warf er einen Blick in den Briefkasten, aber da war keine weitere Nachricht vom Entführer. Blitzschnell strich er sich übers Gesicht und versuchte zu lächeln. Fabio sollte ihm seine Angst nicht ansehen.

Der Junge wartete schon ungeduldig. „Papa, hast du Mama gefunden?"

„Nein."

Aus dem Fernseher dröhnte eine Hollywoodschnulze aus den Fünfzigerjahren.

„Mach den Quatsch aus!", rief Barolo und riss ihm ungeduldig die Fernbedienung aus der Hand. Bei seinen nächsten Worten versuchte er ganz ruhig zu bleiben. „Ich habe Mama überall gesucht, wo sie sich sonst aufgehalten hat. Als ich sie nicht fand, ging ich zum Chef der Security. Mr. Freeman versprach mir schnelle Hilfe. Er wird in Kürze Suchtrupps losschicken. Wir müssen warten, bis er sich meldet. Ich schalte jetzt den Bordkanal ein, wo Mamas Bild gezeigt und bei der Suche um die Mithilfe der Passagiere gebeten wird."

Barolo zappte durch die Programme, bis der Bordkanal erschien. Zu früh. Eine Information des Bord-TV teilte mit, dass das Schiff mit 22,6 Knoten bei Windstärke drei unterwegs war. Dann zeigte der Bordkanal Schiffsbilder vom Bug bis zum Heck sowie von der Brücke und vom wenig bewegten Meer.

Kurze Zeit darauf erschien Claudias Gesicht auf dem Bildschirm. Der Kanal zeigte eine Aufnahme, die am Tag der Einschiffung für den Bordausweis gemacht wurde mit der Frage, wer diese Frau in den letzten Stunden gesehen hätte.

„Das ist ja, als wäre Mama etwas ganz Schlimmes passiert."

Angst flackerte in Fabios Augen auf, als er aufgeregt durch die Kabine lief.

„Beruhige dich. Es ist die beste Möglichkeit, Mama so früh wie möglich zu finden."

Da Mario unbedingt frische Luft brauchte, ging er auf den Balkon. Er stützte die Unterarme auf das Geländer und starrte aufs Meer hinaus. Seine Anspannung stieg von Minute zu Minute. Wer hatte Claudia entführt?

Er ließ sich verschiedene Szenarien durch den Kopf gehen, aber eine Antwort auf die Frage gab es nicht. Angstschweiß lag auf seiner Stirn, als er dachte, dass Claudia vielleicht tot wäre.

Schwer atmend ging er in die Kabine zurück, wo noch immer Claudias Gesicht auf dem Bildschirm präsent war. Nicht erst jetzt wurde Barolos Geduld auf eine harte Probe gestellt.

„Papa, wo ist Mama?"

„Ich weiß es nicht. Unabhängig von der Bildschirmsuche wird Freemans Sicherheitspersonal alle Ecken der öffentlichen Einrichtungen des Schiffes durchkämmen. Mama ist bestimmt bald wieder hier."

Fabio sprang vom Sofa auf. „Das glaubst du doch selbst nicht."

Barolos Smartphone lag griffbereit auf dem Tisch, aber es meldete sich in der folgenden Zeit nicht. Barolo blickte auf die Uhr. Unaufhaltsam schoben sich die Zeiger vorwärts. Seit seinem Besuch bei Freeman waren bereits hundertzwanzig Minuten vergangen.

Immer noch keine Spur von Claudia?

Die Zeit schien still zu stehen. Ob er Freeman anrufen sollte? Der Security Chef hatte ihm versprochen, dass er sich melden würde. Wahrscheinlich gab es noch nichts Neues.

Wie weit würde der Entführer gehen?

Als Fabio gähnte, sagte Barolo: „Geh schlafen. Ich wecke dich, wenn die Kollegen der Sicherheitsabteilung Mama gefunden haben."

„Meinst du wirklich, dass ich in dieser Situation schlafen kann?"

Fabio warf sich angezogen auf Claudias Bett und starrte wortlos an die Decke. Mit jeder Minute des Wartens wurde klar, dass Freemans Versprechen nicht so schnell eingelöst werden konnte. Barolo saß im Sessel. Eine Scheißangst machte sich in seinem Inneren breit. Er wollte sich ablenken, indem er uninteressiert in der Bordzeitung blätterte. Plötzlich vibrierte sein Smartphone. „Freeman hier. Mr. Barolo, können Sie in meinem Büro vorbeischauen? Sie werden von Ihrer Frau erwartet. Nur noch so viel. Sie ist unverletzt."

„Ich bin gleich da."

Fabio setzte sich im Bett auf. „Was ist?"

„Ich kann Mama holen."

39.

Es war genau 24:00 Uhr. Barolo kam es vor, als würde der Lift in Zeitlupe in die Tiefe gleiten. Jedenfalls dauerte es für seine Begriffe ewig, bis er Deck drei erreichte. Nach einem ungeduldigen Läuten stürmte er in Freemans Büro. „Wo ist sie?"

Claudia saß in eine dicke Decke gehüllt am Schreibtisch. Ihr Gesicht war blass und vom Weinen geschwollen.

Als sie Barolo sah, stieß sie einen Laut der Erleichterung aus. Etwas zu schnell sprang sie vom Stuhl auf. Mario konnte sie gerade noch auffangen, bevor sie zusammensackte.

„Kein Wunder, wenn zu viele Stresshormone ausgeschieden werden, kann es schnell zum Schock kommen. Da hilft nur trinken, trinken, trinken ..."

Freeman schob Conny ein Glas Mineralwasser zu. „Außerdem sollten Sie mit Ihrer Frau den Arzt aufsuchen. Sie steht noch unter Schock und ist stark unterkühlt. Eine Nacht im Spital zur Beobachtung wäre da angebracht."

Claudia klammerte sich an ihren Mann. „Mario, halt mich ganz fest. Die vergangenen Stunden waren die längsten und schlimmsten in meinem Leben. Versprich mir, dass ich bei dir bleiben kann."

Ihr Körper zitterte unkontrolliert.

Beruhigend strich Mario ihr über den Rücken. „Du bleibst bei mir. Es ist vorbei, Claudia."

Freeman griff zum Telefon und informierte den Kapitän von der erfolgreichen Suche.

„Wie haben Sie meine Frau so schnell gefunden?"

„Der Zufall hat uns geholfen. Ein Hilfskoch meldete sich, nachdem er das Foto Ihrer Frau im Bord TV gesehen hatte. Dabei fiel ihm eine eigenartige Beobachtung ein, die er am frühen Nachmittag auf Deck eins gemacht hatte. Auf dem Weg zu einem Lagerraum sah er eine Frau ohne Schuhe, nur mit einem Bademantel bekleidet, die einem Mann eilig folgte, der wie ein Crewangehöriger gekleidet war. Ohne diesen Hinweis hätten wir Ihre Frau nicht so schnell gefunden."

Freeman reichte Claudia eine Tasse heißen Tee, die sie gierig austrank. „Kann ich Ihnen ein paar Fragen stellen, oder wollen wir damit bis morgen warten?"

Claudia nickte, obwohl sie eigentlich nur noch duschen und ins Bett wollte. Sie griff nach Marios Hand. „Fragen Sie. Mir geht es jetzt schon etwas besser."

„Fangen wir ganz von vorn an. Wann hat der Mann Sie angesprochen? Können Sie sich an die Uhrzeit erinnern?"

„Es muss gegen 14:00 Uhr gewesen sein. Ich hatte gerade auf die Uhr gesehen und überlegt, ob ich Mario anrufen sollte, um mit ihm in der Cafeteria ein Eis zu essen."

„Kam Ihnen der Mann bekannt vor?"

Sie schüttelte den Kopf. „Nein."

„Wie sah der Unbekannte aus? Glauben Sie, ihn beschreiben zu können?"

Claudia dachte nur einen Moment nach. Dann schüttelte sie den Kopf. „Ich konnte nichts erkennen. Er trug einen blauen Overall wie ein Maschinist oder Schlosser. Dazu ein Baseballcape und eine riesige Sonnenbrille, die den oberen Teil seines Gesichts perfekt abdeckte. An der linken Brustseite trug er ein Namensschild, aber ich konnte die Schrift nicht entziffern."

Barolo mischte sich ein. „Denk bitte nach. Ist dir irgendetwas Auffälliges an dem Mann aufgefallen? Besondere Kennzeichen? Narben, Zähne, Tätowierungen …"

Claudia schüttelte den Kopf. „Ich würde gern eine bessere Beschreibung abgeben, aber ich kann mich nicht erinnern. Noch nie in meinem Leben hatte ich so große Angst."

„Das kann ich mir vorstellen."

Freeman winkte ab. „Kein Problem. Aber warum sind Sie dem Fremden in die Unterwelt auf Deck eins gefolgt?"

„Der Mann in seinem Arbeitsoverall wirkte echt, als er sagte, dass Mario einen Unfall hatte und er könnte mich zur Krankenstation bringen. Ich war erschrocken und folgte ihm, ohne zu überlegen."

„Die Praxis des Schiffsarztes und die Krankenzimmer befinden sich auf Deck zwei. Da sieht es wesentlich freundlicher aus als auf Deck eins."

Claudia griff nach dem Wasserglas, stellte es aber gleich wieder ab. „Da fällt mir noch etwas ein. Der Mann hatte ein kleines blaues Tattoo am Ringfinger der linken Hand. Es könnten Buchstaben gewesen sein."

„Wissen Sie zufällig, welche Sie gesehen haben?"

„Es ging alles so schnell. C und H, E und K oder O und N. Ich konnte es in der Kürze der Zeit nicht genau erkennen."

Freeman lehnte sich entspannt in seinem Sessel zurück. Sein Blick ruhte gespannt auf Mrs. Barolo, als er sagte: „Vielen Dank. Sollte Ihnen der Mann bis zum Ende noch einmal über den Weg laufen, bitte verständigen Sie uns sofort."

„Ja, das mache ich."

Claudia stand auf und lief zur Tür.

Freeman flüsterte Barolo zu: „Und wenn ich Ihnen einen Rat geben darf: Lassen Sie Ihre hübsche Frau nicht wieder allein. Wir kennen den Entführer nicht. Es könnte sein, dass er noch einmal zuschlägt."

„Danke, ich werde Ihren Hinweis nicht vergessen und sie nicht aus den Augen lassen."

Fabio lag wach auf seinem Klappbett und stierte zur Decke, als Claudia in die Kabine trat. Er war überglücklich, seine Mutter endlich in den Armen zu halten.

„Mama, ich lasse dich nie wieder allein an Deck."

„Dazu wirst du kaum noch Gelegenheit haben, denn wir sind bald in New York."

Claudia hatte heiß geduscht und die Haare geföhnt, als sie endlich im Bett unter die Decke kroch. „Mir ist so kalt."

Barolo hockte auf der Bettkante, beugte sich zu ihr hinunter, um sie zu küssen. Als sie in seinen Armen lag, spürte er, wie die innere Anspannung der letzten Stunden nachließ.

Wenig später hörte er Claudias gleichmäßige Atemzüge und hoffte, dass sie die Entführung gut wegstecken könnte.

Fabio war auch eingeschlafen. Ein Glück, dass die Sache noch gut ausgegangen war. Der Entführer hatte Claudia nichts Schlimmes angetan. Was aber wäre gewesen, wenn Freeman und sein Team Claudia nicht gefunden hätten?

Er durfte nicht daran denken.

„Bist du sicher, dass wieder alles okay ist?"

„Ja, ich bin doch jetzt bei dir."

Barolo schlüpfte ins Bett.

„Halt mich ganz fest", flüsterte Claudia schlaftrunken. Sie wollte nur noch die Augen schließen und in seinen Armen einschlafen.

„Nach einer erholsamen Nacht wird es dir morgen früh wieder besser gehen."

„Wenn ich bei dir sein kann, wird alles gut."

Claudia lag auf der Seite, und ihr Kopf ruhte auf dem angewinkelten Arm, als er vor dem Bett in die Hocke ging und sie in die Arme schloss. Der enge Körperkontakt beruhigte ihn. Er spürte, wie die Anspannung langsam von ihm wich.

40.

Am nächsten Morgen wurde über die Befreiungsaktion nicht mehr gesprochen. Claudia hatte sich die ganze Nacht unruhig hin und her gewälzt. Als sie gegen Mittag erwachte, fühlte sie sich besser. Ihre Ängste vom Vortag hatten sich verflüchtigt. Sie zog die Bettdecke bis zum Kinn hoch. Obwohl es in der Kabine warm war, fröstelte sie. „Mir ist so kalt."

„Soll ich die Klimaanlage höher stellen? Deine Stimme hört sich an wie die eines krächzenden Papageis. Du hast dich erkältet. Am besten wird sein, wenn du heute im Bett bleibst. Später kann der Doktor nach dir sehen."

„Das geht nicht. Ich muss zu Conny. Sie wird sich wundern, wenn ich mich nicht melde."

Prüfend legte Mario ihr die Hand auf die Stirn. „Fieber hast du nicht. Trotzdem bleibst du im Bett, und ich sehe nach Conny."

„Wenn Fabio zurück ist, wird er Medikamente aus der Bordapotheke holen, und dann bin ich am Nachmittag wieder fit."

Barolo beugte sich nieder und küsste sie. „Ich bin froh, dass die Sache noch ein gutes Ende gefunden hat. Es war ziemlich gewagt von dir, einem Fremden in die Tiefe zu folgen. Wie konntest du glauben, dass sich die Krankenstation auf einem für Passagiere gesperrten Unterdeck befindet?"

„Willst du mir daraus einen Vorwurf machen? Ich habe nicht überlegt, war nur um dich besorgt. Und als er mich in den Lagerraum stieß, war es zu spät."

„Schon gut. Da wir nicht wissen, wann Fabio vom Frühstück zurück ist, werde ich dir die Medikamente holen."

Das Telefon klingelte. Es war Conny. Die Geschichte von der Entführung hatte schon ihre Runde gemacht. Sie hatte es vom Butler erfahren und sich Sorgen gemacht.

„Es ist alles wieder in Ordnung", beruhigte sie Barolo. Mario trat ans Fenster und schaute in den Regen hinaus. Seine Stimmung entsprach dem Wetterwechsel, der mit einer starken Brise viel Feuchtigkeit verbreitete. Er schnappte sich seine Jacke und rief Claudia zu: „Ich bin bald wieder hier. Öffne nicht die Tür, wenn es klopft."

Er war froh, dass es Claudia besser ging, aber das hielt ihn nicht von seinen Ermittlungen ab. Wer war der Mann, der ihn im Visier und Claudia entführt hatte?

Wenig später schloss Barolo die Kabinentür und machte sich auf den Weg zum Lift. Ungeduldig drückte er den Ruf-Knopf. Im Lift befand sich nur ein Fahrgast. Es war Deck neun eingegeben. Das gebräunte Gesicht des Mannes erregte seine ganz besondere Aufmerksamkeit. Eine dunkle Sonnenbrille machte es unmöglich, seine Augen zu sehen. Trotzdem meinte er, dass eine gewisse Ähnlichkeit mit dem Gesicht des Motorbootfahrers vorhanden war.

Lautlos hielt der Lift auf Deck neun an, als der Mann sich umdrehte und hastig ausstieg. Barolo wollte ihm nacheilen, aber eine junge Frau mit Kinderwagen blockierte den Ausgang. Als er dem Mann endlich folgen konnte, war er verschwunden.

Nachdem Mario zehn Minuten die Gänge rauf- und runtergeeilt war, fragte er sich: Was mache ich eigentlich hier? Als er zurückgehen wollte, öffnete sich die Tür von Kabine 9043, und er stand der Lift-Lady gegenüber. Die junge Frau schien über das Wiedersehen erfreut. „Hi, das ist eine Überraschung! Wollen Sie zu mir? Soviel ich weiß, logieren Sie auf Deck zehn."

Barolo lächelte erstaunt. „Warum sollte ich Sie besuchen? Nein, ich wollte nicht Sie, sondern einen alten Bekannten in Ihrer Nachbarkabine treffen. Wissen Sie zufällig, ob der Mann anwesend ist?"

„Rechts oder links?"

„Links."

Die Frau hielt einladend die Kabinentür auf und sagte: „Da ist niemand. Außerdem habe ich links eine Nachbarin. Sie können gern bei mir auf die Rückkehr der Frau warten. Was halten Sie davon, wenn wir uns auf meinem Balkon bei einem Glas Wein etwas unterhalten?"

Ihre kühle Hand lag einen Moment auf seinem Arm. Barolo war im Begriff zu gehen. Er drehte sich um. „Vielen Dank für die Einladung, aber für einen Wein ist es mir etwas zu früh."

„Wir könnten auch einen Kaffee trinken gehen."

„Danke, vielleicht ein andermal."

Ihre Lippen verzogen sich spöttisch. Sie sagte, bevor sie die Tür schloss: „Ich werde das Gefühl nicht los, dass Sie mir gegenüber etwas gehemmt sind. Schade, ich hätte Sie gern aufgeklärt."

Barolo drehte sich um, winkte mit dem rechten Arm und rief: „Danke, aber das hat mein Vater schon vor fünfunddreißig Jahren getan."

Als er zur Haupttreppe lief, ärgerte er sich über die plumpe Anmache der Lift-Lady. Sein Handy vibrierte in der Tasche. Ein Blick aufs Display. Mr. Freeman. „Mandy sagte mir, dass Sie vorbeikommen wollten. Ich warte auf Sie. Bei einer Tasse Kaffee kann ich Ihnen eine interessante Neuigkeit berichten."

Barolo machte sich auf den Weg. Als er vor der Tür stand, betätigte Mandy den Türöffner, und er trat ein. Im nächsten Moment stand er vor Freeman.

„Nehmen Sie bitte Platz." Steve Freeman hob eine Lamelle der Jalousie hoch und zeigte zwei Finger. Mandy sprang auf und widmete sich der Espressomaschine.

„Nein danke. Ich möchte keinen Kaffee. Meine Frau wartet auf mich, ich habe wenig Zeit."

Freeman winkte ab. „Für einen Espresso braucht man keine Zeit. Passend zum Kaffee serviere ich Ihnen eine Neuigkeit."

Barolo war gespannt.

„Ein Angehöriger der Crew wurde seit gestern Abend vermisst. Nach einem Einsatzplan arbeitete der Schiffselektriker tagsüber in einem Lagerraum von Deck eins. Als er heute Morgen nicht zu seiner Schicht erschien, begann die Suche. Da er gestern auf Deck eins gearbeitet hatte, fuhren die Kollegen zum Unterdeck. Sie fanden den Mann eingesperrt in dem Raum, wo er am Tag zuvor die Lampen gewechselt hatte. Er war halb nackt und völlig unterkühlt. Nachdem wir ihn zum Doc gebracht hatten, erzählte er, dass er beim Auswechseln der Leuchten am Mittag von einem Mann mit einem Messer bedroht wurde, der schrie: Raus aus den Klamotten! Nach diesen Worten musste sich der Bordelektriker bis auf die Unterwäsche ausziehen, bevor ihm der Unbekannte Handy, Namensschild, die Universal-Schlüsselkarte und den Bordausweis abnahm. An dieser Geschichte können wir sehen, wie aktiv der Entführer Ihrer Frau war und wie erstaunlich gut er sich auf diesem Schiff auskennt. Eine Personenbeschreibung konnte der Bordelektriker leider nicht abgeben, da der Mann bei dem Überfall eine schwarze Ski-Maske trug. Allerdings wissen wir jetzt, dass er etwa 1.85 m groß und kräftig ist."

„Haben Sie eine Ahnung, um wen es sich handeln könnte? Was ist mit dem Abgleich der Fingerabdrücke auf der Flasche, die ich Ihnen gebracht habe?"

„Welche Flasche?"

„Die ich Ihnen vorgestern von einem Tisch der Cafeteria gebracht habe."

„Das Ergebnis habe ich noch nicht. Vergessen Sie nicht, Ihre Frau von mir zu grüßen."

41.

Gegen 19.15 Uhr betrat Claudia hustend die Kabine. Die Medikamente aus der Bordapotheke hatten keine große Wirkung gezeigt. Barolo schaute bei CNN die aktuellen Nachrichten an.

„Ich habe dich überall gesucht. Wo warst du so lange?"

Claudia setzte sich. „Ich war bei Conny. Ich wollte sie überzeugen, mit uns zum Dinner zu gehen, aber sie möchte nichts essen. Sie sagte: Was soll ich im Restaurant? Meine Nase kann kein Essen riechen, ohne dass mir übel wird. Nur bei dem Gedanken daran muss ich zur Toilette rennen und mich übergeben. Dann fing sie an zu weinen. Seit Phils Unfall hat sie die Suite noch keine Sekunde verlassen. Es ist nicht gut, dass sie sich so abkapselt. Ich habe versucht, sie zu beruhigen, indem ich ihr sagte, dass Phil lebt und wieder gesund wird. Sie wird bald bei ihm in Lissabon sein. Es sind nur noch drei Tage bis zum Wiedersehen in der Klinik. Vielleicht kann sie Phil dann mit nach Hause nehmen."

Barolo schüttelte den Kopf. Spätestens nach dem letzten Satz wurde ihm klar, wie falsch sie mit ihrer Einschätzung lag. „Ich mag deinen Optimismus, aber in diesem Fall ist er nicht angebracht."

„Wie meinst du das?"

Barolo hatte keinen Hang zum Pessimismus, aber er konnte auch nicht so tun, als hätte Phil eine kleine Erkältung. Er zeigte auf das bordeauxrote Sofa. „Setzt dich zu mir, bitte. Ich habe mit dir zu reden. Jeder Tag bringt uns das Schiff dem Hafen von New York näher. Ein Vorteil für den Täter, der Phil töten wollte. Es könnte sein, dass der Kerl nach der Ausschiffung auf Nimmerwiedersehen verschwindet. Trotz Freemans Aussage glaube ich nicht, dass der Tötungsversuch nach der Ankunft im Hafen von New York endgültig geklärt sein wird. Sehr schnell könnte der Vorfall im Polizei-Department New York bei den ungelösten Fällen landen."

Claudia ging zur Minibar, um sich eine Flasche Mineralwasser zu holen. „Soll ich dir ein Bier mitbringen?"

„Nein, danke."

Barolo wollte seine Besorgnis vor Claudia nicht mehr verbergen. „Woher willst du eigentlich wissen, dass Phil wieder gesund wird? Ich wäre auch gern so optimistisch wie du, aber es ist fraglich, ob Phil überhaupt durchkommt. Die Prognose für ihn ist alles andere als gut. Er wurde das zweite Mal operiert, um den Druck im Gehirn zu stabilisieren. Sobald die Druckverhältnisse im Kopf wieder normal sind, kann die Aufwachphase eingeleitet werden. Aber das liegt bei ihm in weiter Ferne. Phil befindet sich auf einer Art Intensivstation, wo ihn lebensrettende Geräte mit Sauerstoff, Medikamenten, Nahrung und Flüssigkeit versorgen. Seine Rückkehr nach New York steht in den Sternen. Je länger Phil im Koma liegt, desto größer werden die Folgeschäden sein. Und es ist mehr als fraglich, ob Phil nach einer Genesung auch nur annähernd der Mann sein wird, den wir kennengelernt haben. Es wird eine schwierige Zeit für Conny werden, bis ihr Mann die täglichen Dinge des Lebens wieder meistern kann. Im schlimmsten Fall könnte er vom Hals abwärts gelähmt bleiben."

Das Glas in Claudias Hand klirrte laut, als sie es unsanft auf den Beistelltisch stellte. „Das habe ich nicht gewusst. Weiß Conny über den schlimmen Krankheitsverlauf Bescheid?"

„Ich denke nicht, dass Conny schonungslos die Wahrheit gesagt wurde. Ansonsten weiß keiner genau, wie es mit Phil weitergehen wird. Auch nicht das spezialisierte Klinikteam in Lissabon, das für seine Erfolge auf diesem Gebiet bekannt ist."

Barolo stand auf und holte sich nun doch ein Bier aus dem Kühlschrank. Mit einem Zischen öffnete er die Büchse. „Ich muss dich zu einigen Punkten befragen, die helfen könnten, den Täter spätestens im Hafen von New York zu fassen. Überlege dir die Antworten genau. Weißt du etwas von Conny, das mit Phils mysteriösem Unfall im Zusammenhang stehen könnte? Hatte Phil nur Streit mit John oder auch mit einem anderen Passagier? Du hast dich doch oft mit Conny unterhalten. Sag mir einfach, was sie dir erzählt hat. Alles ist wichtig."

Claudia dachte nur einen Moment nach. „Phil hat in Lissabon überraschend einen Bekannten aus der Bank getroffen, der auch die Passage gebucht hatte. Die Männer haben sich aber nicht gestritten. Im Gegenteil, Phil hatte ihn am dritten Tag der Überfahrt zu einem kleinen Umtrunk in die Nelson Bar eingeladen. Zum Treffen kam es nicht mehr, da Phil an diesem Abend schon im Koma lag."

„Weißt du zufällig den Namen des Mannes? Vielleicht hatte der Bekannte mit Phil noch eine Rechnung offen?"

„Wenn ich mir auch sonst keine Namen merken kann, so weiß ich diesmal genau, dass er Smith hieß und eine Kabine auf Deck neun bewohnt."

„Bene. Unter den Passagieren gibt es sicher x-mal den Namen Smith, aber Freeman kann das problemlos in der Passagierliste überprüfen. Ich werde morgen früh die Sicherheitszentrale aufsuchen."

Barolo sah einen Moment auf den Bildschirm des Fernsehers, wo nach der Nachrichtensendung eine Koch-Show ausgestrahlt wurde. Sein Magen reagierte sofort. „Ich habe Hunger und werde mich einen Moment im Bad frisch machen. Dann können wir zum Abendessen gehen. Wo ist Fabio?"

„Immer noch im Badezimmer. Dein Sohn möchte heute mit Mary im Teenie Club essen gehen."

Claudia stöhnte. „Das Treffen mit Mary ist ihm so wichtig, dass er unter einer Stunde vom Spiegel nicht wegkommt." Sie ging zur Badezimmertür und hämmerte gegen das Holz. „Fabio, denke bitte daran, dass wir vor dem Abendessen auch noch ins Bad möchten."

Plötzlich klopfte sie sich gegen die Stirn und ging zu Barolo zurück. „Da fällt mir noch etwas ein, was vielleicht von Bedeutung sein könnte. Conny meinte, dass sich auf dem Schiff ihr Ex befinden könnte."

Nur ein paar Sekunden schwieg Barolo verdutzt, dann trat er drei Schritte auf Claudia zu. „Was sagst du da? Wie kommt Conny darauf? Wann hat sie dir von dieser Beobachtung erzählt?"

Claudia holte tief Luft. „Als wir diesen Spaziergang in Lissabon gemacht haben. Conny hat es mir bei einem Gespräch in dem kleinen Café unter dem Siegel der Verschwiegenheit anvertraut. Sie behauptete, ihren Ex in Marseille am Abend mit einer Frau auf dem Sonnendeck gesehen zu haben. Ich fand die Geschichte ziemlich unwahrscheinlich, denn nur eine Minute zuvor hatte sie erzählt, dass sie im Juli seine Todesanzeige, die von seiner Mutter aufgegeben war, in der New York Times gelesen hätte. Eigenartig. Vielleicht geht die Fantasie mit ihr durch. Meinst du nicht auch, dass Conny manchmal etwas überspannt ist?"

Er setzte sich wieder. „Allerdings gibt es genug Doppelgänger auf der Welt. War es an diesem Abend schon dunkel auf dem Außendeck? Dann könnte sie sich durch die Lichtverhältnisse geirrt haben."

Barolo stand auf und begann in der kleinen Kabine unruhig hin und her zu laufen. Plötzlich unterbrach er sein Gerenne und blieb vor seiner Frau stehen. „Warum hast du mir die Story nicht früher erzählt?"

Claudia zuckte mit den Schultern. „Ich hielt es nicht für wichtig. Außerdem hatte Conny mich gebeten, es niemandem zu erzählen. Ich wollte vermeiden, dass Phil davon erfährt und es Ärger gibt. Und ich möchte auch nicht, dass du Conny für eine Spinnerin hältst."

Barolo schüttelte den Kopf. Sein Blutdruck schnellte in die Höhe. „Das war falsch von dir. Ich will alles hören. Spätestens nach Phils Sturz hättest du mir die ganze Story erzählen müssen. Die Wertigkeit dieser Aussage kannst du wirklich nicht beurteilen. Überlasse mir die Entscheidung zwischen wichtig und unwichtig."

Barolo hatte sich in Rage geredet. Vorsicht, bremste er sich in seinem Inneren, denn Claudia verzog nach den letzten Worten ihres Mannes genervt das Gesicht.

„Conny hatte während ihrer ersten Ehe eine Affäre mit Phil und verließ ihren Mann nach einer handgreiflichen Auseinandersetzung. Vorerst wohnte sie im Haus ihrer Eltern." Barolos Frau machte eine kleine Pause, bevor sie weitererzählte. „Phil und ihr Ex kannten sich von der City Bank. Die Männer sollen nach der anfänglich rein geschäftlichen Bekanntschaft befreundet gewesen sein. Conny und ihr erster Mann sind seit drei Jahren geschieden. Nach der Scheidung sind sie sich nicht mehr begegnet. Könnte dieser Mann Phil verfolgt haben?"

„Die Frage kannst du dir selbst beantworten. Dafür sprechen einige Gründe. Wahrscheinlich hat er Conny geliebt und konnte die Trennung nie verkraften. Die Schuld sah er nicht bei sich, sondern bei Phil, der ihm die

Frau genommen hatte. Ein lupenreines Motiv. Vorausgesetzt, dass er noch lebt, könnte er aus Rache gehandelt haben."

Barolo nagte an seiner Unterlippe, wie immer, wenn er ärgerlich war. Dann schüttelte er den Kopf. „Weshalb hast du mir die Geschichte nicht früher erzählt? Bei dem Ex muss sich jede Menge nachvollziehbare Wut aufgestaut haben. Stell dir mal vor, wie ärgerlich das ist, wenn einem die geliebte Frau davonläuft und sich im Bett eines guten Freundes einnistet."

Barolo war sich im Klaren darüber, dass Connys Geschichte nach einer Prise Fantasie klang, aber er hatte immer wieder unwahrscheinliche Sachen in seinem Berufsleben erlebt. Wie viel Zeit hatte er damit verbracht, das Innenleben seiner Täter zu erforschen.

Jedenfalls hatte der Commissario Claudias Worte mit wachsendem Interesse verfolgt. Er staunte nicht schlecht darüber, dass seine Frau so gut Bescheid wusste. Nie hätte er gedacht, dass Conny ihr so viel aus dem Vorleben erzählen würde. Schließlich kannten sich die Frauen erst kurze Zeit.

Fabio stand an der Tür. „Ciao. Ich gehe."

Barolo stand auf. „Wohin, wenn ich fragen darf?"

„Mit Mary in den Teenie Club, wo wir auch essen können. Ciao."

„Spätestens um 21:30 Uhr bist du wieder hier."

Die Kabinentür klappte hinter Fabio zu.

Barolo setzte sich und schaute Claudia nachdenklich an. „Natürlich beweist eine Todesanzeige noch lange nicht, dass der Genannte nicht mehr unter den Lebenden weilt, aber …"

Er ging zur Minibar und holte sich noch eine Flasche Bier, während sich Claudia zu Wort meldete. „Anfangs hat Conny nicht an der Echtheit der Todesanzeige gezweifelt und den frühen Tod des Mannes bedauert."

„Kannst mir sagen, wie der Familiennamen vom Ex lautet?"

„Nein. Sie hat ihn immer nur mein Ex oder Henry genannt."

Barolo unterbrach seinen Kabinenrundgang. „Moment mal, Phil hat uns doch Conny am Abend vor der Trauung mit ihrem Namen vorgestellt. Weißt du ihn noch?"

Claudia dachte einen Moment nach. „Nein, im Moment fällt er mir nicht ein."

Barolo trank sein Bier aus und klopfte sich gegen die Stirn. „Manchmal funktioniert es eben doch noch. Bei mir hat es eben klick gemacht. Phil stellte uns seine Lebensgefährtin am ersten Abend mit dem Namen Conny Winter vor."

Claudia trank das Glas Mineralwasser aus. „Bene, dann heißt der Mann Henry Winter. Warum ist das so wichtig?"

Barolo schüttelte den Kopf. „Kannst du dir das wirklich nicht denken? Freeman muss in seinem schlauen Computer nachsehen, ob auf dem Schiff ein Passagier namens Henry Winter in Venedig eingecheckt hat. Es wäre fahrlässig, dem Hinweis nicht nachzugehen. Wenn nicht, können wir beruhigt sein. Wenn doch …"

Barolo setzte das Glas an den Mund und trank es leer. Das eiskalte Getränk rann prickelnd durch die Kehle. Danach leckte er sich nachdenklich den Bierschaum von den Lippen.

Er brauchte frische Luft. Auf dem Balkon dachte er: Freeman muss morgen früh in seinem schlauen Computer nachsehen, ob sich Connys Ex wirklich an Bord der *Celebrity* befindet.

42.

„Ich bin dann mal weg.“

Mit diesen Worten verließ Barolo schon am frühen Morgen seine Frau, die noch im Bett lag.

Er eilte an zahlreichen Kabinen vorbei bis zu den Fahrstühlen. Die Neuigkeit mit Connys Ex konnte nicht länger warten. Auf dem Weg zum Deck zwei dachte er über Claudias Berichterstattung nach und fand es immer wahrscheinlicher, dass Connys Ex lebte und an Bord war. Was bewies schon eine Todesanzeige? Die Mitteilung, dass jemand nicht mehr unter den Lebenden weilt, konnte letztendlich jeder bei einer x-beliebigen Zeitungsagentur aufgeben.

Henry Winters Motiv passte genau ins Profil eines potenziellen Täters. Rachsüchtig könnte er Phil bedroht, misshandelt und die Treppe hinuntergestoßen haben.

Barolo verließ den Lift und blieb einen Moment stehen. Er zog das Smartphone aus der Tasche, um Freeman seinen Besuch anzukündigen.

„Tut mir leid. Der Chef ist zu einer Dienstbesprechung beim Kapitän. Versuchen Sie es bitte nach 14.00 Uhr“, tönte ihm Mandy Stimme entgegen.

Barolo brauchte frische Luft. Und er war süchtig nach Koffein. Nach einer Tasse Kaffee in der Cafeteria würde er besser nachdenken können. Also schlug er den Rückweg ein und begab sich zum Deck zehn.

Auf dem Außendeck angekommen, lehnte er sich, die Seeluft tief einatmend, an die Reling. Ein Crewmitglied war dabei, die Liegestühle zu stapeln. Die dunkle Wolkenwand am Himmel schob sich immer näher heran. Da die Windstärke zugenommen hatte, waren kaum noch Passagiere auf dem Frischlufttrip.

Barolo holte sich einen Becher Kaffee aus der Cafeteria und setzte sich nachdenklich in Nähe der Backbord-Reling an einen Teakholztisch, der etwas abseits stand. Langsam hing ihm das faule Leben auf dem Schiff zum Hals heraus. Er freute sich auf zu Hause. Ein Lächeln glitt über sein Gesicht. Am Morgen hatte er mit Claudias Bruder telefoniert. Der Hund hatte sich nach anfänglichen Schwierigkeiten gut eingelebt, würde aber trotzdem bei ihrer Rückkehr vor Freude ausflippen.

Nach 14.00 Uhr betrat er das Büro von Freeman. Es war ungewohnt still in den Räumen. Nur Freemans Computer gab ein leises Geräusch von sich. Mandys Dienst schien beendet zu sein, denn der Sicherheitsoffizier war dabei, sich einen Espresso aus der Maschine zu holen.

„Nehmen Sie schon mal Platz. Es tut mir leid, dass Sie warten mussten."

„Macht nichts, Mr. Freeman. Am besten wird sein, dass Sie sich erst einmal setzen, denn ich habe Ihnen eine interessante Neuigkeit mitgebracht."

Zuerst stellte er die Mineralwasserflasche vom Lido-Deck auf den Tisch. Der Sicherheitsoffizier starrte verständnislos auf die mitgebrachte Flasche.

„Die ist doch leer. Was möchten Sie trinken? Mineralwasser oder lieber einen Kaffee?"

„Ich habe keinen Durst, aber ich kann Ihnen verraten, wer gestern aus dieser Pulle getrunken hat."

Freeman sah ihn verständnislos an, während Barolo eine kleine Pause machte. „Der Mann, der diese Flasche geleert hat, ist ein Passagier, der große Ähnlichkeit mit dem Mann hat, der in Barcelona Phil Turner mit dem roten Charterboot beim Schwimmen verfolgte. Ohne Frage, er wollte ihn bis zum Ersaufen jagen. Phil Turner ist ein Aufschneider, aber auch ein trainierter Schwimmer und geübter Taucher. Beide Eigenschaften haben ihm an jenem Nachmittag das Leben gerettet."

Barolo erzählte noch einmal ausführlich dem aufmerksam zuhörenden Freeman die ganze Geschichte vom Segeltörn in Barcelona. „Ansonsten kann ich Ihnen einen Tipp bei der Suche nach dem Phantom geben. Gestern Abend habe ich mit Claudia gesprochen und eine interessante Neuigkeit erfahren. Meine Frau erzählte mir, dass sich Conny Turners Ex an Bord befinden soll. Mensch, Freeman, stellen Sie sich mal vor, wenn das stimmt. Was dann?"

Der Sicherheitsmann nickte zustimmend. „Ein eifersüchtiger Ex. Motiv: Rache. Das könnte ins Muster passen."

„Nach Connys Aussage soll der Mann extrem gewalttätig sein. Sein Name lautet Henry Winter."

„Sicher? Dann wollen wir gleich mal in die Passagierliste schauen."

Der Uniformierte lief um den Schreibtisch herum und setzte sich wieder. Er bewegte mit der Maus den Cursor und klickte die Passagierliste an. Dann tippte er den Namen Henry Winter in die Suchmaske ein. „Nichts. Wieso taucht der Name des Mannes nicht in der Passagierliste auf?"

Barolo beugte sich dichter zum Bildschirm herunter.

„Nichts. Es wäre zu schön gewesen. Sehen Sie selbst, Barolo. Auf der *Celebrity* befindet sich kein Passagier mit diesem Namen. Nun gibt es doch Zweifel an der Zuverlässigkeit der Information. Kann es sein, dass die junge Frau über zu viel Fantasie verfügt? Konzentrieren wir uns also auf das, was wirklich passiert ist."

Barolo schüttelt enttäuscht den Kopf. „Das habe ich anfangs auch gedacht. Nun fällt mir gerade ein, was meine

Frau in der Nacht ihrer Entführung erzählt hat. Sie meinte doch, als sie hier auf diesem Stuhl saß, dass der Entführer auf einem Finger Buchstaben tätowiert hatte. Vielleicht die Initialen C & H?"

Freeman zuckte mit den Schultern. „Und?"

„Wie wäre es mit Conny und Henry?"

Vor Aufregung lockerte Freeman seinen Krawattenknoten. „Das könnte bedeuten, dass der Entführer Ihrer Frau der an Bord aktive Ex von Mrs. Turner gewesen wäre. Aber wir haben nicht den Schimmer einer Ahnung, unter welchem Namen er hier das Bordleben genießt. Es wäre fahrlässig, dem Hinweis nicht sofort nachzugehen." Er fasste nach der leeren Mineralwasserflasche. „Den Abgleich der Fingerabdrücke werde ich in Kürze bekommen."

43.

Am nächsten Morgen riss das Schrillen des Festnetztelefons den Commissario aus seinem Schlaf. Barolo sprang aus dem Bett, während Claudia sich brummend auf die andere Seite drehte. „Hier ist Freeman. Ich muss Sie dringend sprechen."

„Was gibt es denn so Wichtiges, Mr. Freeman?"

„Am besten wird es sein, wenn Sie sofort kommen. Und vergessen Sie nicht ihren Tablet-PC."

Barolo stöhnte.

„Sie werden in Turbogeschwindigkeit hier erscheinen, wenn ich Ihnen verrate, dass es eine, nein, zwei interessante Neuigkeiten gibt."

„Na gut, ich komme."

Barolo verschwand im Bad. Zehn Minuten später befand er sich auf dem Weg zu Freemans Büro. Den dunklen Bartschatten in seinem Gesicht würde er später beseitigen. Im Lift schob er sich ein zuckerfreies Pfefferminzbonbon in den Mund. Die letzten Stufen der Treppe nahm er mit einem einzigen Sprung. Freeman erwartete ihn in Mandys Büro.

„Kommen Sie."

Der Sicherheitsoffizier schloss die Tür, setzte sich und widmete sich seinem Kaffee. Barolo wippte nervös mit seinem rechten Fuß. „Sie hatten es doch so eilig. Was ist los? Lassen Sie endlich die Katze aus dem Sack."

„Ich hatte den Daumenabdruck von der Flasche per Computer an die FBI-Zentrale in Brooklyn geschickt. Die Auswertung des genetischen Fingerabdrucks ergab eine hundertprozentige Übereinstimmung mit Henry Winter. Der Datenvergleich war nur möglich, da Mrs. Turners Ex schon mehr als einmal straffällig geworden ist."

Der Sicherheitsoffizier machte eine kleine Pause, während Barolo dachte, dass Freeman ohne seine früheren Kontakte zum FBI sicher nicht so schnell an das Material herangekommen wäre.

„Besonders interessant war, dass Henry Winter seit zwei Jahren im Honda Autohaus Wilson beschäftigt ist."

„Er verkauft Autos?"

„Nein, er ist als Controller in der Buchhaltung beschäftigt."

Freeman sprach weiter: „Ich rief dort sofort an. Als ich Mr. Winter sprechen wollte, gab die nette Dame an, dass der Kollege nicht im Haus wäre. Nachdem ich mich als guten Freund ausgab, meinte die Frau, dass Henry sich in Europa im Urlaub befinde. Als ich wissen wollte, woher sie das so genau wisse, antwortete sie, dass sie für ihn am Computer das Flugticket nach Venedig ausgedruckt habe. Was sagen Sie zu dieser Neuigkeit?"

„Das ist die exakte Bestätigung von Connys Beobachtung. Aber wie ist der Mann auf das Schiff gekommen, ohne seine Identität preiszugeben? Können Sie mir das verraten?"

„Nein, das werden wir herausfinden müssen."

Die Barolos waren gerade vom Abendessen zurück, als sich Freeman noch einmal meldete. „Können Sie mal schnell ins Büro kommen?"

„Wenn Sie mich so freundlich bitten, bin ich gleich da."

Freeman stellte Gläser und zwei Flaschen Mineralwasser auf den Tisch.

„Nehmen Sie Platz, Mario."

„Was gibt es denn so Wichtiges?"

„Ich bekam eben eine zweite Mail. Darin wird mitgeteilt, dass es eine Übereinstimmung zwischen den Fingerabdrücken auf der Flasche und dem Erpresserbrief gibt. Übrigens, der Drohbrief wurde an Bord in unserem Internetcafé geschrieben."

Auf Barolos Gesicht breitete sich ein Lächeln aus. „Dann hat mich mein Bauchgefühl nicht getäuscht."

„Okay. Jetzt haben wir nur noch ein kleines Problem. Wer von den zweitausend Passagieren auf dem Schiff ist Henry Winter? Vielleicht könnten wir das mit Conny Winters Hilfe herausfinden."

Barolo schüttelte den Kopf. „Ich denke nicht, dass es in ihrem jetzigen Zustand gut wäre, sie mit dieser Neuigkeit zu ängstigen."

Er trank einen Schluck Mineralwasser, während Freeman einen neuen Befehl in den PC eingab. „Kann's losgehen?"

„Ja."

Der Sicherheitsmann klickte auf Play. Dann drehte er den Computer so, dass Barolo das Bild sehen konnte. „Versuchen wir es doch mal mit dem da. Hier, sehen Sie selbst. Das ist das Gesicht des Mannes, der mir im Kopf herumspukt. Fällt Ihnen etwas auf?"

„Zeigen Sie mir das Bild der Kanalleiche."

Barolo legte sein Tablet auf den Tisch. Mit einer Spreizbewegung der Finger vergrößerte er das Foto auf dem Display.

„Wie finden Sie die frappierende Ähnlichkeit? Die Männer könnten verwandt sein. Ich denke, dass zwischen dem Toten aus Venedig und dem Ex von Mrs. Turner eine Verbindung aus früheren Tagen besteht."

„Man muss schon genau hinsehen, um Unterschiede in den Gesichtern zu erkennen. Es fügt sich alles langsam, aber sicher in diesem Puzzle zusammen."

Barolo wollte gehen. „Vielen Dank für die Information. Schönen Abend noch."

Freeman stand auf. Er kam um den Schreibtisch herum und reichte Barolo die Hand. „Wie geht es Ihrer Frau?"

„Danke, alles in Ordnung."

44.

Conny schien ihre Lethargie überwunden zu haben, denn sie sagte sofort zu, als wenig später Claudia vor ihrer Tür stand und fragte, ob sie frühstücken kommen wolle. „Komm bitte herein. Ich bin gleich fertig."

Conny sah erschreckend blass aus, aber es war gut, dass sie mit dem Besuch im Restaurant einen Schritt in die Normalität ging. Sie betrat das Bad, kämmte ihr Haar und band es zu einem Pferdeschwanz zusammen. „Wir können gehen."

Wenig später saß sie mit Claudia, Mario und Fabio am Tisch im Restaurant. Während sie auf den leeren Stuhl an ihrer Seite starrte, zupften ihre Finger nervös an der Serviette, die auf dem Schoß lag. Die Hoffnungslosigkeit verschwand für kurze Zeit aus ihrem Gesicht, als sie sagte: „Ich freue mich auf das Wiedersehen mit Phil in Lissabon. Ich hoffe, dass es ihm jeden Tag etwas besser gehen wird. Auch wenn ich nicht mit ihm reden kann, so werde ich ihm doch sehr nah sein."

Ein Steward näherte sich. „Was darf ich den Damen bringen?"

Conny versuchte zu lächeln. „Bitte einen Cappuccino und ein Croissant."

„Er wird deine Anwesenheit spüren und deine Stimme hören."

Conny trank einen Schluck Kaffee. „Vor zehn Minuten hat mich Mr. Freeman um Hilfe bei der Suche nach Henry gebeten. Wie kommt er auf die Idee? Hast du ihm etwas erzählt, Claudia?"

Barolos Frau nickte nur.

Ängstlich sah Conny sich um, so, als würde sie bei ihrem Ex im Visier stehen. Sie stieß gegen ihre Tasse, worauf der Kaffee über den Rand auf die weiße Decke schwappte. „Ich hatte dich doch gebeten, mit niemandem über meine Beobachtung zu sprechen."

Barolo mischte sich ein. „Wo auf dem Schiff hast du deinen Ex-Mann gesehen? Wir müssen es wissen."

Conny schmierte ein wenig Butter und Honig auf das Croissant. „Ich habe mich geirrt."

„Es ist wichtig, Conny."

Unruhig rutschte sie auf ihrem Stuhl herum. Sie zögerte mit der Antwort. „Es tut mir leid, Henry ist tot. Ich habe ein Gespenst gesehen. Siehst du, jetzt denkt Mario, dass ich verrückt bin."

Ein vorwurfsvoller Blick traf Claudia, bevor sie mit ausdruckslosem Gesicht aus dem Fenster starrte. „Ich will nicht noch mehr Ärger. Ich brauche nach den Ereignissen der letzten Tage meine Ruhe. Warum hast du die Geschichte deinem Mann erzählt?"

Claudia legte den Arm um die Freundin. „Es war wichtig, Conny. Dein Ex könnte doch an Bord sein."

Mario wollte ein anderes Thema beginnen. Ihm war klar geworden, dass sie bei der Suche nach Henry Winter nicht mit Connys Hilfe rechnen konnten. Unbewusst verdrängte sie die Möglichkeit von Henry Winters Anwesenheit. Unsicherheit flackerte in ihren Augen.

„Was hältst du davon, wenn du heute Abend mit uns in die Show kommst? Etwas Abwechslung könnte dir gut tun. Ich habe mir sagen lassen, dass es ein tolles Bühnenbild, tolle Musik und tolle Tänzerinnen in aufregenden Kostümen geben soll."

Conny lachte freudlos. „Meinst du wirklich, dass ich mich amüsieren kann, wenn Phil im Koma liegt? Was ist, wenn er nicht mehr aufwacht?"

„Das darfst du nicht denken."

Claudia legte ihr die Hand auf den Arm.

„Hier liegt noch dein Croissant. Wenn du wieder nichts isst, schicke ich dir den Doc", drohte Mario scherzhaft.

„Mir geht es nicht gut."

Ein peinliches Schweigen machte sich breit, als Conny nach ihrer Handtasche griff und aufstand. „Ich habe wieder diese unerträglichen Kopfschmerzen. Sorry, aber ich muss zurück in meine Suite. Vielleicht könnt ihr später einmal vorbeikommen."

Sie verabschiedete Claudia mit einem Küsschen, während Mario sich seinem Frühstück widmete.

45.

Auch am nächsten Tag beschäftigte Barolo die Frage, ob es Freeman gelingen würde, den Ex von Conny noch vor dem Auschecken ausfindig zu machen. Während seiner Überlegungen meldete sich das Festnetztelefon. Er ging zum Schreibtisch.

„Hallo?"

„Hier Freeman. Haben Sie ein paar Minuten Zeit? Können Sie schnell mal runter ins Büro kommen? Es ist wichtig."

„Ich bin schon unterwegs."

Während Barolo die Treppe hinunterhechtete, überlegte er, was Freeman herausgefunden haben könnte.

Mandy öffnete gerade die Tür. Freemans Kollegin trug heute statt der Uniform einen bunten Rock und eine weiße Bluse. Wahrscheinlich hatte sie eben ihren Dienst beendet.

„Ihr Chef erwartet mich."

Im Büro lehnte Freeman sich gut gelaunt in seinem Stuhl zurück. Er winkte ihn heran. „Nehmen Sie Platz, Mario."

Neuerdings sprach ihn der Sicherheitschef mit dem Vornamen an. Barolo setzte sich wissbegierig, ohne Freeman nach der Neuigkeit zu fragen. Er würde es ihm sowieso gleich verraten. Barolo sah auf die Tatortfotos an der Pinnwand. Als ihn Freeman ansprach, löste er seinen Blick von den schlimmen Bildern.

„Möchten Sie etwas trinken?"

Er wartete die Antwort nicht ab, sondern rief: „Mandy, bevor du gehst, machst du bitte noch zwei Espresso?"

Der Sicherheitsoffizier blickte von der Tastatur seines Computers auf. „Ja, ich habe schon ungeduldig auf Sie gewartet. Sie erfahren meine interessante Neuigkeit als Erster." Er griff nach seiner Kaffeetasse. „Eine Anfrage in der Marina von Barcelona ergab, dass das rote Motorboot am 16. September für fünf Stunden ausgeliehen wurde. Der Mann konnte sich mit einem amerikanischen Pass ausweisen, ausgestellt auf dem Namen Henry Winter. Und noch etwas. Eine Sichtung der Passagierliste von British Airways durch Interpol ergab, dass ein Henry Winter am 8. September von New York über London nach Venedig geflogen ist."

Die Nachricht wirkte wie ein Elektroschock auf Barolo. Jetzt galt es nur noch zu klären, durch welchen Identitätsklau Henry Winter an Bord gekommen sein konnte. Und das würde schwierig werden.

46.

„Scusi, Carlo, wir wollen gerade essen gehen."

„Du wirst dich ewig ärgern, wenn du wegen ein wenig Futter meine brandneuen Mitteilungen verpasst."

Claudia stand mit Fabio wartend an der Kabinentür. Barolo rief ihnen zu: „Geht schon mal ins Restaurant. Ich komme nach. Ein wichtiger Anruf von Carlo."

Claudia verschwand wortlos mit Fabio. Seit Phils Sturz vom Sportdeck fand sie die bestehende Verbindung zu Carlo außerordentlich wichtig. Barolo ließ sich auf den Sessel fallen und nahm das Gespräch an. „Avanti, Carlo, ich habe einen Bärenhunger und wollte gerade zum Restaurant. Was gibt es Neues?"

„Du hast sicher in den letzten Tagen so viel gegessen, dass du mal eine Mahlzeit ausfallen lassen kannst. Seit unserem letzten Gespräch hat es etwas gedauert, aber dafür habe ich heute zwei umwerfende Neuigkeiten: Nr. 1: Interpol hat schnell reagiert, und so konnte die Identität der Kanalleiche geklärt werden. Wir wissen jetzt, dass der Tote ein U.S.-Bürger aus New York ist. Sein Name lautet Robert Whitmark. Ein Immobilienhändler auf Europatour. Die Rückfahrt sollte mit dem amerikanischen Kreuzfahrtschiff *Celebrity* erfolgen. Wir hatten die Fingerabdrücke der Kanalleiche zur Feststellung der Identität geschickt, aber der Mann war im Zentralcomputer nicht registriert. Erst der Abdruck der Zähne brachte Klärung. Nach Aussage eines New

Yorker Zahnarztes stimmt der Zahnbestand der Kanalleiche zu 99,9 % mit diesem Mann überein. So konnte unser Toter zweifelsfrei als Robert Whitmark identifiziert werden."

„Gratuliere, Carlo."

„Nr. 2: Heute früh bekamen wir eine Mail aus New York, die besagt, dass auf Whitmarks Konto Bewegung entstand. Das heißt, ein Unbekannter hat mit der Master-Kreditkarte am 16. September in einer Bank den höchstmöglichen Betrag abgehoben. Schau auf den Kalender. Es ist der Tag, wo die *Celebrity* in Barcelona am Kai lag. Ich hatte also recht mit meiner Vermutung, dass die Kanalleiche auf eurem Dampfer fehlt. Spätestens jetzt klärt sich die Identität des Killers von allein. Der Mörder muss mit den Papieren des Toten auf eurem Dampfer eingecheckt haben."

„Gut möglich. Ich sehe das genauso. Nun frage ich dich nur noch: Woher kannte der Unbekannte den Pin, um Geld abzuheben?"

Sicco lachte.

„Die Geheimzahl war richtig eingetippt. Die Überwachungskamera registrierte, wie ein dunkel gekleideter Mann das Geld aus dem Ausgabeschacht zog. Es gibt immer wieder Leute, die ihre Geheimzahl in der Brieftasche neben der Kreditkarte aufbewahren. Lucia macht das auch. Sie kann sich einfach diese vier Zahlen nicht merken. Wie oft habe ich ihr ..."

„Scusi, Carlo. Obwohl mein Hunger sich verflüchtigt hat, habe ich keine Zeit, um weiter mit dir zu plaudern. Ich muss zu Steve Freeman. Mille grazie für die tollen Informationen." Wie elektrisiert sprang Barolo auf.

Der Commissario stürmte in Freemans Büro und erzählte die brandneuen Informationen aus Venedig.

Freeman lehnte sich zufrieden in seinem Sessel zurück. „Na, das sind ja tolle Nachrichten. Gute Arbeit. Grüßen Sie Ihren Kollegen Rossi von mir."

„Sicco. Carlo Sicco ist sein Name."

„Denken Sie, was ich vermute?"

„Natürlich. Spannen Sie mich nicht auf die Folter."

Ein Befehl in den Computer getippt, und augenblicklich erschien in der Passagierliste der Name Robert Whitmark Kabine 9045. Barolo fiel ein, dass die Kabine 9043 von der Lift-Lady bewohnt wurde.

„Jetzt können wir einen Zusammenhang zwischen dem Mord in Venedig und dem mysteriösen Unfall auf dem Sportdeck herstellen. Beide Angriffe erfolgten weder spontan noch zufällig. Sie waren Teile des akribischen Plans eines skrupellosen Mörders."

„Aber worin besteht der Zusammenhang zwischen den beiden Fällen? Kannte Henry Winter den Immobilienmakler aus New York und hat ihn nur wegen Pass und Einschiffungspapiere getötet?"

„Nein, da war sicher etwas mehr im Spiel. Ich tippe auf eine Geschichte aus der Vergangenheit."

„Sperren Sie den Mann in eine Arrestzelle?"

Freeman hatte es nicht so eilig. „Einen solchen Befehl kann nur der Kapitän geben. Ich muss erst Gustafsson die Neuigkeiten berichten. Er ist Gott sei Dank an Bord, und ohne ihn läuft hier nichts. Er wird festlegen, was mit Henry Winter in den Stunden bis zur Ausschiffung passiert. Ohne seine Zustimmung kann ich nichts unternehmen, außer mir jede Menge Ärger einhandeln. Und Fluchtgefahr besteht doch nicht, oder?"

Er lachte, während Barolos Magen ein flaues Gefühl durchzog, als er an Conny dachte. „Aber Mr. Freeman, es ist Gefahr im Verzug. Denken Sie spätestens jetzt an Conny Turner."

„Wir wollen doch nicht gleich mit dem Schlimmsten rechnen. Winter bleibt auf freiem Fuß, solange der Kapitän keine andere Entscheidung trifft. Wir lassen den Kerl in dem Glauben, dass er uns an der Nase herumführen und problemlos morgen früh von Bord gehen kann. Freddy wird die Hochzeitssuite in seine nächtlichen Rundgänge einbeziehen. Bei den kleinsten Unregelmäßigkeiten stehen wir dann auf der Matte. Am Morgen, spätestens, wenn Winter ausschiffen will, wird der Zugriff erfolgen. Wir schnappen ihn uns gemeinsam mit den Ermittlern von der FBI-Behörde New York. Im Anschluss daran werden die Agenten in der Dienststelle Whitmarks Tod und Turners mysteriösen Unfall sowie die Entführung Ihrer Frau bis ins kleinste Detail aufklären."

Freeman konzentrierte sich wieder auf seinen Monitor. Dann sah er hoch und sagte: „Und nun zu Mrs. Turner. Die Gefahr ist real. Sagen Sie ihr mit Nachdruck, dass sie auf keinen Fall die Suite verlassen darf. Damit nichts Unvorhergesehenes passiert, sollten Sie die Dame vorsichtig zu Winters Aufenthalt auf dem Schiff informieren. Nachdem ich auf der Brücke war, werde ich mit ihr sprechen. Denken Sie daran, dass niemand außer Ihnen und dem Butler zu ihr darf."

Barolo trank den letzten Schluck Espresso aus dem kleinen Tässchen. „Danke für Ihre Hinweise und den Kaffee. Ich mache mich gleich auf den Weg zu Conny."

Er erhob sich, nahm seine Jacke von der Stuhllehne und verließ grüßend das Büro. Bevor er in den Lift stieg, wählte er Connys Nummer. Es dauerte eine Weile, bis sie sich meldete. „Hallo?"

„Conny, hier ist Mario. Ich muss mit dir reden. Hast du einen Moment Zeit?"

„Wenn ich alles so viel hätte wie Zeit. Aber es passt trotzdem nicht, denn ich liege mit schrecklichen Kopfschmerzen im Bett. Vielleicht meldest du dich später noch einmal."

Barolo nahm das Smartphone ans andere Ohr. „Nein, was ich dir zu sagen habe, muss gleich sein. Es ist wichtig. Du darfst deine Kabine nicht verlassen. Es geht um deine Sicherheit."

„Mario, ich wüsste nicht, was mir nach Phils schlimmem Sturz passieren könnte. Bitte, sag mir, wer sich diesen Blödsinn ausgedacht hat."

Barolo sprach etwas leiser. „Nach einer Recherche von der Security soll dein Ex an Bord sein. Du hast dich also in Marseille nicht geirrt, als du dachtest, dass dir Henry Winter auf dem Pool-Deck begegnet ist. Versprich mir bitte, dass du bis zur Ankunft in New York die Suite nicht verlassen wirst."

Einen Moment blieb es ganz still. Nur Connys heftiges Atmen war zu hören.

„Conny, bist du noch da? Hast du mich verstanden?"

„Ja, ich bin nur ziemlich geschockt. Natürlich werde ich nirgendwo hingehen. Du kannst dich auf mich verlassen."

„Soll ich nicht doch zu dir kommen? Wenn du noch etwas brauchst, so kann ich oder Claudia es besorgen."

„Nicht nötig, das macht Ben für mich."

„Wer ist das?"

„Der Butler."

„Ach, ja. Was hältst du davon, wenn Claudia und ich vor dem Abendbrot bei dir vorbeikommen? Wir könnten dich ins Restaurant mitnehmen. Du hast von Claudias Entführung gehört?"

„Ja. Ben hat es mir gestern erzählt. Es tut mir leid. Wer war der Mann?"

„Das wissen wir noch nicht."

Zum ersten Mal seit Tagen nahm sie Anteil an ihrer Umwelt.

„Also, du kommst mit uns zum Abschlussdiner?"

„Nein, jetzt ist mir der Appetit doch vergangen. Wie kommt Henry auf dieses Schiff? Außerdem habe ich noch zu tun. Du weißt doch, dass ich nach Lissabon fliege. Sobald es mir besser geht, werde ich meine Reisetasche packen. Ich kann es kaum erwarten, Phil wiederzusehen. Er braucht mich, und ich bin so froh, ihn bald im Arm zu halten. Vielleicht hilft ihm meine Gegenwart, schneller gesund zu werden. Eventuell geht es ihm wieder besser, und ich kann ihn mit nach Hause nehmen."

Trotz ihrer Kopfschmerzen schien sie ein wenig neue Zuversicht und Energie getankt zu haben. Barolo freute sich für sie.

„Dann sehen wir uns morgen früh vor der Ausschiffung noch einmal?"

„Ja. Ist es euch recht, wenn ihr mich um 6:30 Uhr zum Frühstück abholt?"

„Gern. Claudia wird sich freuen. Wir sind pünktlich da. Und Conny, vergiss nicht, was ich dir gesagt habe. Zu deiner eigenen Sicherheit wirst du die Suite nicht verlassen. Soviel ich weiß, verfügt der Butler über eine Türkarte, sodass du nicht öffnen musst, wenn irgendwer läutet. Wenn etwas Ungewöhnliches passiert, rufst du mich an, egal wie spät es ist."

„Mach dir keine Sorgen um mich. Ich werde alles so tun, wie du gesagt hast. Dann bis morgen, Mario. Einen Gruß an Claudia."

„Ach, beinah hätte ich vergessen dir mitzuteilen, dass Mr. Freeman vorbeikommen wird, um mit dir zu sprechen."

Als Barolo auflegte, wirkte Conny ruhig und gefasst. Mario war beruhigt, da ihr Lebensmut aufgrund des bevorstehenden Wiedersehens mit Phil zurückgekehrt zu sein schien.

Vor den Aufzügen traf Barolo den Schiffsarzt, der ihm zuwinkte. „Haben Sie einen Moment Zeit?"

Barolo nickte. Er dachte, dass der Doktor ihm noch etwas zu Claudias Befinden sagen wollte.

„Ja, natürlich. Wie geht es Phil Turner?"

„Ich bin auf dem Weg zu Mrs. Turner. Leider habe ich eben eine schlechte Nachricht aus Lissabon erhalten. Mr. Turner hat es nicht geschafft. Die Ärzte konnten ihm mehr nicht helfen. Er ist vor zwei Stunden gestorben."

Barolo dachte, dass er sich verhört hatte. „Was sagen Sie da?"

„Mr. Turner hat es nicht geschafft. Er ist gestorben."

Nun war das eingetreten, was Barolo die ganze Zeit befürchtet hatte.

Arme Conny.

Er drehte sich um und wollte zu ihr, um sein Beileid auszusprechen, aber dann wurde ihm klar, dass der Doktor zuerst mit ihr sprechen musste und sie ganz bestimmt nach der Nachricht von Phils Tod niemanden sehen wollte. Auch Mario Barolo nicht.

47.

Am Morgen des Tages hatte sich noch die Sonne hinter den Wolken hervorgequält, aber gegen Abend frischte ein kühler Nord-Ost-Wind auf. Ein Windstoß ließ die Lampen an der Lichterkette, die sich vom Bug bis zum Heck des Schiffes spannte, wild tanzten. Auch der sinkende Luftdruck sorgte für kühlere Temperaturen. Die Luft war schwer vor Feuchtigkeit, und die hereinbrechende Dunkelheit verlieh dem menschenleeren Außendeck etwas Trostloses.

Eine Windbö riss Emily die schwere Außentür aus der Hand. Als sie das Schiffsinnere verließ, klatschte ihr der Regen ins Gesicht, und der Wind ließ die Kleidung flattern. Fröstelnd zog sie sich ihre dünne Jacke enger um den Körper. Der Regen glänzte unter ihren Füßen, als sie vorsichtig über die von Nässe überzogenen Planken bis zum überdachten Poolbereich lief.

Nur drei Schritte, und sie stand im Trockenen. Geschafft. Sie schüttelte sich wie ein nass gewordener Pudel. Nach dem obligatorischen Viertelstündchen des Wartens schaute sie auf die Uhr. Wo blieb Mark?

Seine Unpünktlichkeit war unhöflich und nervte. Als Emily ein Geräusch hörte, sah sie sich prüfend um, konnte ihn aber nicht entdecken. Nur dicke Regentropfen platschten in eintönigem Rhythmus auf die Poolüberdachung.

Nachdenklich fuhr sie sich mit der Hand durch das nasse, kurz geschnittene Haar. Nach diesen wenigen Tagen der Bekanntschaft schien Mark ihr schon sehr vertraut.

Umso mehr ärgerte sie sich, dass er nichts aus seinem Leben preisgab. Noch immer wusste sie außer Vornamen, Beruf und dem Wohnort New York nichts von ihm. Er hatte gesagt, dass er sie mochte. Anfangs glaubte sie ihm, aber jetzt war sie nicht mehr so sicher.

Auch die blaue Tätowierung auf einem Finger ließ sie nachdenklich werden. Irgendwelche Buchstaben, aber das M für Mark fehlte. Dann lächelte sie. Wer weiß, welchen Kosenamen ihm seine erste Liebe gegeben hatte.

Emily fröstelte in ihrer dünnen Bluse, wo sich die Brustwarzen gegen das feuchte Gewebe schmiegten. Noch fünf Minuten Warten, dann würde sie endgültig das Außendeck verlassen.

Als sich ein Arm um ihre Schulter legte, zuckte sie erschrocken zusammen. Mark blieb dicht hinter ihr stehen und küsste ihren Nacken.

„Hallo meine Schöne, warum bist du heute so schreckhaft? Wartest du schon lange?"

Ein Grinsen breitete sich auf seinem Gesicht aus, während er ein paar Tropfen von seiner Jacke strich. „Sorry, eigentlich wollte ich dich nicht im Regen stehen lassen." Er trat näher und begrüßte sie mit einem Wangenkuss. Fest legte er den Arm um Emily, und die Frau kuschelte sich an seine Brust, während ihr Groll schmolz wie Schnee in der Sonne.

„Brrr, es ist unangenehm nasskalt. Wir sollten schnell ins Warme gehen. Nachdem ich mich in der Kabine umgezogen habe, könnten wir zum Abschied in eine Bar gehen und bis zum Morgen tanzen", meinte Emily.

Mark zog seine Jacke aus und hängte sie ihr um die Schultern. „Falsch. Du weißt doch, dass ich nicht gern unter vielen Menschen bin. Es reicht mir völlig, mit dir allein zu sein. Wir können uns zwei nette Stunden machen, denn ich habe heute Nacht noch zu arbeiten. Ich habe es nicht so gern, wenn ich unter Termindruck stehe."

Er nahm die Hände aus den Taschen, um sie fest an sich zu ziehen. Seine Berührungen wurden fordernder. Es schien, als wollte er seine sexuelle Erregung auf sie übertragen.

Seine Lippen streiften ihr Ohrläppchen: „Ich hoffe, dass unser intimes Treffen für dich gestern Abend okay war. Heute weht eine ganz schöne Brise, und so ist hier nicht der richtige Ort für unsere Abschiedszärtlichkeiten. Wir wollen in deine Kabine gehen."

Emily schüttelte den Kopf. „Das geht nicht. Meine Tochter schläft da. Du reist allein. Also wirst du mich zu dir einladen", flüsterte sie.

Es war für den Mann verlockend, mit ihr einen Teil seiner Zeit zu verbringen. Aber doch nicht bei ihm. Er nahm die Brille ab und wischte die Regentropfen von den Gläsern. Für einen Mann, der Tag und Nacht arbeitet, sah er ziemlich erholt aus.

Emily reichte ihm die Hand. „Gehen wir?"

Mark strich ihr zärtlich eine nasse Strähne aus dem Gesicht. Sie wartete auf seine Zustimmung, aber er wies ihren Vorschlag zurück.

„Das geht leider nicht. Ich habe bis eben am Computer gesessen und geschrieben. Meine Kabine ist nicht aufgeräumt. Du würdest nicht einmal ein Plätzchen zum Sitzen finden."

„Das macht doch nichts. Ich kann dir helfen, die Ordnung wiederherzustellen. Außerdem kannst du bei dieser Gelegenheit die gestern versprochene Lesung halten."

„Wenn ich sage, es geht nicht, dann geht es nicht", antwortete Mark. In seiner Stimme war ein Anflug von Ärger zu hören. Abwesend stierte er aufs Meer, und es schien einen Moment, als hätte er ihre Anwesenheit vergessen.

Enttäuschung huschte über ihr Gesicht, während er sie fordernd an sich zog. Emily schob seine Hände weg und rückte ihren Rock gerade.

„Mark, das kannst du hier vergessen.“ Emilys Lippen pressten sich zusammen. „Ich habe das Gefühl, dass du mit etwas verheimlichst. Man kann dich einfach nicht aus der Reserve locken.”

Mark schien mit seinen Gedanken woanders zu sein, als er plötzlich abrupt aufstand. Mit einem entschuldigenden Lächeln schüttelte er den Kopf. „Es hat nichts mit dir zu tun, aber ich bin etwas in Zeitnot. Tut mir leid, aber ich erwarte geschäftlich noch eine wichtige Mail auf meinem Laptop. Falls wir uns morgen früh im Gedränge der Ausschiffung nicht mehr sehen sollten, hier ist meine Handy-Nummer.“

„Hast du Ärger mit deinem Verlag?“

Mark drückte ihr einen Zettel in die Hand. Was er noch erledigen musste, konnte nicht warten. Dann legte er den Arm um ihre Taille, doch sie entzog sich seinem Griff. Flüchtig versuchte er Emily zu küssen, aber sie drehte den Kopf zur Seite.

Der plötzliche Abschied kam unerwartet. Enttäuschung huschte über ihr Gesicht, denn sie hatte gedacht, dass sie den letzten Abend gemeinsam verbringen würden. Als er sich umdrehte, um zu gehen, schien es, als hätte er jedes Interesse an ihr verloren.

„Was ist, Mark? Warum hast du es plötzlich so eilig? Habe ich etwas falsch gemacht?“

Als sie keine Antwort auf ihre Frage erhielt, konnte sie die Tränen nicht zurückhalten. „Das war’s jetzt? Die Reise ist vorbei, und wir sehen uns nie wieder?“ Sie musste sehr laut sprechen, um das Pfeifen des Windes zu übertönen.

Er drückte ihr einen Zettel in die Hand. „Meine Zeitnot hat nichts mit dir zu tun. Bye, bye, wahrscheinlich sehen wir uns morgen früh bei der Ankunft in New York. Wenn nicht, dann hast du meine Handy-Nummer. Du kannst dich jederzeit bei mir melden.“

Er legte den Arm auf ihren Rücken und dirigierte sie in Richtung Ausgang. Emily machte sich keine Illusionen mehr. Sie schob ihn weg. „Stopp, ich will noch bleiben."

„Im Regen? Wie du willst. Bye, bye, bis morgen."

Ohne sich noch einmal umzudrehen, verließ er mit langen Schritten das Deck. In dem Moment begann es noch stärker regnen. Nachdenklich schaute Emily erst auf das graue Meer und dann auf den Zettel in ihrer Hand. Sein plötzlicher Verhaltenswechsel kam überraschend. Der Regen schlug ihr ins Gesicht, als sie aus dem überdachten Poolbereich hinaustrat.

Sie schaute auf die Telefonnummer, die vor ihren tränengefüllten Augen verschwamm. Kopfschüttelnd ging sie zur Reling, zerriss den Zettel in kleine Papierfetzen. Eine Sekunde später ließ der Wind Marks Telefonnummer durch die Luft wirbeln. Und das war gut so. Emily fuhr sich mit den gespreizten Fingern durch das nasse Haar. Warum hatte sie nicht einfach den Sex genossen, ohne sich zu verlieben? Was spielte es für eine Rolle, dass der Regen auf sie niederprasselte? Doch dann erinnerte die nasse Kälte sie daran, wie angenehm es wäre, jetzt im warmen Bett zu liegen. Sie warf einen letzten Blick über die Reling, bevor sie geduckt zur Tür des Schiffseingangs hastete.

Mit feuchten Händen schob Emily die Karte in das elektronische Schloss. Die Kontrollleuchte wechselte von Rot auf Grün, und die Tür sprang auf.

Als Emily die Kabine betrat, dröhnten die Töne einer Seifenoper aus dem Fernseher. Sie schleuderte ihre nassen Schuhe in eine Ecke und lief in die Kabine. Ein Blick auf Mary zeigte ihr, dass ihre Tochter zusammengerollt unter der Bettdecke lag. Trotz der enormen Lautstärke war sie eingeschlafen. Kopfschüttelnd stellte sie das Gerät ab.

Auf dem Tisch stand noch der Rosenstrauß von Mark. Die halb verwelkten Blüten lechzten nach Wasser.

„Das könnt ihr haben", flüsterte Emily und riss mit einem schnellen Griff die Blumen aus der Vase. Sie zog den Vorhang zurück, öffnete die Glasschiebetür zum Balkon, worauf kalte Luft in die Kabine strömte. Am nachtschwarzen Himmel zuckten in der Ferne Blitze, als sie sich mit dem Strauß in der Hand über das Balkongeländer beugte. Im hohen Bogen landeten die Rosen auf den Wellen. Emily beugte sich gefährlich weit über die Balkonbrüstung, während die Wogen krachend gegen die von Außenbordscheinwerfern beleuchtete Bordwand schlugen. Die Rosen tanzten nur noch kurze Zeit auf der Wasseroberfläche, bevor sie ganz plötzlich in die Tiefe gezogen wurden.

„Aus und vorbei. So wie die Sache mit Mark", flüsterte Emily mit feuchten Augen, während der Wind an ihrer nassen Kleidung zerrte. Es gab kein Fundament für eine Beziehung mit Mark. Es hatte sich wieder einmal gezeigt, dass sie kein Glück mit Männern hatte. Sie wischte die Tränen aus den Augen, während sie seufzend das Außenlicht löschte.

Nass und fröstelnd kehrt sie in die Kabine zurück.

Beim Zuziehen der Vorhänge fiel ihr Blick auf die Tochter. Sie trat ans Bett und strich Mary übers Haar, worauf das Mädchen die Augen aufschlug.

„Mama, endlich bist du da."

Emily setzte sich auf die Bettkante. „Wie siehst du denn aus? Warum bist du so nass?"

„Weil ich in den Klamotten im Pool schwimmen war", erwiderte Emily unfreundlich.

„Was ist passiert, Mama?"

Emily strich sich über das nasse Haar. Unwillkürlich streckte sie die Arme aus, um Mary zu umarmen. „Sorry, ich war unfreundlich zu dir. Ich gehe jetzt duschen."

„Sag mir bitte, was passiert ist."

Emily wischte sich eine Träne aus dem Augenwinkel. „Nichts. Schlaf weiter, Kleines." Mary schob Emilys Arme zur Seite und sprang aus dem Bett.

„Nichts? Mama, hör auf, mich wie ein Baby zu behandeln. Ich sehe doch, dass du geweint hast. Es geht doch sicher um diese Eintagsfliege Mark. Hast du etwa mit ihm? Wenn wir in New York sind, bist du vergessen. Na, dem sage ich morgen während der Ausschiffung noch die Meinung." Emily gab ihr einen Kuss.

„Das kann ich selbst tun, aber der Mann ist nicht wichtig. Er interessiert mich nicht mehr. Mach dir keine Sorgen um mich."

Sie ging ins Bad und betrachtete ihr müdes Gesicht im Spiegel. Eigentlich konnte man ihr die drei Wochen Erholung nicht ansehen. Sie zog eine Grimasse, bevor sie sich blitzschnell aus den nassen Klamotten schälte und sie auf die Fliesen warf. Nach dem Öffnen der Glastür betrat sie die Duschkabine. Prustend stand sie unter dem Wasserstrahl, dessen Wärme ihr Kälte und Frust aus dem Körper trieb. Nur mit einem Handtuch um die frisch gewaschenen Haare lief Emily nackt aus dem Bad. Sie ging noch einmal zum Bett ihrer Tochter, die wieder eingeschlafen war. Mary lag auf der Seite, sprach lächelnd im Schlaf. Wahrscheinlich träumte sie von dem italienischen Jungen. Emily ging es schon etwas besser, als sie nach dem Föhnen ihrer raspelkurzen Haare die Klimaanlage höherdrehte. Das Gewitter hatte in der Zwischenzeit seinen Höhepunkt erreicht. Sie ging ins Bett, rollte sich zusammen wie ein Embryo und war bald eingeschlafen.

48.

Die mit dem Nötigsten gepackte Reisetasche nach Lissabon stand griffbereit im Ankleidezimmer, und das Flugticket lag auf dem Schreibtisch. Conny würde beides nicht mehr benötigen. Ihre Albträume waren wahr geworden. Gegen Abend war Dr. Harrison in der Suite erschienen und hatte ihr mitgeteilt, dass Phil trotz aller Bemühungen der portugiesischen Ärzte um 13:35 Uhr Lissaboner Zeit verstorben war. Er hatte den Kampf um sein Leben verloren, ohne dass sie ihn wiedergesehen hatte.

Die Mitteilung von Phils Tod war ein schwerer Schock. Conny schloss die verweinten Augen und versuchte ihre Verzweiflung in den Griff zu bekommen.

Nachdem der Doktor ihr ein schwaches Sedativum gespritzt hatte, verschickte sie eine SMS an ihre Eltern, die sie am nächsten Morgen gegen 9:00 Uhr von den Landebrücken in New York abholen sollten. Tränen traten in ihre Augen, als sie daran dachte, wie glücklich sie in den letzten drei Jahren mit Phil gewesen war. Das Festnetztelefon läutete. Sie griff nach dem Hörer. „Hallo, Ben. Ja, Sie können die Reisetasche und das Hochzeitskleid abholen."

Um das Check-out des Gepäcks musste sie sich nicht kümmern. Conny befand sich im Badezimmer, als der dezente Türgong ertönte. Ben. Schnell zog sie den Gürtel ihres Bademantels enger und lief zur Tür.

Im Vorübergehen nahm sie das Trinkgeld für den Butler vom Schreibtisch und ging zum Flur, um Ben hereinzulassen. Der Mann würde dafür sorgen, dass die Reisetasche zu den Koffern in den Kabinengang gestellt und das gesamte Gepäck in den Gepäckraum gebracht würde.

„Warum öffnet Ben die Tür nicht selbst?“, murmelte sie. Bevor sie zur Klinke griff, dachte sie an Barolos warnende Worte, legte das Auge an den Spion und schaute in Bens Gesicht.

Kaum, dass sie geöffnet hatte, wurde ihr die Tür aus der Hand gerissen. Als sie sah, wer sich außer Ben noch Zutritt in die Suite verschafft hatte, blieb sie wie erstarrt stehen.

„Hallo, Conny. Mich hast du wohl nicht erwartet? Habe ich dich erschreckt? Sorry, dass es schon so spät ist.“

Conny wich zurück.

„Henry“, flüsterte sie, während sich ihr Herzschlag beschleunigte. Sie konnte nicht begreifen, was sie sah. Ihr Ex, der dicht hinter dem zitternden Butler stand, drückte die Infusionsnadel einer Spritze gegen Bens Hals, der nicht wagte, sich zu rühren.

„Los, beweg dich.“

Henry Winter stieß den wehrlosen Mann, dessen braune Augen vor Angst weit geöffnet waren, in den Salon hinein. Lässig tätschelte Henry Bens blasse Wange, bevor er die Nadel mit dem Betäubungscocktail in seinen Hals stieß. „Tut mir leid, alter Junge. Du warst einfach zur falschen Zeit am falschen Ort.“

Conny schrie entsetzt auf, als der Butler zu Boden knallte und reglos liegen blieb. Sie schrie: „Hör auf! Ben hat doch mit uns nichts zu tun!“

Henry winkte ab. „Keine Angst, die Injektion schickt ihn nur kurze Zeit ins Land der Träume. Schließlich soll er unser Wiedersehen nicht stören.“

In dem Moment dachte Conny an die Todesanzeige in der New York Times, aber für einen Toten sah ihr Ex ziemlich lebendig aus. Sie hatte die ganze Zeit seine Anwesenheit gefühlt, aber fand immer noch keine Erklärung dafür, wie er auf das Schiff gekommen war.

„Sorry Conny, ich vergaß dir mitzuteilen, dass ich auf diesem Luxusdampfer etwas ausspanne." Seine Augen glitten durch den Raum. „Die luxuriöse Suite bildet für meine Schöne den passenden Rahmen." Henry sah sich suchend um. „Wo steht denn mein kleiner Blumengruß? Die Blumenfee versprach mir, die weißen Lilien gut sichtbar auf eurem Tisch im Salon platzieren zu lassen. Aber das ist schon ein paar Tage her. Wahrscheinlich sind die schneeweißen Blüten schon verwelkt. Alles im Leben ist vergänglich."

Conny verzog das Gesicht, während Henry weitersprach: „Wer hätte damals gedacht, dass wir uns einmal wiedersehen werden. Ich habe mir in den letzten Tagen Sorgen um dich gemacht. Wie geht es dir nach dem schlimmen Ereignis auf dem Sportdeck?"

Unaufgefordert ließ er sich, nachdem er ein Kleidungsstück von der Lehne gefegt hatte, in einen Sessel fallen. „Eigentlich wollte ich nur wissen, ob ein besonders fähiges Chirurgenteam in der Lissabonner Spezialklinik meinen Freund wieder zusammenflicken konnte."

In ihrer Trauer wirkte Conny besonders zart und zerbrechlich. Tränen standen in ihren Augen, als sie einen Schritt auf ihren Exmann zuging und schrie: „Nun, wo du hier bist, bin ich sicher, dass du den Sturz verursacht hast! Wahrscheinlich hast du schon in Erfahrung gebracht, dass Phil heute gestorben ist! Ich weiß ziemlich genau, wie du tickst. Wie konnte ich nur einen Moment denken, dass du dich im Lauf der vergangenen Jahre geändert hast."

Henry sah sie kopfschüttelnd an. „Warum bist du so böse zu mir? Trotz allem: mein Beileid für den Verlust deines Mannes." Er ließ seinen Blick durch die Suite schweifen und entdeckte die in Folie verpackte traumhafte Hochzeitsrobe. Wie gebannt starrte er einen Moment auf das Kleid. Schließlich löste er seinen Blick. Blanker Hass lag in seinen Augen, als er sie ansah. „Schönes Kleid. Meine Ex hat noch immer ihren guten Geschmack. Wie war die Hochzeit an Bord? Übrigens, ich habe aus der New York Times von eurer geplanten Trauung auf dem Luxusliner erfahren und eilte sofort nach Venedig. Leider kommt mein Glückwunsch zu spät." Er lachte fies, während er auf einem Kaugummi kaute. „Aber möchtest du mir zur Begrüßung nicht ein Glas Wein anbieten?"

Conny schoss das Blut ins Gesicht, als sein Blick das Hochzeitsfoto streifte. Sie als strahlende Braut und der gut aussehende Phil in seiner sorglosen Arroganz und Liebe.

Ihr Arm wies zur Tür. „Ich will, dass du gehst. Sofort."

Trotz der warmen Temperatur überfiel sie ein Frösteln, und in ihren Augen stand die nackte Angst. „Du bist doch krank im Kopf. Wenn du nach so langer Zeit die Trennung noch nicht verarbeitet hast, brauchst du professionelle Hilfe. Du solltest dich in die Sprechstunde eines Psychiaters begeben."

Henry Winters Gesicht lief rot an. „Willst du mich beleidigen? Was soll ich bei einem Psychoheini?"

Er musste ihr nicht erzählen, dass er schon einige Zeit in Behandlung war. Zwölf Monate hatte er ein Antiaggressionstraining absolviert. Alles Blödsinn. Sein Hausarzt hatte ihm eine gesunde Lebensweise mit viel Sport empfohlen, um Spannungen abzubauen. Das konnte er auch gut ohne den senilen Seelenklempner und seinem altertümlichen Sofa tun.

Conny versuchte ganz ruhig zu bleiben. Sie musste Henry schnell loswerden und dann den Schiffsarzt anrufen, der nach Ben sehen musste.

„Bist du wieder mal blank?"

Ein hysterisches Lachen drohte sie zu ersticken. „Oder was willst du sonst? Ich denke, dass du hier bist, weil du Geld brauchst. Wie viel?"

Mit nackten Füßen lief sie zum Safe. Obwohl Henry nicht antwortete, zog sie die Karte durch das Lesegerät und öffnete mit einem vierstelligen Zahlencode das Kombinationsschloss. Sie nahm einige Hundert-Dollar-Scheine heraus und reichte sie ihm. „Bitte."

Ihre Überheblichkeit machte ihn sofort wütend. Erregt warf er das Geld in die Luft, worauf die Dollars wie in Zeitlupe zu Boden schwebten. „Deshalb bin ich nicht gekommen."

„Weshalb sonst?"

Er versuchte gar nicht erst, den Blick von ihrem verlockenden Ausschnitt zu nehmen. Ihr Gesicht erstarrte zu einer eisigen Maske. Henry schien sich von ihrer Kälte provoziert zu fühlen, denn er zog sie grob zu sich heran. „Du bist noch attraktiver geworden", sagte er und leckte sich über die schmalen Lippen.

„Fass mich nicht an."

Sie hatte Mühe, sich nicht vor Abscheu zu schütteln und wich unter seiner Berührung immer weiter zurück. Doch Henry kam näher. Kraftvoll zog er Conny an sich und küsste ihren Mund, während sie wie gelähmt in seinen Armen lag. Er riss den Bademantel auf und ließ seine Hände fordernd über ihren Körper gleiten.

„Kannst du dich noch an unseren ersten Kuss erinnern?", flüsterte er, während seine sonst so kalten Augen einen warmen Glanz bekamen.

„Nein."

Er lächelte. „Amnesie, oder was?"

Als er in ihre weit aufgerissenen Augen schaute, spürte er so etwas wie einen Funken Mitleid. Aber es war zu viel passiert. Sie hatte ihn belogen und betrogen.

Er stand auf und lief durch den Salon. „Unser Leben war schön – bis zu dem Tag, als uns Robert Whitmark das Haus verkaufte. Die Finanzierung schafft im Prinzip jeder, meinte er, und ich habe ihm geglaubt. In dieser Zeit tauchte auch der seriöse Mr. Phil Turner auf, der mir seine Freundschaft anbot, aber mir nicht nur den Rest meines Vermögens, sondern auch die Frau nahm. Leider hat er nicht lange warten müssen, bis du zu ihm ins Bett gekrochen bist." Henry beendete seinen Lauf und blieb dicht vor ihr stehen. „Hast du eigentlich vergessen, wie schnell du mich damals abserviert hast?"

Natürlich konnte Conny sich erinnern. Eines Tages hatte Henry erfahren, dass sie sich regelmäßig mit Phil traf, und drehte völlig durch. Sie ging. Erst am Tag der Scheidung sahen sie sich wieder.

Conny brach in Tränen aus, und ein unkontrollierbares Zittern durchlief ihren Körper. Raus hier. Sie stieß ihn vor die Brust, lief zur Tür, aber er war schneller.

„Ah, das Kätzchen fährt seine Krallen aus, aber das nützt dir nichts mehr." Mit der rechten Hand umklammerte er sie und mit der linken strich er über ihre Brüste. „Das Blatt hat sich gewendet. Dachtest du wirklich, dass ich für immer aus deinem Leben verschwinde?"

Henry Winter hatte nichts vergessen. Seit Jahren befasste er sich mit seinen krankhaften Rachefantasien und konnte, blind vor Hass auf Conny und Phil, kein normales Leben mehr führen.

„Unsere Liebe war schon vorbei, bevor Phil in unser Leben trat. Dein kleines beschissenes Ego hat nicht verkraftet, dass ich dich verlassen habe", stellte Conny emotionslos fest.

„Das stimmt nicht. Du hast mich geliebt. Warum lügst du mich an?" Sein Ärger steigerte sich. In Rage riss er ihr die seidene Pyjamajacke vom Körper. „Du kennst mich, einen Henry verarscht man nicht." Sie spürte seinen stechenden Blick auf ihrer nackten Haut.

Wie ein Blitz traf Conny die Erkenntnis, dass Henry sie noch vor Ankunft des Schiffes in New York töten würde. Sie schrie, während ihr Blick unsicher durch die Suite flackerte. Plötzlich läutete die Türglocke. Um ein weiteres Schreien zu verhindern, hielt er ihr den Mund zu. „Wer kann das sein? Wer besucht dich so spät in der Nacht? Erst wenn du ganz ruhig bist, nehme ich die Hand wieder weg."

Sie starrte auf die Tätowierung der Buchstaben C & H auf seinem Ringfinger. Conny und Henry. Bilder aus glücklichen Tagen schossen ihr durch den Kopf, aber die Tätowierung war kein Garant für ihre Liebe gewesen. Und jetzt war ihr Ex nur noch ein Psychowrack. Henry hielt sie eisern umklammert, sodass sie keine Chance hatte, sich von ihm zu lösen. Er plante keinen besonders schmerzhaften Tod für die Liebe seines Lebens. Schließlich war er kein Sadist. Conny sollte nur bestraft werden. Eine Strafe, die ihr allerdings das Leben kosten würde.

„Bitte, hör auf …"

Vorerst umklammerte er ihren Hals, um ein weiteres Schreien zu verhindern. Zufrieden registrierte er die Angst in ihren Augen. Conny spürte einen schmerzhaften Druck und versuchte vergeblich, seine Hände von ihrem Hals zu lösen.

„Warte, mein kleiner Engel, es ist gleich vorbei", flüsterte er mit sanfter Stimme und drückte etwas mehr zu. Luftmangel und Schmerz trieben ihr die Tränen in die Augen. Ihr Gesicht verfärbte sich dunkelrot. Er konnte spüren, wie die Kraft ihren Körper verließ. Nun verhinderte er die Sauerstoffzufuhr, bis sie ohnmächtig wurde. Mit der Hand griff er in die Hosentasche und zog eine dünne Lederkordel hervor, die er ihr um den Hals legte und langsam zuzog. Er lächelte, während er ihr beim Sterben zusah. Nachdem Connys Körper erschlaffte, ließ er sie fast zärtlich zwischen Sofa und Tisch auf den Boden gleiten. Am Anfang ihrer Beziehung hätte er nie gedacht, dass seine große Liebe zu Conny einmal in endlosen Hass umschlagen könnte. „Ja, die Grenze zwischen Liebe und Hass ist verschwindend klein. Unsere Gefühle werden nicht nur von Logik bestimmt", flüsterte er. Voller Selbstmitleid weinend schlug er die Hände vors Gesicht. Seine Tränen tropften auf ihr Gesicht. Letztendlich hatte er den einzigen Menschen, den er je geliebt hatte, getötet. „Conny, du wolltest für ewig jung und schön bleiben. Das geht aber nur bei einem frühen Tod. Wie du siehst, habe ich dir diesen Wunsch erfüllt."

Langsam beugte er sich über sie und küsste ein letztes Mal ihre noch warmen Lippen. Das Schiffspersonal würde Conny frühestens gegen 9:00 Uhr finden. Bis dahin war er längst von Bord.

Henry richtete den Blick auf das am Boden liegende Geld, das er nicht liegen lassen konnte. Jetzt musste er sich nur noch um den schlafenden Butler kümmern. Nachdenklich sah er auf Ben, der sich nicht bewegt hatte, seitdem er zu Boden gefallen war. Der Mann im schwarzen Anzug war ein Unsicherheitsfaktor, da er noch vor der Ausschiffung erwachen würde. Die Nadel der Spritze steckte noch im Hals, als der Killer seine Arme unter Bens Achseln schob, um ihn zur Veranda zu schleifen.

Ein prüfender Blick über das Meer, bevor Winter den Butler aufrichtete. Er packte Bens Beine, riss ihn keuchend hoch und schob ihn langsam über den Handlauf des Balkongeländers, wo er den Körper erst einmal parkte.

Henry war ins Schwitzen gekommen, einen Moment holte er tief Luft, bevor er, ohne zu zögern, den Mann in die Tiefe sausen ließ. Ein kraftvoller Stoß, und der Aufprall von Bens Körper teilte nach einem längeren Sekundenflug die Wasseroberfläche. Nur kurz blieb Henry an der Reling stehen, um zu sehen, wie der Körper in den regengepeitschten Wellen des Atlantiks versank. Er spürte keinerlei Skrupel.

Ein letzter Blick auf Conny, bevor er die Suite verließ. Warum war es so weit gekommen? Das Leben hätte so schön sein können mit ihr.

49.

Barolos Stimmung entsprach dem miesen Wetter, denn seit den Abendstunden prasselte unaufhörlich der Regen auf die Außen-Decks. Nach Phils Todesnachricht wollte er sich nicht unter gut gelaunten Menschen bewegen, die sich amüsierten. Da er Claudia nicht den letzten Abend an Bord verderben wollte, hatte er ihr noch nicht von Phils Tod berichtet. Das hatte Zeit bis zum Morgen. Seine Unruhe vertiefte sich weiter, während Claudia und Fabio bereits im Bett lagen und schliefen.

Nun musste er unbedingt Carlo den neuesten Stand der Ermittlungen mitteilen. Er sah auf die Uhr und errechnete die Zeitumstellung. Mit etwas Glück könnte er Carlo erreichen.

Leise nahm er eine Jacke aus dem Schrank und öffnete die Balkontür, durch die feuchte Meeresluft in die Kabine strömte. Er zog das Smartphone aus der Tasche, wischte mit dem Finger über das Display und rief Carlos Nummer auf. Sein Partner aus Venedig meldete sich.

„Hallo Carlo, setz dich erst einmal hin, ich habe eine interessante Neuigkeit. Entschuldige, aber diese Nachricht schlägt ein wie eine Bombe. Du wirst es nicht glauben, aber unser falscher Whitmark ist der Ex von Conny Turner. Sein Name lautet Henry Winter. Jetzt, wo seine Identität bekannt ist, werden ihn die Cops im Hafen von New York fassen. Freeman hat in Zusammenarbeit mit dem FBI umfassend recherchiert. Nun steht fest, dass der Ex von Mrs.

Turner den U.S.-Bürger Robert Whitmark vor Abfahrt des Schiffes in Venedig getötet hat. Auch der mysteriöse Unfall von Phil Turner geht auf sein Konto. Körperverletzung mit Todesfolge, denn Connys Mann ist heute in Lissabon verstorben. Was sagst du dazu?"

„Hat Freeman den Ex festgesetzt?"

„Nein, noch nicht. Du kennst doch Freeman. Er hat immer Angst, mit seinen Entscheidungen beim Kapitän anzuecken. Mir gefällt es auch nicht, dass der mutmaßliche Doppelmörder sich bis zur Ausschiffung frei auf dem Schiff bewegen kann. Henry Winter wird erst nach der Ankunft der *Celebrity* von der New Yorker Polizei verhaftet werden. Allerdings weiß Conny Bescheid. Freeman und auch ich haben mit ihr gesprochen und die gefährliche Lage geschildert. Sie soll auf keinen Fall die Kabinentür öffnen oder die Suite verlassen."

„Ihr habt die junge Frau allein gelassen?"

Carlos Einwand alarmierte Barolo. „Ja, Conny konnte nach der schlechten Nachricht von Phils Tod verständlicherweise nicht mit uns zusammensein. Sie hat Claudia weggeschickt, und auch mich wollte sie nicht sprechen. Ich habe Conny gewarnt, worauf sie mir äußerste Vorsicht versprochen hat. Auch Freeman hat mit ihr gesprochen. Trotzdem werde ich jetzt bei ihr anrufen, um zu hören, ob alles in Ordnung ist. Ciao."

Während des Gesprächs war Mario ziemlich unruhig geworden.

Er wählte Connys Nummer. Sie meldete sich nicht.

„Verdammt Conny, warum gehst du nicht ans Telefon?", flüsterte er, während sich seine Unruhe verstärkte. Ohne lange zu überlegen, wählte er Freemans Nummer. Es dauerte eine Weile, bis der Security-Mann das Gespräch annahm.

„Endlich, hier ist Mario Barolo. Conny Turner nimmt ihr Telefon nicht ab. Ich mache mir Sorgen. Wir müssen uns vor der Hochzeitssuite treffen und verhindern, dass sich Henry Winter seiner Ex nähern kann. Sofort."

Freeman stöhnte laut. „Was soll das? Sind Sie wahnsinnig geworden oder haben Sie Langweile? Nach vierundzwanzig Stunden Dienst liege ich endlich für drei Stunden im Bett. Haben Sie zufällig mal auf die Uhr geschaut? Mrs. Turner wird, wie jeder vernünftige Mensch, um diese Zeit schlafen. Soviel ich weiß, hat der Doc ihr ein Beruhigungsmittel gespritzt. Hier ist eine angemessene Vorgehensweise angebracht, oder denken Sie, einfach so in die Privatsphäre der Dame eindringen zu können?"

„Es ist wichtig."

„Ich mag Sie, Barolo, aber Sie sollten meine Geduld nicht so strapazieren."

Barolo atmete tief aus. Warum erzählte der Mann so viel? Er sollte endlich seinen Hintern aus den weichen Kissen schwingen. Avanti. Langsam hatte er die Schnauze von Freemans Unbeweglichkeit voll. Vielleicht wäre jetzt der Moment, ihm mal richtig die Meinung zu sagen. Nein, es gab Wichtigeres. „Hören Sie auf zu jammern. In ein paar Stunden sind Sie mich für immer los. Steigen Sie in Ihre exakt gebügelten Hosen und beeilen Sie sich. Ich erwarte Sie in fünf Minuten vor der Hochzeitssuite. Und bringen Sie die Masterschlüsselkarte mit. Mrs. Turner könnte in Gefahr sein. Also bitte, kommen Sie endlich. Wir haben nicht ewig Zeit."

Freeman versuchte, Barolo von seinem Vorhaben abzubringen. „Machen Sie doch keine Panik. Wahrscheinlich liegt die Frau schlafend im Bett. Wir haben doch mit ihr gesprochen. Sie weiß über den Aufenthalt Winters auf dem Schiff Bescheid. Wahrscheinlich wird sie ziemlich sauer werden, wenn wir sie mitten in der Nacht aus dem Schlaf reißen. Unser Erscheinen könnte ihr nach allem, was passiert ist, jede Menge Panik einjagen."

Barolos Stimme wurde laut. Er spürte, wie sich sein Puls beschleunigte. „Bleiben Sie in Ihrem warmen Bett, falls es Ihnen lieber ist, dass ich den Kapitän anrufe. Wenn ich ihn nicht erreiche, werde ich die verdammte Tür zur Hochzeitssuite eintreten."

„Kein Vandalismus, Barolo. Okay, bringen wir es hinter uns."

Der Commissario knallte die Balkontür zu und betrat die Kabine.

„Was ist denn hier los?", fragte Claudia, die vom Lärm erwacht war.

Er ging zum Bett und strich ihr beruhigend über den Arm. „Schlaf weiter. Du brauchst den Schlaf. Morgen wird ein anstrengender Tag werden. Ich muss noch zu Mr. Freeman und bin bald zurück."

Claudia setzte sich im Bett auf. „Was willst du mitten in der Nacht im Büro der Sicherheit? Ist Phils Treppensturz endlich geklärt? Was ist mit John Miller?"

„Ich vergaß dir zu sagen, dass Phils Freund nicht mehr tatverdächtig ist. Die Frau, mit der er an Deck verabredet war, bestätigte sein Alibi. Er hat mit dem mysteriösen Unfall nichts zu tun und kann morgen ohne Schwierigkeiten von Bord gehen."

Claudia drehte sich auf die andere Körperseite und murmelte: „Ich bin froh, dass John kein Schläger ist. Musst du wirklich noch weg? Was willst du so spät bei Mr. Freeman?"

„Er möchte mir noch einen wichtigen Hinweis zur Ausschiffung geben."

50.

Barolo beschleunigte seine Schritte, während in den schmalen Kabinengängen geschäftiges Treiben herrschte. Angehörige der Crew waren mit dem Abtransport der bereitstehenden Koffer beschäftigt, die für die morgendliche Ausschiffung in den Gepäckladeraum gebracht werden mussten. Barolo ging alles Mögliche durch den Kopf, als er sich zur Hochzeitssuite begab. Allerdings machte er sich keine Gedanken um das nächtliche Timing seines Besuches. Trotz der späten Stunde schien es ihm wichtig, sich mit eigenen Augen zu überzeugen, dass es Conny gut ging. Er zog sein Smartphone aus der Tasche und rief Mrs. Turner noch einmal an, aber sie meldete sich nicht. Wenig später stand er vor der Tür der Hochzeitssuite und hielt Ausschau nach Freeman, der noch nicht in Sicht war. Ihn beschlich ein ungutes Gefühl, als er den polierten Klingelknopf der Suite drückte, worauf ein dezenter Gong ertönte. Warum hatte Conny nicht das Telefon abgenommen? Er läutete noch einmal und wartete ungeduldig. Als es in der Suite ruhig blieb, drückte er wieder den Klingelknopf. Keine Reaktion. Das Warten nervte. Freeman hatte den Lift verlassen und kam näher. Im Gehen schloss der Chef der Sicherheit seine Hemdknöpfe.

„Was ist passiert? Ich habe einen Fulltime-Job und hoffe, Sie haben einen guten Grund, mich um diese Zeit aus dem Bett zu holen?"

„Ich hatte mehrmals bei Mrs. Turner angerufen, aber sie meldete sich nicht. Nun habe ich wiederholt an der

Hochzeitssuite geläutet, aber keine Reaktion. Ich hoffe, dass ich mit meinen Bedenken Unrecht habe, halte aber eine Überprüfung für notwendig. Selbst auf die Gefahr hin, dass Sie mich nach unserem Besuch bei ihr als furchtsamer Idiot bezeichnen. Aber die Unterlassung wäre unverzeihlich, wenn ich mit meiner Vorahnung recht hätte."

Endlich waren die Männer an der Suite angekommen. Nach einem weiteren Läuten klopfte Barolo an die Tür und rief: „Hallo, Conny! Mario ist hier!"

Es regte sich nichts in der Suite.

„Holen Sie endlich die Masterschlüsselkarte aus der Tasche."

„Wir müssen uns an die Vorschriften halten. Wir können hier nicht so einfach eindringen", gab Freeman zu bedenken.

„Warum nicht? Wir haben keine Zeit zum langen Überlegen. Gefahr im Verzug. Öffnen Sie endlich."

Endlich zog Freeman die Schlüsselkarte durch das elektronische Schloss. Er stieß die Tür auf.

„Okay, gehen wir rein. Unser Erscheinen um diese nächtliche Zeit wird der Frau einen riesigen Schrecken einjagen. Wenn Mrs. Turner sich beim Kapitän beschwert, gibt es jede Menge Ärger für mich."

„Reden Sie nicht so viel. Denken Sie lieber an den gewaltbereiten Ex."

Sie traten ein. Vorerst deutete nichts darauf hin, dass sich etwas Ungewöhnliches ereignet hatte.

Ein bläuliches Flackern stand im Raum, als die Wetterkarte lautlos über den Bildschirm des Fernsehgerätes flimmerte. Die grüne Digitalanzeige am unteren Rand des Geräts wies 01:55 Uhr aus. Wahrscheinlich hatte Conny vergessen, das Gerät vor dem Schlafengehen abzuschalten. Der Wind bauschte die Vorhänge an der Verandatür, die einen Spalt offenstand. Barolo ließ seinen Blick durch den Raum schweifen, während Freeman lautlos durch die Suite lief. Conny sollte sich nicht erschrecken, und so machte der Commissario sich an der Zwischentür zum Schlafraum erst mit leisem und später lauterem Klopfen bemerkbar.

„Hallo, Conny. Mario und Mr. Freeman stehen vor deiner Tür. Entschuldige die nächtliche Störung, aber wir müssen wissen, ob bei dir alles in Ordnung ist. Können wir hereinkommen?"

Barolo blieb einen Moment unschlüssig vor der Tür stehen und lauschte in die Stille des Schlafraumes hinein. Seine Finger drehten bereits am Knauf, als er durch den Türspalt rief: „Conny, nicht erschrecken. Mario ist hier."

Auch Freeman meldete sich zu Wort. „Mrs. Turner, öffnen Sie bitte die Tür."

Wahrscheinlich schlief Conny nach der Beruhigungsspritze des Doktors so tief, dass sie das Klopfen überhörte. Da sich ein ungutes Gefühl nicht abschütteln ließ, stieß Barolo ohne ein weiteres Wort die Tür auf, und die Männer betraten den Schlafraum.

Auf den ersten Blick schien alles in Ordnung zu sein. Die Stille des Zimmers wurde nur durch die dicken Regentropfen unterbrochen, die der Wind gegen das geschlossene Panoramafenster der Veranda peitschte.

Dann die Überraschung. Wortlos zeigte Barolo auf das breite Bett. Das Laken war glatt gestrichen, die Kissen aufgeschüttelt und die Daunendecke einladend zur Seite geschlagen. Keine Spur von Conny. „Verdammt, wo ist sie? Sie sollte doch die Suite nicht verlassen."

Die Tür des begehbaren Kleiderschranks stand einen Spalt offen. Barolo griff nach dem Lichtschalter und warf einen prüfenden Blick hinein. Aber außer Connys Kleidung für den Tag der Ausschiffung befand sich nichts darin. Der Gründlichkeit wegen inspizierte er noch das Badezimmer. Alles stand geordnet an seinem Platz. Aber auch hier war die Frau nicht anwesend.

Die Tür zur Veranda stand einen Spalt offen. Unwahrscheinlich, dass sie sich auf dem Balkon befand, denn es regnete stark. Aber vielleicht hatte Conny Kopfschmerzen und wollte sich den frischen Fahrtwind um die Nase wehen lassen. Aber auch da war sie nicht.

Also zurück in den Salon. Dort stolperte Barolo über ein am Boden liegendes Kissen. Er ging in die Hocke, um es aufzuheben. Im gleichen Moment sah er ein nacktes Bein zwischen Tisch und Couch hervorragen. Er ging näher heran und blieb wie versteinert stehen. Sein Gehirn schien nicht zu akzeptieren, was seine Augen sahen, als er sich fassungslos in einem Sessel fallen ließ.

„Was ist, Barolo?", rief der Security-Mann aus dem Schlafraum.

„Machen Sie Licht an und kommen Sie hierher!", rief Mario dem Sicherheitsoffizier zu. Einen Moment später war der Salon in strahlende Helligkeit getaucht. Barolos Gesichtsausdruck verhieß nichts Gutes, als er wortlos auf den Fußboden deutete. Mario hatte keine Probleme, Leichen anzusehen. Dazu hatte er schon zu viel Gewalt und Tod erlebt, aber diesmal war es anders. Langsam ließ er sich auf die Knie sinken und sah in die blicklosen Augen Connys. Ihm fehlten die Worte, um seine Bestürzung zum Ausdruck zu bringen. „Warum hast du die Tür geöffnet?", flüsterte er fassungslos.

Der Körper der Frau lag auf dem Rücken, die Beine in der seidenen Schlafanzughose leicht gespreizt. Obwohl ihr Oberkörper unbekleidet war, schien es keinen sexuellen Kontakt mit ihrem Mörder gegeben zu haben. Kein Blut und auf den ersten Blick keine größeren Verletzungen, aber der Kopf mit den weit aufgerissenen Augen war unnatürlich verdreht. Ihren weißen schlanken Hals überzogen rote Druckspuren. Verursacht von kräftigen Händen und einer Lederkordel, die neben ihrem Kopf lag.

Unter den Fingernägeln befanden sich weißliche Hautfetzen, die zeigten, dass sie sich nicht kampflos dem Tod überlassen hatte.

Mr. Freeman griff prüfend nach Connys Halsschlagader. Der fehlende Puls machte deutlich, dass sie zu spät gekommen waren. Er ließ seinen Blick über die Tote gleiten und studierte wortlos die Verletzungen an der Leiche.

„Ich bin kein Pathologe, aber sie hat noch keine Todesflecken. Der Mord kann erst in den letzten Stunden passiert sein. Ihre Körpertemperatur schätze ich auf 36 °C. Um den Hals ziehen sich gleichmäßige Fingerabdrücke. Keine Frage, die Frau wurde mit den bloßen Händen gewürgt. Um den Tod zu beschleunigen, hat der Killer die Sache mit der Lederschnur zu Ende gebracht."

Mit aschfahlem Gesicht ließ sich Barolo auf die Couch fallen. „Unfassbar. Warum hat Conny nach unserer Warnung ihren Mörder in die Suite gelassen? Wer außer dem Butler hat noch eine Türkarte für die Suite?"

„Keiner. Es tut mir so leid. Mich beschäftigt auch die Frage, ob wir ihren Tod hätten verhindern können, aber wir haben uns nichts vorzuwerfen, Mario."

„Ich begreife es nicht. Sie wusste um die Gefahr, und ich kann mir nicht vorstellen, dass sie selbst geöffnet hat. Nun frage ich mich: Wie ist der Mörder in die Suite hereingekommen?"

Barolo schaute auf Freeman, der hilflos mit den Schultern zuckte. „Das möchte ich auch gern wissen. Hier sieht alles nach einer Beziehungstat aus. Erwürgen ist typisch für einen Mord aus Leidenschaft. Wir wissen beide, wer der nächtliche Besucher war."

„Henry Winter, das Phantom. Der Ex von Conny Turner ist jetzt fällig."

Der Chef der Security setzte sich in einen Sessel und nahm mit einem betroffenen Gesicht das Funkgerät vom

Gürtel. „Bedaure die späte Störung, Captain, aber wir haben eine weibliche Leiche im Salon der Hochzeitssuite.“ Er schluckte, bevor er weitersprach. „Ja, Captain, ich kann Ihnen nicht sagen, wie betroffen mich der Tod von Mrs. Turner macht.“

Dann führte er noch zwei weitere Gespräche.

Wenig später drangen durch die geschlossene Tür Stimmen aus dem Kabinengang. Das Stimmengewirr kam näher, die Tür wurde aufgestoßen, und der Kapitän erschien mit dem Schiffsarzt im Schlepptau.

„Hallo.“

Die Stimme gehörte der Schönen aus dem Lift, die plötzlich hinter Barolo stand. Sie hatte ihr schrilles Outfit in Jeans und Bluse getauscht, ihre rote Mähne wurde in einem Pferdeschwanz gebändigt.

„Was haben Sie hier zu suchen? Ich hoffe, Sie können uns Ihre Anwesenheit erklären“, stellte Barolo ungnädig fest.

Die Lady strahlte kühle Distanz aus. „Diese Frage könnte ich Ihnen stellen, Commissario Barolo.“

Woher kannte die Frau seinen Namen?

Sichtlich überrascht sah Barolo zu Mr. Freeman.

„Sorry, ich hatte vergessen Ihnen die Kollegin aus New York vorzustellen. Das ist FBI Agentin …“

Die Frau lehnte lässig am Türrahmen und sagte: „Danke, Mr. Freeman, aber das kann ich jetzt selbst tun.“

Die Polizistin wirkte amüsiert, als sie Barolo ihre Dienstmarke unter die Nase hielt. „Ich bin Agentin Julia Hudson von der FBI-Zentrale Brooklyn in New York. Zufällig mache ich Urlaub auf diesem Schiff. Dank ihres Undercovereinsatzes wussten Mr. Freeman und ich von dem Mord in Venedig und den damit verbundenen Aktivitäten auf der *Celebrity* Bescheid.“

Barolo zeigte sich beeindruckt, während die Polizistin vorsichtig, um keine Spuren zu verwischen, ein paar Schritte weiterging. An Connys Leiche angekommen, drehte sie sich kurz um und sprach weiter: „Mr. Barolo, Ihren Tatendrang in Ehren, aber Sie wissen schon, dass Ihre eigenmächtigen Ermittlungen auf einem amerikanischen Schiff illegal waren."

Abrupt drehte sie sich um und nahm ohne ein weiteres Wort das Smartphone aus der Tasche, um ihrer Dienststelle das Auffinden einer weiblichen Leiche mit Merkmalen der Strangulierung zu melden.

„Wir brauchen nach der Ankunft im Hafen Kriminaltechniker, Gerichtsmediziner und einen Staatsanwalt, das ganze Programm also. Und kein Ton an die Presse."

„Was für eine Klugscheißerin", brummte Barolo auf Italienisch, nachdem er eine Kehrtwende gemacht hatte. Seiner Meinung nach war die Frau viel zu jung für die akribische Ausübung einer notwendigen Ermittlungsarbeit. Trotzdem war er beeindruckt.

„Gehen wir?", fragte Barolo Freeman.

„Wohin?"

„Zum falschen Whitmark."

„Nicht ohne Julia. Warten Sie vor Kabine 9045 auf uns."

Als Barolo die Kabine verließ, hörte er noch den Schiffsarzt, der Conny flüchtig untersuchte, sagen: „Kehlkopfverletzung, Einblutung in den Augen, Zungenbein gebrochen ..."

Zwei Kollegen der Security zogen weiträumig ein gelbschwarzes Absperrband um den Eingangsbereich der Suite. Barolo sah flüchtig auf die Tür, die keinerlei Spuren eines gewaltsamen Eindringens zeigte. Als er die Treppe zum Deck neun hinunterstieg, bemühte er sich, seine aufkommenden Emotionen in den Griff zu bekommen. Er hatte in seinem Beruf oft traurige Botschaften übermitteln müssen, aber jetzt wusste er nicht, wie er seiner Frau von Connys schrecklichem Ende berichten sollte.

51.

Der Mann stand auf dem Balkon seiner Kabine und genoss den Ausblick auf die im Morgengrauen noch teilweise beleuchtete Skyline von Manhattan. Seit drei Wochen war er Robert Whitmark. Eigentlich hasste er Veränderungen, aber erstaunlicherweise hatte er sich in seiner neuen Identität ziemlich wohl gefühlt. Seine Ungeduld hatte ihm oft den Schlaf geraubt, aber letztendlich hatte der Aufenthalt auf dem Schiff seinem Ego gut getan.

Melancholisch sah er auf sein Leben zurück. Alle Menschen hatten ihn enttäuscht. Erst seine Eltern, dann sein Bruder, dazu Leute, von denen er annahm, dass es Freunde waren – und nicht zuletzt und besonders intensiv Conny. Er dachte an seine Ex, so wie immer. In den letzten Jahren hatte es keinen Tag gegeben, an dem Conny sein Denken und Fühlen nicht beschäftigt hätte. Warum konnte er sie nicht aus seinem Gedächtnis streichen?

Nur einen Moment, dann verzog sich sein Gesicht zu einem zufriedenen Lächeln. Er hatte in den letzten drei Wochen seinen Rachefeldzug, der akribisch aufgebaut war, Schritt für Schritt in die Tat umgesetzt. Manchmal wunderte er sich selbst über den unendlichen Hass, den er in den letzten Jahren entwickelt hatte, aber er hatte gute Gründe für das, was er getan hatte.

Er ließ die Ereignisse der letzten Monate noch einmal vor seinem geistigen Auge vorüberziehen. Der Gedanke, Robert zu töten, nahm Form an, nachdem er Roy

Stocker, einen Kollegen aus dem Büro Whitmarks, zufällig im Supermarkt getroffen hatte. In der Annahme, dass er ein guter Bekannter von Robert ist, erzählte dieser bis ins kleinste Detail vom beabsichtigten Kauf des alten Palazzos in Venedig und der geplanten Transatlantik-Passage.

Nachdem er von Whitmarks Kreuzfahrt gehört hatte, ging ihm der Identitätsklau nicht mehr aus dem Sinn. Der Plan nahm aber erst Form an, nachdem er ein paar Tage später zufällig die Hochzeitsanzeige von Phil und Conny im Gesellschaftsteil der New York Times entdeckte.

Wir heiraten auf hoher See.

Wie auf einer Einladung stand der genaue Termin dabei.

Ein Klick im Internet ließ ihn schnell den Namen des Schiffes und die Reiseroute herausfinden. Was für ein Zufall. *Celebrity* – es war der gleiche Luxusliner, den auch Whitmarks Buchung auswies. In den nächsten Tagen sammelte er wie ein Jäger weitere Informationen über seine Beute, um erfolgreich zuschlagen zu können.

Anfangs wollte er die Trauung durch ein Blutbad verhindern, aber das erwies sich als unmöglich. Mit einer Waffe wäre er nie durch die akribischen Sicherheitskontrollen auf das Schiff gekommen. Dann kam endlich der Moment, wo er an Bord ging. Die Gelegenheit für ihn, das Angenehme mit dem Nützlichen zu verbinden. Die wirklich schöne Passage war von Robert finanziert, und er brauchte sich nur in die gemachte Koje zu legen, die jeden Luxus bot.

Wie ein Krokodil legte er sich auf die Lauer, um erfolgreich zuschnappen zu können. Er hatte sich in den folgenden Tagen auf dem Schiff gut erholt und ganz nebenbei das perfekte Verbrechen vollbracht. Henry lachte selbstgefällig über seine Cleverness.

In Kürze würde die *Celebrity* im Hafen von New York einlaufen. Das Schiff hatte die Verspätung, die durch den Hubschraubereinsatz entstanden war, in den letzten Tagen aufholen können. Nachdem die Hafenbehörde und der Zoll die Formalitäten in New York erledigt hätten, würde er unerkannt von Bord gehen. Er hatte das beste Alibi aller Zeiten. Niemand würde ihm Fragen stellen, denn keiner ahnte etwas von seiner Existenz auf diesem Schiff. Jeder konnte seine Ex und ihren Lover umgebracht haben, nur er nicht, denn ein Henry Winter hatte laut Passagierliste dieses Schiff nie betreten.

Ein Phantom.

Der Name war passend und amüsierte ihn.

Henry ging ins Badezimmer, um seine Frisur zu überprüfen. Seitdem feststand, dass er die Kreuzfahrt machen würde, hatte er sein Aussehen ein wenig verändert, um Whitmark noch ähnlicher zu sehen. Ein Strudel der Erinnerung schlug in seinem Kopf zusammen. Die Vergangenheit holte ihn ein, als er an die tollen Tage mit Conny am Anfang ihrer Beziehung dachte. In seiner grenzenlosen Liebe zu ihr hatte er nicht gemerkt, dass es einen anderen Mann in ihrem Leben gab. Ausgerechnet Phil Turner, der falsche Freund, den er seit jenen Tagen hasste. Er wollte keine Gelegenheit ungenutzt verstreichen lassen, um sich an ihm zu rächen. Dass Conny ihn von heute auf morgen verlassen hatte, hinterließ bei ihm eine tiefe Depression. Er verlor den Bezug zur Realität.

Anfangs dachte er an Selbstmord. Wenig später legte er die Suizid-Pläne ad acta. Stattdessen schmiedete er nun Rachepläne, bei deren Ausführung er nichts dem Zufall überlassen wollte. Natürlich wäre es schöner gewesen, wenn Conny mit ihm in New York von Bord gegangen wäre. Aber genau das hätte sie nicht gewollt. Da blieb er Realist. Spätestens jetzt musste er einen Schlussstrich unter sein altes Leben ziehen und neu beginnen.

Bei dem Ausschiffungschaos am Morgen könnte er schnell verschwinden und wieder Henry Winter sein.

Die Tage als Robert Whitmark würde er komplett aus dem Gedächtnis streichen. Ein zufriedenes Lächeln lag auf seinem Gesicht, als er an Emily dachte. Jetzt bot sich ihm die Chance, ein neues Leben anzufangen. Er war ganz zuversichtlich, dass er mit ihr sein seelisches Gleichgewicht wiedererlangen würde. Bis zu ihrem ersten Treffen auf dem Lido-Deck hatte er sich täglich gefragt, wie lange sein Desinteresse an Frauen anhalten würde.

Henry konnte nicht sagen, dass er sich verliebt hätte. Die Enttäuschung mit Conny würde ihn nie wieder lieben lassen, aber er mochte die Frau und hatte das tägliche Alleinsein satt. Nachdem er mit einigen Erklärungen zu seiner Person Unklarheiten aus der Welt schaffen würde, könnte mit Emily alles gut werden. Da war er ganz sicher.

Es klopfte an der Tür. Henry verspürte nicht die geringste Lust zu öffnen. Wer konnte das sein?

Vielleicht hatte Emily mithilfe der Empfangsdame und der Passagierliste seine Kabinennummer herausgefunden und wollte sich verabschieden. Er ging zum Kabinenausgang und öffnete. Aber im teppichbelegten Flur stand nicht Emily. Drei Leute von der Security und drei weitere Personen. Eine junge Frau und der italienische Schnüffler waren auch dabei.

„Mr. Henry Winter?"

Der Mann reagierte nur eine Sekunde verblüfft. Dann sagte er: „Irrtum. Mein Name ist Robert Whitmark."

Er verstellte mit seiner kräftigen Gestalt den Kabineneingang, doch der bullige Mann von der Security schob ihn unsanft zur Seite. Die Frau holte eine Dienstmarke aus der Tasche und hielt sie Mr. Winter vors Gesicht. „Julia Hudson, FBI New York."

„Was wünschen Sie von mir?", fragte der Mann höflich.

Die FBI-Agentin zog eine Zeitung aus der Tasche. „Wenn ich diese Anzeige vom 18.07. in der New York

Times lese, muss ich feststellen, dass Sie in den letzten Wochen auf diesem Schiff für einen Toten erstaunlich aktiv waren."

Winter zog erstaunt die Augenbrauen hoch. „Um was geht es denn überhaupt? Ich …"

Julia Hudson ging einen Schritt auf Winter zu. „Game over. Das Spiel ist aus, Mr. Winter. Ihr Identitätsklau ist aufgeflogen. Mittels Fingerabdrücke konnte Ihre Identität zweifelsfrei geklärt werden."

Als hätte er nur mit einem halben Ohr zugehört, blieb Henry vor der Polizistin stehen und zog einen Pass aus der Innentasche seines neuen Leinensakkos. Er hatte sogar ein Lächeln auf den Lippen, als er sagte: „Ich bin Robert Whitmark. Hier ist mein Pass. Denken Sie sich schon mal eine Entschuldigung für Ihr Verhalten aus." Sein Gesicht war ohne jede Regung. Ein wahres Pokerface.

Auf ihrem Rundgang durch die Kabine blieb die Polizistin abrupt stehen. „Mr. Robert Whitmark lebt nicht mehr. Er hat in Venedig einen alten Palazzo besichtigt, der zum Verkauf stand. In dieser geschäftlichen Angelegenheit fand er den Tod. Seine Leiche wurde im Kanal hinter dem maroden Anwesen gefunden. Und Sie wissen genau, wie sein Leben endete, denn er war das erste Opfer in Ihrer Mordserie. Sie haben vor Beginn der Kreuzfahrt alles akribisch geplant, um das Vorhaben erfolgreich in die Tat umzusetzen."

Henry Winter entglitten die Gesichtszüge.

„Eigentlich wirken Sie gar nicht überrascht über unseren Besuch. Haben Sie uns erwartet? Ich denke, dass Sie uns in der Dienststelle des FBI viel erzählen werden." Sie blieb dicht vor ihm stehen. „Dort können wir Ihnen auch, falls Sie es vergessen haben, ein Video vom echten Whitmark zeigen, der bis zum Flug in seine Heimatstadt New York bei 5 °C ein Kühlfach in der Gerichtsmedizin Venedig belegt. Ihr Aufenthalt bei uns wird etwas länger dauern, denn der mysteriöse Unfall Phil Turners wird ein weiteres Thema sein. Auch die Entführung und Freiheitsberaubung von Mrs. Claudia Barolo wird zur Sprache kommen." Die Finger ihrer Hand zeigten auf Freeman und Barolo. „Außerdem haben diese beiden Herren vor einer halben Stunde auf Deck zehn eine weibliche Leiche in der Hochzeitssuite gefunden. Sie haben die Frau gut gekannt und Conny Turner um Mitternacht getötet. Oder soll ich Conny Winter sagen, damit Sie sich besser erinnern können?" Julia strich sich eine Haarsträhne aus dem Gesicht. „Sorry, wo waren Sie heute Nacht?"

Henry erstarrte. Verdammt, die wussten Bescheid. Widerstand schien zwecklos. „Natürlich im Bett. Allein."

„Wann haben Sie Ihre Ex-Frau das letzte Mal gesehen? Uns würde interessieren, wie Sie sich Zutritt zur Suite verschafft haben?"

Henry Winter schwieg.

„Keine Angst, Sie werden noch mit uns reden. Und auch ohne Ihre Hilfe werden wir alles herausfinden. Die Ergebnisse der bereits laufenden DNA-Analyse werden alles beweisen."

Die junge Frau trat auf ihn zu, während Barolo die Hand des Mannes fixierte, der kleine Schweißperlen von der Stirn wischte. Die blaue Tätowierung der Initialen am linken Ringfinger war gut zu erkennen.

„Mr. Winter, wir haben Ihre Personalien überprüft und festgestellt, dass Sie nicht das erste Mal mit der Polizei zu tun haben. Die von Mr. Freeman sichergestellten Fingerabdrücke auf einer Flasche wurden durch die Nationale Datenbank gejagt, und so konnte festgestellt werden, dass sie Henry Winter gehören und dass dieser Mann kein unbeschriebenes Blatt in New York ist. Verkehrs- und Gewaltdelikte befinden sich auf Ihrem kriminellen Konto. Sie standen in der Vergangenheit mehrmals vor dem Richter, kamen aber mit einer Bewährungs- oder Geldstrafe davon."

Henry begann zu schwitzen. „Ich will sofort einen Anwalt sprechen."

Julia Hudson winkte ungeduldig ab. „So weit sind wir noch nicht. Es ist Ihr gutes Recht, aber im Moment brauchen Sie noch keinen Rechtsanwalt. Sobald das Schiff am Liegeplatz ist, bringen wir Sie in den Vernehmungsraum meiner Dienststelle nach Brooklyn. Dort werden Sie uns einiges erzählen."

Henry sah durch die offene Balkontür und überlegte einen Moment, ob ihn ein Sprung in die Wellen vor der Festnahme retten könnte. Eigentlich hing er am Leben, und das Unternehmen war gewagt und bei diesen Strömungsverhältnissen auch für einen guten Schwimmer nicht ungefährlich. Noch während der Überlegung spürte er kaltes Metall um seine Handgelenke.

„Ihr aufgestauter Hass gewann mit der Ankündigung von der geplanten Vermählung Ihrer Ex auf diesem Schiff an Stärke, und so konnten Sie drei Menschen kaltblütig und brutal das Leben nehmen. Sie sind vorläufig festgenommen."

Ein Wink der Polizistin zu Freeman, der den Mann abtastete. Ein bitteres Lächeln im Gesicht zeigte, dass Henry Winter nichts mehr zu verlieren hatte.

„Wir haben Zeit. Keine Angst, wir werden Sie bis zum Erreichen des Hafens in New York nicht mehr aus den Augen lassen."

Plötzlich drehte sich die Ermittlerin zu Mario Barolo um. „Und was ist mit Ihnen, Mr. Commissario? Gibt es für Sie hier noch etwas zu tun? Ihre Undercoverrecherche auf dem Schiff ist beendet. Als ich in Venedig auf diesem Schiff eincheckte, um einen erholsamen Urlaub zu genießen, konnte ich nicht wissen, dass zur gleichen Zeit ein

U.S.-Bürger unter den brutalen Schlägen eines Mörders verstorben war. Ich hatte kürzlich die Absicht, Ihnen in meiner Kabine mitzuteilen, dass wir Kollegen sind, aber Sie wollten nicht mit mir sprechen. So, jetzt informiere ich erst einmal den Staatsanwalt."

„Klugscheißerin", murmelte Mario Barolo auf Italienisch. Er fühlte sich kühl abserviert, wollte aber keinerlei Abschiedsstress. Die Lift-Lady und Freeman hatten ihn ganz schön an der Nase herumgeführt. Die FBI-Agentin bedachte ihn mit einem abschätzenden Blick. „Arrivederci, Mr. Barolo. Schade, dass wir uns nicht unter erfreulicheren Umständen kennengelernt haben. Und grüßen Sie mir das traumhafte Venedig." Sie nickte Freeman zu.

„Wir sehen uns noch."

Widerstandslos ließ sich der skrupellose Killer abführen.

Auch Barolo verließ die Kabine. Steve Freeman eilte dem Commissario nach und legte ihm die Hand auf die Schulter. „Sorry, Mario, Julia meint das nicht so. Ich kenne sie aus meiner Zeit beim FBI. Sie ist eine der besten Ermittlerinnen, die in New York beschäftigt sind. Weibliche Intuition gepaart mit einer Prise Bulleninstinkt ließ sie in der Vergangenheit auch schwierige Fälle aufklären. Kommen Sie gut mit Ihrer Familie nach Hause. Wenn nichts dazwischenkommt, sehen wir uns in drei Wochen. Das Schiff fährt die gleiche Passage noch einmal. Ich denke, dass wir dann in Harrys Bar auf unseren heutigen Erfolg anstoßen können."

„Das würde mich freuen, Mr. Freeman."

Auf dem Weg zu den Fahrstühlen klang ihm noch Julias spöttischer Ton in den Ohren. Nach den Ereignissen der letzten Stunden brauchte Barolo frische Luft zum Atmen. Er fuhr mit dem Lift auf das menschenleere Lido- Deck und sog gierig die kalte Meeresluft ein. Noch war es still hier oben. Nur der Regen hämmerte auf die

Überdachung. Dämmerung breitete sich im Osten aus, wobei sich der Himmel heller vom Dunkel des Wassers abhob. Nur noch drei Stunden bis zur Ankunft in New York. Er sollte in die Kabine gehen und versuchen, eine Runde zu schlafen.

Barolo ließ sich auf die Bettkante fallen und zog die Schuhe aus. Er beugte sich über seine schlafende Frau und küsste sie vorsichtig. Mario hatte maximal noch zwei Stunden Schlaf bis zum Aufstehen. Sorgenvoll schüttelte er den Kopf. Die Ereignisse der Nacht spulten sich wieder und wieder in seinem Kopf ab. Leider hatte er für sein Gedächtnis keinen Abschaltknopf wie sein Tablet PC.

Einen Moment schien Connys Tod nur ein Albtraum gewesen zu sein. Doch es war Realität, und er fragte sich, wie er Claudia den Tod der Freundin beibringen könnte? Er musste ihr die Details ersparen, aber wie sollte er für dieses grausame Ereignis tröstende Worte finden?

Wenig später wälzte er sich vorsichtig aus dem Bett, um Claudia nicht zu wecken.

52.

Alles auf der *Celebrity* wirkte völlig ruhig an diesem Morgen. Erst 06:45 Uhr Bordzeit brach hektische Betriebsamkeit auf allen Decks aus. Die Passagiere bereiteten sich auf die Ankunft des Schiffes im Hafen von New York vor. Der neue Tag geizte mit Licht und Wärme. Entgegen allen Voraussagen des Vortages waren die Temperaturen weiter gesunken, und es regnete noch immer.

Schemenhaft tauchte die Skyline von New York aus dem Nebel auf. Die Freiheitsstatue grüßte als grauer Klotz aus der Ferne, während eine Circle-Line-Fähre ohne Passagiere den Hudson River überquerte. Die Landungsbrücken an der 12th Avenue kamen in Sicht. Passagiere in Regenbekleidung drängten an den Relings, um nicht das letzte Anlegen des Schiffes zu verpassen.

Kapitän Gustafsson befand sich mit dem an Bord gekommenen Lotsen im Brückennock und beobachtete das Anlegemanöver. Er machte ein betrübtes Gesicht. Schließlich hatte sich auf tragische Weise die Passagierzahl des Schiffes um zwei Personen verringert.

Auch die Familie Barolo stand auf dem Lido-Deck, um die Einfahrt in den Hafen beobachten zu können. Bis zur Ausschiffung blieb noch Zeit. Mario stand gähnend an der Reling.

„Good day, New York!“, rief Fabio winkend, während aus den Bordlautsprechern in mehrsprachigen Durchsagen über den Verlauf der Ausschiffung informiert wurde.

„Vergiss nicht, dich von deiner kleinen Freundin zu verabschieden“, empfahl Barolo. Das Gesicht der Hafenseite zugewandt, sah er auf die Mega-Wolkenkratzer im morgendlichen Dunst.

„Auf keinen Fall. Wir wollen auch noch ein Selfie zur Erinnerung machen. Vielleicht werden wir uns nie wiedersehen. Ich warte am Schiffsausgang auf euch“, seufzte sein Sohn und begab sich auf den Weg zu Mary, die mit ihrer Mutter etwas weiter hinten in der Menge stand.

Claudia sah sich suchend um. „Wo warst du denn so lange in der Nacht? Hast du dich schon von Conny verabschiedet? Erst kommt sie nicht zum Frühstück, und jetzt lässt sie sich auch nicht sehen. Sie wird doch nach der Ausschiffung zum John F. Kennedy International Airport gebracht. Wo bleibt sie nur?“ Irritiert sah sie auf die Uhr. „Ich verstehe das nicht. Ihr Flug nach Lissabon startet in dreieinhalb Stunden. Vielleicht geht es ihr wieder nicht gut. Ich muss in die Hochzeitssuite.“

„Hiergeblieben.“ Barolo seufzte kurz und hielt sie auf. Bisher hatte er es nicht fertiggebracht, seiner Frau zu erzählen, was passiert war. Spätestens jetzt konnte er Connys Tod nicht länger verschweigen. „Du kannst nicht zu ihr. Setz dich. Ich habe dir etwas mitzuteilen.“

Vor seinem inneren Auge sah Barolo Conny auf dem Parkett des Salons liegen, wo der Mann sie voller Hass erwürgt hatte. Ein unangenehmer Teil seines Berufes war das Überbringen schlechter Nachrichten. Bei Claudia fiel ihm das besonders schwer. Wie sollte er ihr sagen, dass sie Conny nie wiedersehen würde?

„Mario, träumst du, oder was ist los?“ Ihre Stimme holte ihn aus seinen Überlegungen zurück. „Ist etwas passiert?“

Claudia hatte seinen sorgenvollen Gesichtsausdruck schon lange bemerkt. Ihr feines Gespür ließ sie erkennen, dass mit Conny etwas nicht stimmte.

Barolo trat auf seine Frau zu und nahm sie in die Arme. „Ich muss dir etwas sagen. Versprich mir bitte, dass du dich nicht aufregst“, flüsterte er.

„Schlechte Nachrichten will ich jetzt nicht hören. Ich freue mich auf unser Zuhause. Oder ist etwas mit Phil?“

Barolo zog sie noch enger an sich. Es fiel ihm unheimlich schwer, über Connys Tod zu sprechen.

„Hast du eine Überraschung für mich?“

Barolo holte tief Luft. „Setz dich, bitte.“

Claudia nahm auf einem Deckstuhl Platz. „Mach es doch nicht so spannend. Also, was ist los?“

„Mir fällt es nicht leicht, dir diese Nachricht zu überbringen. Conny kommt nicht. Sie ist tot. Sie wurde heute Nacht von ihrem Ex erdrosselt.“

Claudia weigerte sich, zu glauben, was Mario ihr mitteilte. Sie schüttelte den Kopf. „Nein, das kann nicht sein. Warum sagst du so etwas?“

Barolo schüttelte traurig den Kopf. Er konnte sich nicht erinnern, dass er sich schon einmal so mies gefühlt hatte. „Meinst du wirklich, dass ich in dieser Situation lüge?“

Erst jetzt warf sie sich weinend in seine Arme. „Bitte sag mir, dass es nicht wahr ist.“

„Leider entspricht es den Tatsachen. Und Phil ist gestern Nachmittag in Lissabon an seinen Kopfverletzungen gestorben. Ich hätte dir lieber bessere Nachrichten von den beiden überbracht.“

Claudia fuhr sich mit dem Taschentuch über das Gesicht, um die Tränenspuren zu beseitigen. „Ich bin an Connys Tod schuld. Wäre ich nur über Nacht bei ihr geblieben. Wie hat der durchgeknallte Typ sie umgebracht?“

Barolo konnte nicht Details über Connys brutale Ermordung erzählen und strich Claudia beruhigend übers Haar. „Hör auf, dich zu quälen. Connys Ex wurde in seiner Kabine festgenommen. Du hast mit ihrem Tod nichts zu tun. Wir konnten nicht wissen, was passieren wird. Außerdem hatten Freeman und ich Conny vor ihrem Ex gewarnt. Sie sollte auf keinen Fall die Suite verlassen oder die Tür öffnen. Warum sie trotzdem den Mann in die Suite gelassen hat, werden wir wahrscheinlich nie erfahren. Ich wünschte, sie hätte unsere Hinweise ernst genommen."

Hafenarbeiter befestigten die Leinen des Luxusliners an den Pollern, während Claudia weinend in Marios Armen lag.

Der Lotse verließ durch die Ladeluke das Schiff.

In der Ferne erklangen Polizeisirenen, die immer lauter wurden. Schnell näherten sich mehrere Einsatzfahrzeuge, deren flackerndes Blaulicht noch rotierte, als sie am Kai anhielten. An der Ladeluke wimmelte es von Polizisten und Sicherheitsbeamten. Die Männer der Spurensuche in ihren weißen Ganzkörperanzügen sowie Männer in Zivil warteten ungeduldig darauf, dass die Gangway platziert wurde und sie die *Celebrity* betreten konnten. Die kriminaltechnische Untersuchung der Hochzeitssuite würde einige Zeit in Anspruch nehmen, musste aber bis zur Einschiffung der neuen Passagiere um 15:00 Uhr beendet sein. Niemand sollte erfahren, dass auf der letzten Reise diese Suite der Tatort eines Verbrechens geworden war.

Nach Freigabe des Schiffes wurde Henry Winter durch die Polizisten von der Ladeluke zum Streifenwagen geführt. Einige Passagiere beobachteten die Szene interessiert. Es hatte sich schon herumgesprochen, dass etwas passiert war. Die Leute spekulierten flüsternd darüber, wer der Mann war und was er getan haben könnte.

Emily hatte mit ihrer Tochter als eine der Ersten ausgecheckt und wartete ungeduldig darauf, endlich wieder festen Boden zu betreten.

Plötzlich blieb Mary am oberen Ende der Gangway stehen und griff nach Emilys Arm.

„Mama, sieh mal, da ist doch dein Lover Mark. Kannst du mir sagen, warum er verhaftet wurde?"

Der zwischen den Polizisten gehende Mann versuchte sein Gesicht unter den mit Handschellen gefesselten Händen zu verbergen. Winter wurde zur hinteren Tür des Streifenwagens geführt, wo er den Kopf einzog und sich auf den Rücksitz fallen ließ.

„Du hast recht. Es ist Mark, was kann er getan haben?", flüsterte Emily fassungslos. Ihre Hände umklammerten das Geländer der Gangway, während ihre Augen feucht wurden. Der Ärger über Marks Benehmen am letzten Abend war vorüber. Letztendlich hatte sie ihn doch noch nicht abgehakt und gehofft, dass er sich in New York bei ihr melden würde.

Mary schüttelte den Kopf. „Oh mein Gott, wie konntest du so gutgläubig sein? Wieso hast du keine Menschenkenntnis? Er hat dir von Anfang an etwas vorgespielt. Du hättest doch merken müssen, dass er dich nur belogen hat. Schriftsteller? Bestsellerautor? Er ist ebenso wenig Schriftsteller, wie ich Rosamunde Pilcher bin", stellte sie fest. Instinktiv hatte sie den Mann von der ersten Begegnung an nicht gemocht.

Die Türen des Streifenwagens wurden zugeschlagen, und das Fahrzeug verließ über die Zugangsstraße das Hafengelände. Am Schiffsausgang wurde das Gedränge immer dichter. Langsam wurden die Leute hinter Emily und Mary ungeduldig. Die Passagiere drängten zur Reling, als hätten sie seit Tagen nur auf diesen Moment gewartet.

„Geht es hier endlich einmal weiter, oder wie lange wollen Sie noch den Ausgang versperren?", rief ein Mann ungeduldig.

„Komm, Mama", sagte Mary und legte ihrer Mutter tröstend den Arm um die Schultern. Von der Passagierflut wurden die Frauen über die Gangway nach unten geschoben. Wortlos erreichten sie den Kai, wo ein böiger Wind an ihrer Kleidung zerrte und Fabio ihnen am Kai zuwinkte.

Die Familie Barolo verabschiedete sich von Mary und ihrer Mutter, bevor sie zum Bus liefen, der sie nach einer zweistündigen Stadtrundfahrt zum Flughafen John F. Kennedy bringen würde. Mario Barolo blieb noch einen Moment stehen und warf einen letzten Blick auf das Schiff. Im gleichen Moment näherte sich der Wagen der Rechtsmedizin.

„Bye, bye, Conny", flüsterte er.

Conny konnte nach einer ersten Untersuchung durch den Gerichtsmediziner in einem schwarzen Leichensack das Schiff verlassen und in die Gerichtsmedizin abtransportiert werden.

Ein trauriger Blick zurück trieb Claudia die Tränen in die Augen. Die letzten Passagiere verließen die Gangway, als der Butler auf Deck zehn vermisst wurde. Die FBI-Agentin wollte ihn zu den Vorgängen in der Hochzeitssuite befragen, aber er war nicht auffindbar. Da die Flure von Videokameras überwacht wurden, war es nur eine Frage der Zeit, bis der Chef der Security nach Auswertung der Kameraaufzeichnungen feststellen würde, wo Ben sich in den letzten Minuten seines Lebens aufgehalten hatte.

53.

Nach der New Yorker Stadtrundfahrt brachte der Bus die Familie Barolo zum Kennedy Airport. Bei aller Begeisterung für den Big Apple und seinen imponierenden Wolkenkratzern stellte Fabio abschließend fest: „New York ist super, aber Venedig ist meine Heimat. Nein, hier möchte ich nicht leben. Allerdings werde ich nächstes Jahr Mary besuchen. Wir haben schon alles mit ihrer Mutter abgesprochen."

Sein Vater lächelte. „Das glaube ich nicht. Bis dahin hast du das Mädchen doch schon lange vergessen."

„Niemals!", rief Fabio empört.

Der Flug ab New York verlief problemlos. Erst in London-Heathrow kam es wegen einer Terrordrohung zu kurzfristigen Verspätungen, da vom Flughafen verstärkte Sicherheitsmaßnahmen ergriffen werden mussten.

Claudia stand in der Flughafenhalle und studierte die Anzeigen auf der elektronischen Abflugtafel. Venedig blinkte bereits einstiegbereit. „Wie es aussieht, wird der Flug nach Venedig planmäßig starten. Wir sollten uns auf den Weg zum Check-in machen. Hoffentlich verpassen wir nicht durch die akribischen Kontrollen den Flieger."

Nach einem kleinen Imbiss saß die Familie schweigend im Wartebereich von Gate 34 und erwartete das Boarding, welches eben mit wenigen Minuten Verspätung angekündigt wurde.

Wenig später hatte Barolo seinen Platz eingenommen und den Sicherheitsgurt geschlossen. Kurz nachdem das Flugzeug über die Startbahn gerollt war, wurde er von massiver Müdigkeit übermannt. Claudia versuchte sich mit Lesen von den schrecklichen Erinnerungen abzulenken, aber die Ereignisse der letzten Tage und der Tod von Conny und Phil ließen sich nicht so einfach zur Seite schieben.

Sie war froh, als die Stimme einer Stewardess die Landung ankündigte. Claudia legte den Sicherheitsgurt bei Mario an, der noch immer schlief.

In der Ferne tauchten die Gebäude des Flughafens auf. Erst als sie immer näherkamen, erwachte Barolo. Er konnte nicht begreifen, dass er wirklich die ganze Zeit geschlafen hatte.

Ein Blick aus dem Fenster, und er sagte: „Die Sonne strahlt über der Lagune. Wie schön, dass wir wieder zu Hause sind. Morgen ist alles wieder in Ordnung."

„Nichts ist in Ordnung", meldete sich Claudia zu Wort, die mit tränenverschleiertem Blick aus dem Fenster sah. Sie ließ ihren Kopf sinken und schloss die Augen. „Mir ist, als wäre die Kreuzfahrt nur ein böser Traum gewesen."

„Warum weint Mama?", fragte Fabio.

Barolo legte den Arm um seine Frau und sagte zu seinem Sohn: „Lass sie weinen. Den Grund für ihre Tränen erzähle ich dir später."

Zufrieden sah der Commissario durch die Fensterscheibe die leuchtende Markierung der Landebahn des Flughafens Marco Polo näherkommen.

Die Autorin

Christine Grosse lebt mit Familie und Hund in einer waldreichen Gegend Berlins. Nach dem Ausscheiden aus dem Berufsleben absolvierte sie ein Belletristik-Fernstudium an der Hamburger Axel Anderson Akademie. Nach der Veröffentlichung einiger Kurzgeschichten in der Presse begann sie mit der Arbeit an ihrem ersten Roman „Auf einen Sprung nach Venedig". Eine Kreuzfahrt inspirierte sie zum Krimischreiben. Von da an ermittelte Commissario Barolo in „Der Tod tanzt Tango" und nun in seinem neuesten Fall „Phantom an Bord".

Der Verlag

Wer aufhört
besser zu werden,
hat aufgehört
gut zu sein!

Basierend auf diesem Motto ist es dem novum Verlag ein Anliegen neue Manuskripte aufzuspüren, zu veröffentlichen und deren Autoren langfristig zu fördern. Mittlerweile gilt der 1997 gegründete und mehrfach prämierte Verlag als Spezialist für Neuautoren in Deutschland, Österreich und der Schweiz.

Für jedes neue Manuskript wird innerhalb weniger Wochen eine kostenfreie, unverbindliche Lektorats-Prüfung erstellt.

Weitere Informationen zum Verlag und seinen Büchern finden Sie im Internet unter:

w w w . n o v u m v e r l a g . c o m

CPSIA information can be obtained
at www.ICGtesting.com
Printed in the USA
BVHW040733280519
549433BV00008B/54/P